走出
语言自造的神话

中国新诗论集

李章斌 著

南京大学出版社

图书在版编目(CIP)数据

走出语言自造的神话：中国新诗论集 / 李章斌著. —南京：南京大学出版社，2023.1(2023.10 重印)
ISBN 978-7-305-26105-3

Ⅰ.①走… Ⅱ.①李… Ⅲ.①诗歌评论-中国-当代-文集 Ⅳ.①I207.22-53

中国版本图书馆 CIP 数据核字(2022)第 154372 号

出版发行	南京大学出版社
社　　址	南京市汉口路 22 号　　邮　编 210093
出 版 人	王文军
书　　名	走出语言自造的神话——中国新诗论集 ZOUCHU YUYAN ZIZAO DE SHENHUA——ZHONGGUO XINSHI LUNJI
著　　者	李章斌
责任编辑	谭　天
照　　排	南京紫藤制版印务中心
印　　刷	江苏凤凰通达印刷有限公司
开　　本	889 mm×1194 mm　1/32 开　印张 10.125　字数 233 千
版　　次	2023 年 1 月第 1 版　2023 年 10 月第 2 次印刷
ISBN	978-7-305-26105-3
定　　价	58.00 元
网　　址	http://www.njupco.com
官方微博	http://weibo.com/njupco
官方微信	njupress
销售热线	(025)83594756

* 版权所有，侵权必究
* 凡购买南大版图书，如有印装质量问题，请与所购图书销售部门联系调换

目 录

第一辑

"用言语所能照明的世界里"
　　——穆旦诗歌的修辞与历史意识 / 003

"怨气"与"常心"
　　——关于多多诗歌写作"动力"的一种思考 / 031

"保持整理老虎背上斑纹的疯狂"
　　——再读多多 / 047

"王在写诗"
　　——海子与浪漫主义诗人的自我定位 / 075

"新浪漫主义"的短暂重现
　　——骆一禾、海子的浪漫主义诗学与文学史观 / 103

第二辑

走出语言自造的神话
　　——从张枣的"元诗"说到当代新诗的"语言神话"/ 115

从"刺客"到人群
　　——关于当代先锋诗歌写作的"个体"与"群体"问题 / 153

成为他人

　　——朱朱与当代诗歌的写作伦理和语言意识问题 / 177

颠倒的时间神话

　　——从朱朱《月亮上的新泽西》说起 / 210

第三辑

"韵"之离散

　　——关于当代中国诗歌韵律的一种观察 / 221

新诗律问题的再商略

　　——十二封谈诗书札 / 249

现代汉诗的"语言问题"

　　——叶维廉《中国现代诗的语言问题》献疑兼谈"语言学批评" / 272

跋　水晶的凝成 / 315

第一辑

语言的更新很多时候是通过暴力乃至"自伤"的方式实现的,这可以说是当代诗史上的一道"酷烈风景"——而且,"本身就是一个故事"。

"用言语所能照明的世界里"

——穆旦诗歌的修辞与历史意识

穆旦依然是中国现代诗歌史上最有争议性的"问题"之一。二十世纪八十年代穆旦的名字随着"现代主义"的热潮被重新"发掘"出来之后,就一直被当作"现代主义"的代表,享有至高的荣誉。直到二十一世纪之后,随着对穆旦的"非中国性"的指责的提出,①穆旦的修辞也成为被"非议"和"热议"的对象,围绕着其"(非)中国性"也产生了一系列论议。②但是很多基本的问题尚有待解决。比如,穆旦的修辞为何"复杂"和"晦涩"?这仅仅是模仿西方现代主义诸大师的结果吗?在八十年代以来学界将穆旦与西方现代主义诸先驱的"比附"热潮中,很多论者多少忘记了穆旦是在中国的历史语境下写作的,而且

---

① 江弱水:《伪奥登诗风与非中国性:重估穆旦》,《外国文学评论》,2002年第3期。
② 王家新:《穆旦与"去中国化"》,《诗探索》,2006年第3辑;罗振亚:《对抗"古典"的背后——论穆旦诗歌的"传统性"》,《南开学报》(哲学社会科学版),2007年第3期;易彬:《从"历史"中寻求新诗研究的动力——以穆旦为中心的讨论》,《中国现代文学论丛》,2008年第1期;李章斌:《近年来关于穆旦研究与"非中国性"问题的争论》,《中国文学研究》,2009年第1期;西川:《穆旦问题》,《中国学术》,第28辑,商务印书馆,2011年版;等等。

其写作深入中国现代历史发展的根柢之中，而绝不只是纯技术性的修辞操演。此文不打算进入有关"国性"的文学政治议题，只想深入到穆旦诗歌修辞的内部与细节中去，思索其运作机制，并进一步考察这些复杂、矛盾的修辞风景背后的根源，它们产生的文学历史条件和社会历史语境。

一、辞与物：语言更新问题

> 一切的事物令我困扰，
> 一切事物使我们相信而又不能相信，就要得到
> 而又不能得到，开始抛弃而又抛弃不开，①

穆旦在1947年的《我歌颂肉体》中所写下的这几行诗句，在我们看来，鲜明地表达了他的诗歌世界中抒情者与物、与世界的关系，它们流露出一种极其焦虑的世界观：主体与世界万"物"疏离，是一个再也无法与"物"建立连续性的孤独的"肉体"，成为一座独立的"不肯定中肯定的岛屿"。

无独有偶，辛笛，这位在八十年代后与穆旦同被追认为"九叶诗人"的诗人，在抗战爆发的1937年，在英国爱丁堡的一座小楼上，遥想几千公里之外的中国危局，亦不由自主地感到焦虑："我在暗处/我在远方/我静静地窥伺/一双海的眼睛/一

---

① 本文所引穆旦诗作，除特别注出者外，均据《穆旦诗文集》，李方编，人民文学出版社，2014年版。后不另注。

双藏着一盏珠灯/和一个名字的眼睛/今夜海在呼啸……"(《狂想曲》)这时他感到周遭世界仿佛是一艘"黑水上黑的帆船",于是这首异国他乡的"狂想曲"最后终于发出这样的呼号:

> 是一个病了的
> 是一个苍白了心的
> 是一个念了扇上的诗的
> 是一个失去了春花与秋燕的
> 是一个永远失去了夜的……①

从 1937 年以降至 1949 年,确实是一个"失去了春花与秋燕的"时代,失去的不仅是"春花与秋燕",而是整个世界,失去了融融恰恰,镜花水月。但在穆旦那里,还不仅如此,整个阴暗的社会和阴暗的人性展露在我们面前:

> 在报上登过救济民生的谈话后
> 谁也不会看见的
> 愚蠢的人们就扑进泥沼里,
> 而谋害者,凯歌着五月的自由,
> 紧握一切无形电力的总枢纽。
>
> ——《五月》

这里,穆旦以一个现代工业技术的隐喻,暗讽权力中心对愚蠢

---

① 辛笛:《辛笛诗稿》,人民文学出版社,1983 年版,第 41—43 页。

大众的任意操控，这些像垃圾一样被城市街道所倾倒的"人们"，让我们痛感"一个封建社会搁浅在资本主义的历史里"（《五月》）。如果说传统中国诗歌在人与世界的关系上大体还可以称为"天人合一"的话，那么在穆旦诗歌中，这种关系则变成了"天人两隔"，"'人''物'共患病"。虽然现代诗人中触及这一点的不止穆旦一人，但穆旦可以说是最为激烈，也最为深刻地表达这种关系的现代诗人。更耐人寻味的是，穆旦的激烈与深刻经常呈现为一道道繁茂——有时甚至过于繁茂——的修辞风景：

> 对着漆黑的枪口，你们会看见
> 从历史的扭转的弹道里，
> 我是得到了二次的诞生。
> ——《五月》

> 一天的侵蚀也停止了，像惊骇的鸟
> 欢笑从门口逃出来，从化学原料，
> 从电报条的紧张和它拼凑的意义，
> 从我们辩证的唯物的世界里，
> 欢笑悄悄地踱出在城市的路上
> 浮在时流上吸饮。……
> ——《黄昏》

> 无数车辆都怂恿我们动，无尽的噪音，
> 请我们参加，手拉着手的巨厦教我们鞠躬：

呵，钢筋铁骨的神，我们不过是寄生在你玻璃窗里的害虫。

——《城市的舞》

这些激烈、繁复的修辞确实令人困惑，也令很多读者望而却步。有的诗人甚至直言"穆旦的复杂只是修辞的复杂"①。果真只是"修辞的复杂"吗？这个判断暗含着一个指控，即穆旦只是在玩弄修辞，或者这种修辞毫无必要，与生存、与历史并没有什么血肉联系，只证明穆旦是一个"外乡人"。无疑，穆旦的修辞已经是现代诗史上最富争议性的议题之一，引无数诗人、论者共折腰。

然而很多基本的技术问题尚有待明确。比如，穆旦的修辞何以"复杂"？若观察上面所引的这些诗行，可以说他们大都在修辞上是些"新造隐喻"（创造性隐喻）。"隐喻"（metaphor）一词在西方源远流长，含义在不同时期也有所变化，而且中国与西方修辞学对它的定义又有所区别，此处不拟详述。② 这里想强调的是，隐喻并不必然意味着"比拟"，虽然它经常被当作比拟来解释。从"隐喻"这个词的词源来看，它首先意味着词语在句子中所发生的一种范畴转移的使用方式。最初在古希腊语中，metaphora 指一种意义的转移（a transfer）。③ 而在韦尔斯看来，

---

① 西川：《穆旦问题》，《中国学术》第 28 辑，商务印书馆，2011 年版。
② 另参见李章斌：《隐喻问题与诗歌语言的修辞学研究——以穆旦为例》，《文学理论前沿》，2015 年第 1 期。
③ J. C. Nesfield & F. T. Wood, *Manual of English Grammar & Composition*, London & Basingstoke: Macmillan Publishers Ltd., 1964, p. 272.

在隐喻中发生的是词语从一个指称语义场（field of reference）转向了另一个指称语义场。① 比如"一个封建社会搁浅在资本主义的历史里"（《五月》）中的"搁浅"，或者"从历史的扭转的弹道里，/我是得到了二次的诞生"（《五月》）中的"扭转的弹道"，等等。实际上"扭转的弹道"这个隐喻究竟"比作"什么，已经很难质而言之。换言之，比拟的解释经常会失效；但是，显而易见，这样的新造隐喻包含着强烈的语言更新的冲动，它们包含着诗人对事物重新命名的渴求。这就与"象征"很明显地区别开来了。惜乎有的国内诗人汲汲于"反对隐喻"，却不知其反对的其实是"象征"，而主要不是隐喻。② 实际上，穆旦这样的隐喻修辞对于很多当代诗人来说一点也不陌生，比如张枣，"每个人嘴里都有一台织布机，/正喃喃讲述同一个/好的故事"（《悠悠》）；③ 臧棣，"你发出劈啪声时，/像是有人在给/我们的语言拔牙"（《蝶恋花》）；④ 韩博，"肩扛麻袋的堂弟比水稻/长势更快，他攒足四个姐姐"（《注册讨债师之死》）；⑤ 等等。

如果放在更长远的视野来看，从传统诗歌"近取譬"的

---

① K. Wales, *A Dictionary of Stylistics*. London: Longman, 1989, p. 295.
② 关于"隐喻"与"象征"的区别，韦勒克、沃伦指出："'象征'具有重复与持续的意义……一个'意象'可以被转换为一个隐喻一次，但如果它作为呈现与再现不断重复，那就变成了一个象征，甚至是一个象征（或神话）系统的一部分。"（韦勒克、沃伦：《文学理论》，刘象愚、邢培明、陈圣生等译，生活·读书·新知三联书店，1984年版，第204页）实际上，八十年代中期之后第三代诗人所反对的，往往是这些在反复使用中已经有固定含义的"象征"，只是用了"隐喻"这个词来称呼它们。
③ 张枣：《张枣的诗》，人民文学出版社，2017年版，第255页。
④ 洪子诚、奚密主编：《百年新诗选》（下），生活·读书·新知三联书店，2015年版，第407页。
⑤ 韩博：《注册讨债师之死》，《飞地》，2015年，第11辑，第10页。

"比",到现代充满着陌生性与张力的"隐喻",是汉语诗歌修辞所发生的一个根本性的转折,这个转折虽然说从五四时期即已开始,但到了四十年代穆旦那里,可以说是来到了一个关键性的节点上。① 现在的问题在于,穆旦面临着四十年代这样一个纷繁杂乱、生灵涂炭的世界,为何执着于语言创新,不停地对事物重新命名呢?这里,还得重新思考隐喻语言的内在机制问题。海外学者奚密曾经观察到传统的"比"与现代的"隐喻"背后的世界观的微妙区别,她指出:中国传统诗学对比喻的理解建立在一元论世界观的基础上,视万事万物为一有机整体,着重于表现人与世界的和谐或类同;而西方的隐喻概念以二元论世界观为前提,它将精神与肉体、理念与形式、自我与他人、能指与所指作对分。中国的"比"强调类同、协调、关联,而西方的隐喻则强调张力与矛盾,往往体现出人与世界的对立或紧张关系。② 另外,美国学者余宝琳也有类似的见解,但她则强调中国古代没有西方意义上的隐喻,因为没有后者所要求的"替代过程"。③ 中国古代诗歌的"比"与西方的隐喻到底是不是一回事这里且存而不论,但是两者之间有深刻的差异是显而易见的。奚密还观察到,"与中国传统相比,现代汉诗的隐喻观较接近西方。""现代汉诗中隐喻地位的提升,其背后的动力部分来自中

---

① 朱自清较早地认识到现代诗歌比喻的"远取譬"特征,他在讨论李金发等象征派诗人时说:"比喻是他们的生命,但是'远取譬'而不是'近取譬'。"(朱自清:《新诗杂话》,作家书屋,1947年版,第10页)
② Michelle Yeh, "Metaphor and *Bi*: Western and Chinese Poetics", *Comparative Literature*, 39 (3), 1987, pp. 237 - 254.
③ Pauline Yu, "Metaphor and Chinese Poetry", *Chinese Literature: Essays, Articles, Reviews*, 3, 1981, pp. 204 - 224.

国社会文化环境的激进改变。现代诗人面对的是一个动荡激荡的世界,传统价值已经瓦解,人与世界之间的和谐甚至连续性都已经大量失落而亟待重建"。① 这种世界观和修辞上的差异确实是现代汉诗经历的一个重大变化。

如果说三十年代的现代诗人还多少沉迷于诸如"付一支镜花,收一轮水月"(卞之琳《无题(四)》)这样带有古典诗学烙印的修辞风景的话,那么穆旦则彻底告别了传统的世界观和比喻理念,异常鲜明地展现了人与世界的分裂和对立,他把汉语语言从"习惯的硬壳"中剥离开来,用以撩拨、抵抗这个"'人''物'共患病"的世界。孤独的个体、混乱的世界、繁茂的修辞、奇异的意象,在语言反复对异己世界的命名中可以看到主体企图拥抱世界那种绝望的渴求。

> 绿色的火焰在草上摇曳,
> 他渴求着拥抱你,花朵。
> 反抗着土地,花朵伸出来,
> 当暖风吹来烦恼,或者欢乐。
> 如果你是醒了,推开窗子,
> 看这满园的欲望多么美丽。
>
> 蓝天下,为永远的谜迷惑着的
> 是我们二十岁的紧闭的肉体,

---

① 奚密:《现代汉诗:一九一七年以来的理论与实践》,奚密、宋炳辉译,上海三联书店,2008年版,第86、89页。

> 一如那泥土做成的鸟的歌,
> 你们被点燃,却无处归依。
> 呵,光,影,声,色,都已经赤裸,
> 痛苦着,等待伸入新的组合。①
>
> ——《春》

这首诗显然整个就是一个欲望的隐喻,但是这样书写欲望实在是太惊人了,而且这里的"欲望"究竟是什么欲望也值得琢磨。在 2009 年的一篇文章中我曾提出,此诗从 1942 年初稿写成至 1947 年之间,至少有过三个不同版本,并曾就此中隐喻构建的过程略做探讨。② 这里进一步地分析其背后诗思运作的细节。此诗第 5—8 行,三个版本分别为:

版本一: 如果你是女郎,把脸仰起,/ 看你鲜红的欲望多么美丽。// 蓝天下,为关紧的世界迷惑着/是一株廿岁的燃烧的肉体,③

版本二: 如果你寂寞了,推开窗子,/ 看这满园的欲望多么美丽。// 蓝天下,为永远的谜迷惑着/是人们二十岁的紧闭的肉体,④

版本三: 如果你是醒了,推开窗子,/ 看这满园的欲

---

① 穆旦:《穆旦诗集(1939—1945)》,作者自印,1947 年 5 月版,第 81 页。原诗第 10 行有"卷曲又卷曲",但在诗集最后的"正误表"中此五字被去除。
② 李章斌:《现行几种穆旦作品集的出处与版本问题》,《中山大学学报》(社会科学版),2009 年第 5 期。
③ 穆旦:《春》,《贵州日报·革命军诗刊》,1942 年 5 月 26 日。
④ 穆旦:《春》,《大公报·星期文艺》(天津版),1947 年 3 月 12 日。

望多么美丽。// 蓝天下，为永远的谜迷惑着/是我们二十岁的紧闭的肉体，①

可以看到，穆旦在1942年的版本一中，最初是将花朵"设喻"为"女郎"，尔后说它"是一株廿岁的燃烧的肉体"也就顺理成章了。但这样设喻，其假设的成分还是过于明显，花朵是花朵，人是人，"人"与"花"各不相干。到了第二个版本中，则发生了决定性的改变，穆旦不再把花朵"比作"人了，而是直接把它当作人来写，直接赋予其动作，比如"寂寞""推开窗子"等，后面"蓝天下，为永远的谜迷惑着"接续的也不再是"花朵"了，而是"人们二十岁的紧闭的肉体"。这就是隐喻的直接命名。这里再次强调隐喻不是"比方"——尽管它可以当"比方"来理解——而是词语跨越领域的命名，而且这种命名经常是不做解释的。保罗·利科提醒我们，"明喻显示了在隐喻中发挥作用但并非主干成分的相似因素"②。换言之，隐喻中的相似性问题并非主要因素，这也是它与明喻的区别。当穆旦说处于蓝天下的不是"花朵"而直言是"人们二十岁的紧闭的肉体"，他实际上把原来的设喻过程完全省略了，但是这样一来语言的含义就扑朔迷离了。不过，诗中还是留下了线索，比如"紧闭"，是隐喻中的"借词"，以花朵之"紧闭"隐指欲望之"紧闭"，而不加解释。实则是意欲将人之领域与花朵之领域混而为一，背后包含着主体意欲拥抱万物的渴求。在版本三中，穆旦

---

① 穆旦：《穆旦诗集（1939—1945）》，作者自印，1947年5月版，第81页。
② 保罗·利科：《活的隐喻》，汪堂家译，上海译文出版社，2004年版，第33页。

进一步将"是人们二十岁的紧闭的肉体"改为"是我们二十岁的紧闭的肉体",这里,主体企图融入客体,合而为一。设想,当你推开窗子看到的居然是"我们二十岁的紧闭的肉体"时,这是多么震惊而又恍然的一种体悟!

穆旦在二十世纪四十年代很少阐述自己的诗学观念,不过,在六十年代为《丘特切夫诗选》所作的后记中,我们看到了这样的观念:"丘特切夫诗中,令人屡屡感到的,是他仿佛把这一事物和那一事物的界限消除了,他的描写无形中由一个对象过渡到另一个对象,好像它们之间已经没有区别。"[①] "由于外在世界和内心世界的互相呼应,丘特切夫在使用形容词和动词时,可以把各种不同类型的感觉杂糅在一起。"穆旦说丘特切夫"由于不承认事物的界限而享有无限的自由"[②],实际上,穆旦早在二十世纪四十年代就享有这"自由"了,甚至比丘特切夫有过之而无不及。从《春》的三个版本变迁中,可以看到穆旦是如何企图消融主体、客体界限,将"不同类型的感觉杂糅",弥合人与"物"之间的裂缝,把"人"与"物"的存在鲜活地展现出来。进一步地说,《春》书写的欲望在表层上是男女情欲,但背后则隐隐浮动着一种言说之欲,即言说主体想要进入现时,拥抱"物"的渴求。我们之所以做出这样冒险的玄学引申,是因为穆旦是一位具有很强的形而上学倾向的诗人,比如在看起来同样是情欲书写的《诗八首》中,穆旦竟发出这样的玄学感

---

① 穆旦:《〈丘特切夫诗选〉译后记》,《蛇的诱惑》,曹元勇编,珠海出版社,1997年版,第215—216页。
② 穆旦:《〈丘特切夫诗选〉译后记》,《蛇的诱惑》,曹元勇编,珠海出版社,1997年版,第217页。

触:"静静地,我们拥抱在/用言语所能照明的世界里,/而那未成形的黑暗是可怕的,/那可能和不可能的使我们沉迷。"(《诗八首(二)》)这几行诗以及前面《春》的修改过程触及隐喻语言的本体论问题。保罗·利科指出:"将人描述成'行动着的人',将所有事物描述成'活动着的'事物很可能是隐喻话语的本体论功能。在此,存在的所有静态的可能性显现为绽放的东西,行为的所有潜在可能性表现为现实的东西。"① 穆旦的隐喻实际上就是以言语"照明"(命名)那"未成形的黑暗",并将之显现为"绽放的东西"。

但是物我之间不可消融的界限仍在,隐喻只是"仿佛"消融了这种界限,若完全消融了,隐喻的张力也就不复存在。另外,前面穆旦在说"不同的感觉"的时候,使用的是"杂糅"这个词(而不是"融合"),这耐人寻味。回头来看《春》,可以说它在感觉上也有"杂糅"的特色,背后流露的是主体对于拥抱万物的徒然的焦渴。值得注意的是第10行,在版本一中原为"你们是火焰卷曲又卷曲"②,到了版本二中却变成"你们燃烧着却无处归依"③,把"无处归依"强调出来了。这里燃烧的不仅是欲望,也是诗人对这个世界的丰盛的感性,但是这种感性"却无处归依",所以下一行才说"光,影,声,色,都已经赤裸"!在我看来这两行诗是一个意味十足的"象征行动"④,它

---

① 保罗·利科:《活的隐喻》,汪堂家译,上海译文出版社,2004年版,第58页。
② 穆旦:《春》,《贵州日报·革命军诗刊》,1942年5月26日。
③ 穆旦:《春》,《大公报·星期文艺》(天津版),1947年3月12日。
④ 关于"象征行动",参见 Kenneth Burke, *Language as Symbolic Action*, Berkeley & Los Angeles: University of California Press, 1966。

征示着欲望/言说主体想要融入世界又无法融入,"就要得到[万物]又不能得到"(《我歌颂肉体》),而只能痛苦地"等待"且"无处归依"。这与那首著名的《我》中展现的形而上学处境一样了:"永远是自己,锁在荒野里。"

进一步地说,如果穆旦这些新造隐喻象征着诗人想要激活万物,进入"现时"的渴求的话,那么问题在于,他所认知到的世界又是混乱而且丑陋的,于是穆旦所谓"外在世界和内心世界的互相呼应"的诗学理念就经常在实践中磕磕碰碰,有时甚至尴尬而且诡异,比如"呵,钢筋铁骨的神,我们不过是寄生在你玻璃窗里的害虫"(《城市的舞》),"痛苦的问题愈在手术台上堆积"(《饥饿的中国》),还有著名的"商人和毛虫欢快如美军"(《反攻基地》);这种"尬喻"(并无贬义)在四十年代穆旦诗歌中比比皆是,经常让读者有一种人与物、物与物、人与人"相煎何太急"之感,但这些激烈而略显诡异的修辞也正是穆旦诗歌的迷人之处。它们展现出一种浓郁的精神氛围,即现代世界中人的孤独,人与世界的关系的空前紧张,以及人在历史中的无力与绝望(详见第二节)。本雅明指出,"隐喻的基础首先是一种语言上的张力的可能性,而这种张力只能以精神的力量加以解释。因而,词与词之间的紧张关系是精神与物的紧张关系的再现"[①]。

不妨想想这是多么奇怪的一种"结合":一个有着强烈的语言更新冲动的诗人,却没有投入纯美学的诗性创造中——时也

[①] 本雅明:《发达资本主义时代的抒情诗人:论波德莱尔》,张旭东、魏文生译,生活·读书·新知三联书店,1989年版,第17页。

命也——反而遭遇到阴暗的世界、险恶的历史。这时我们就看到语言自身仿佛发出一些不和谐的吱哑作响,这大概是语言自身创造的喜悦与被命名之物的单调和丑恶之间"不匹配"所发出的摩擦声。在穆旦诗歌中,我们看到的是修辞内部巨大的不和谐,命名的巨大的张力。然而,对于处于现代历史中的写作而言,这很难避免。借用朱朱的一句诗来说,这不和谐的吱哑作响才是"真正的故事,其余都是俗套"①。

二、"历史的矛盾压着我们"

穆旦诗歌所展现出强烈的形而上学色彩并不是一个孤立、抽象的玄学立场,而是与其时的历史语境紧密地关联。而且,穆旦是一个喜欢涉入历史、政治题材的诗人。虽然这一类作品并不如他的《诗八首》《春》一类含蓄优美的玄诗来得知名(这本身就有复杂的原因),但这并不意味着它们的重要性比后者低。相反,在我们看来,穆旦是现代中国最为深刻地理解现代历史大变局的诗人之一;他的很多时事诗、社会诗,看似过于激烈,甚至有些粗糙,但其真正的意义恐怕要到二十一世纪才为人所切身地体会到。如果把他的历史意识和历史观从他的诗学世界中剔除出去,也很难理解他那些抽象的玄学思辨和复杂的修辞风格的当下性与具体性。

---

① 朱朱《拉萨路》:"你向我们展示每个人活在命运给他的故事/和他想要给自己的故事之间的落差,/这落差才是真正的故事,此外都是俗套……"(朱朱:《故事》,上海人民出版社,2011年版,第82页)

从四十年代初期开始,穆旦对于历史、社会、政治、人性的理解就有了悄无声息又根本性的转折,他开始超越他三十年代后期写作中那种以历史进步为基调的民族国家视野——当然并不是彻底抛弃——开始转向一种有明显的基督教精神烙印的道德与历史视野,这时他的诗歌色泽就明显与当时的"国防诗歌"一类的作品区别开来了,比如1941年的这首《控诉》:

> 因为我们的背景是千万人民,
> 悲惨,热烈,或者愚昧地,
> 他们和恐惧并肩而战争,
> 自私的,是被保卫的那些个城;
>
> 我们看见无数的耗子,人——
> 避开了,计谋着,走出来,
> 支配了勇敢的,或者捐助
> 财产获得了荣名,社会的梁木。

这首明显有着抗战背景的诗在1942年发表时,原题"寄后方的朋友"①,可是这封"寄后方的朋友"的信恐怕要令那些"朋友"大为诧异了:这是在鼓舞抗战吗?显然不是,相反似乎在指控某些自私、狡猾的"耗子"。那穆旦在"控诉"什么呢?读到这首诗的最后,可以看出端倪了:

---

① 穆旦:《寄后方的朋友》,《自由中国》,1942年,第2卷1—2合期。

我们为了补救，自动的流放，
什么也不做，因为什么也不信仰，
阴霾的日子，在知识的期待中，
我们想着那样有力的童年。

这是死。历史的矛盾压着我们，
平衡，毒戕我们每一个冲动。
那些盲目的会发泄他们所想的，
而智慧使我们懦弱无能。

我们做什么？我们做什么？
呵，谁该负责这样的罪行：
一个平凡的人，里面蕴藏着
无数的暗杀，无数的诞生。

到最后读者明白了，原来穆旦控诉的正是"我们"——每一个"平凡的人"。穆旦对历史、社会的指控最后都归结到人性，这正是基督教的一贯特色。换言之，穆旦最后控诉的是人之恶（罪性），他看到的是人本身的险恶（哪怕是在抗战这样的背景下）："一个平凡的人，里面蕴藏着／无数的暗杀，无数的诞生。"关于这一点，当代诗人也不是毫无感知，比如多多，这位对于人之恶与历史之痛同样也有深刻体会的当代诗人，就曾直截了当地指出"最后归结就是他对于人性的控诉，控诉的是人性"（《控诉》）。"就因为在这里，他有终极性的拷问。否则，这样的诗歌就是大敌当前，抗日，然后后头多么好……那样的东西它很快就会过去,不能成为诗歌的本质的内涵。"① 多多说这首诗最令他感兴趣的是"有极其冷静的一双眼睛在观察"②,确实,穆旦冷静地对于人性(包括自身)的终极性拷问,让这首诗明显地和同时代大部分诗歌区别开来,成为一个独特的存在。另外,还应该考虑到穆旦本人也曾自愿参与抗战——甚至还有过九死一生的战场经历——这提醒我们,穆旦可能有多重的伦理与历史视野,而且个人经历是一回事,诗歌文本又是另一回事。

多多在提到《控诉》时感叹:"人性没有变,和五千年前的人相比没有什么根本变化。"③ 而穆旦在四十年代的诗中就曾说:

> 幻想,灯光,效果,都已集中,
> "必然"已经登场,让我们听它的剧情——
> 呵人性不变的表格,虽然填上新名字,
> 行动的还占有行动,权力驻进迫害和不容忍,
>
> 善良的依旧善良,正义也仍旧流血而死,
> 谁是最后的胜利者?是那集体杀人的人?
> 这是历史令人心碎的导演?
>
> ——《诗四首》(三)

这里包含的强烈的反讽让我们想起了东欧诗人米沃什的一些作

---

① 多多、李章斌:《是我站在寂静的中心——多多、李章斌对谈录》,《文艺争鸣》,2019年第3期。
② 同上。
③ 同上。

品（详见第三节）。"必然"这个词容易与"历史必然性"这个口头禅联系在一起，但穆旦看到的不是历史进步的"必然"，而只是"人性不变的表格""填上新名字"，是历史的同义反复。穆旦在四十年代历史中把握到的脉搏是"权力驻进迫害和不容忍"，这让我们想到了多多的一句诗"是权力造痛苦，痛苦造人"，这两位诗人先后以不同的语调，发出振聋发聩的警示。

通观穆旦四十年代至七十年代的作品，可以看到他的"人观"与历史观实际上一以贯之，他对于人之恶的观察还有末世论式的历史意识也是一以贯之的，只是具体的针对性有所不同。穆旦感叹："中国的历史一页页翻得太快"，"仿佛一列火车由旅客们开动，/失去了节奏，不知要往哪里冲"。① 当大部分知识分子舒适地稳坐在一列开往"光明未来"的列车时，穆旦却有一种深刻的怀疑和不安全感。穆旦感到自身是如此的孤立和被禁锢：

> 报纸和电波传来的谎言
> 都胜利地冲进我的头脑，
> 等我需要做出决定时，
> 它们就发出恫吓和忠告。
>
> 一个我从不认识的人
> 挥一挥手，他从未想到我，
> 正当我走在大路的时候，

---

① 穆旦：《父与女》（穆旦遗稿），此处所引据易彬：《"秘密"的写作——穆旦形象考察（1958—1977）的一条线索》，《中国当代文学研究（2006卷）》，张炯、白烨主编，河北教育出版社，2006年版，第214—225页。

却把我抓进生活的一格。

从机关到机关旅行着公文,
你知道为什么它那样忙碌?
只为了我的生命的海洋
从此在它的印章下凝固。

在大地上,由泥土塑成的
许多高楼矗立着许多权威,
我知道泥土仍将归于泥土,
但那时我已被它摧毁。

仿佛在疯女的睡眠中,
一个怪梦闪一闪就沉没;
她醒来看见明朗的世界,
但那荒诞的梦钉住了我。
——《"我"的形成》

这首《"我"的形成》题目就极具反讽意味,与其说是在写"'我'的形成",不如说是在写"'我'的毁灭"。"报纸""电波""谎言""机关""印章"等,它们构成了社会,更广泛地说,即"历史"。"泥土塑成的许多高楼"让我们想到《圣经》里所说的沙土上的建筑——它同样也是人类社会的一个隐喻——它终将毁灭,但是生活其中之人早已被它摧毁。在晚年穆旦的眼里,这些就仿佛是一个疯女人的荒诞的梦,更荒诞的是,自己的生命就"钉"在这个梦里,仿佛钉在一个耻辱柱上。关于"钉",应该记得,穆旦在1947年的《牺牲》中就写过:"一切丑恶的掘出来/把我们钉住在现在……"历史的梦魇最阴暗之处,就在于它让厌弃它的人永远也等不到从其中醒过来的那一天。就这首诗歌所传达的启示力量而言,它让我们想起了曼德尔施塔姆的《无名战士之歌》。和曼德尔施塔姆一样,穆旦也几乎是孤身一人对抗外部的历史的。

三、自反之诗

如前所述,穆旦四十年代所面临的历史与生存的阴暗景象,与他身上那股强烈的语言更新的修辞潜能构成一种奇异的结合,这种结合当然并不总是和谐而完美的,但在磕磕碰碰中也有相当可观的佳作产生。而到了穆旦晚年(七十年代)作品中,原来的语言更新的冲动已经有所消退,隐喻虽然还经常出现,只是不再有过去那股重新命名万物的新鲜气息。晚期穆旦诗歌在修辞上似乎给人一种单调、直白之感。"历史的矛盾"依然"压着我们",只是穆旦不再像过去那样以"暴力"命名的方式来抵抗这种压力。不过,在晚年穆旦诗作看似平淡的修辞外表下,另有一种隐秘的诗学创新,一种自反性的诗歌构架,来进行与死亡、与历史的负隅顽抗,它们在修辞上或可称为"反讽"(irony)。来看一首简单的诗,《苍蝇》(1975):

苍蝇呵,小小的苍蝇,

在阳光下飞来飞去，
谁知道一日三餐
你是怎样的寻觅？
谁知道你在哪儿
躲避昨夜的风雨？
世界是永远新鲜，
你永远这么好奇，
生活着，快乐地飞翔，
半饥半饱，活跃无比，
东闻一闻，西看一看，
也不管人们的厌腻，
我们掩鼻的地方
对你有香甜的蜜。
自居为平等的生命，
你也来歌唱夏季；
是一种幻觉，理想，
把你吸引到这里，
飞进门，又爬进窗，
来承受猛烈的拍击。

这首诗乍看之下平平无奇，似乎是一首歌颂渺小生命的赞歌。然而从"自居为平等的生命"一行开始，诗歌的气氛开始有了微妙的转变，到了最后两行，前面所营造的喜气洋洋的气氛戛然而止："飞进门，又爬进窗，/来承受猛烈的拍击"！读者可能会纳闷：什么？这是什么意思？一般来说，诗歌如何结尾是一件相当重要的事,因为诗歌总是奔向它的结尾(死亡),即它的完成。这首小小的苍蝇之歌的终点居然是一次戏剧化、令人愕然的死亡,这引人深思。如果联想到五十年代之后穆旦自身曲折的人生经历——留学、回国、被批斗等[①]——再看看诗中的种种细节,比如"是一种幻觉,理想,/把你吸引到这里",那么不难看出其中的自讽意味。由是观之,最后一行所暗示的刺耳的拍击之声,与前面的欢腾调子形成了尖锐的反讽,这反讽不仅让前面的欢腾毁于一旦,而且使前 19 行的每一个字都变得可疑。比如"自居为平等的生命",其背后恐怕是:"你难道也是平等的生命?"穆旦说:"《苍蝇》是戏作……"[②]不过,这里的游戏是一个关于死亡的游戏,事情就没有那么轻松了。

说到死亡,这或许也是穆旦晚年频频使用反讽这种诗歌装置的原因之一。之所以称其为"诗歌装置"而非"语言装置",是因为反讽——至少穆旦的反讽——往往并不仅在语言内部运作,它还必须与历史、个人语境结合才成其为反讽。或者说,反讽本身就是语言与语境相互"协商"的结果。穆旦晚年的写作语境是什么?死亡的胁迫,生存的阴暗,历史的同义反复;而反抗,几乎显得像卡夫卡《城堡》中的 K 一样荒诞到可笑的地步。与四十年代相比,穆旦晚年陷入更深的绝望与虚无之中。这时,诗歌之自反似乎成为仅剩的有力工具。用一个悖论句式来说,它的有力正在于它直面自身之无力,它是在无力中显示

[①] 另参见易彬:《"把自己整个交给人民去处理"——被打成"历史反革命分子"的穆旦》,《扬子江评论》,2014 年第 2 期;《从新见材料看穆旦回国之初的行迹与心迹》,《扬子江评论》,2016 年第 5 期。

[②] 穆旦:《穆旦诗文集》,李方编,人民文学出版社,2014 年版,第 308 页。

出它的力量的：

> 但如今，突然面对着坟墓，
> 我冷眼向过去稍稍回顾，
> 只见它曲折灌溉的悲喜
> 都消失在一片亘古的荒漠，
> 这才知道我的全部努力
> 不过完成了普通的生活。
>
> ——《冥想》

这首《冥想》显然与"冥"（死亡）有关。它的最后两行也是晚年穆旦最有力的诗行之一，在这里，可以看到诗歌的内部在暴动，语言分明在反对自己，又在反对中有所肯定。若说诗人一生的"全部努力"仅仅是完成了"普通的生活"，任何一个读者都会反对。但若从万物都有其大限的角度来看，又不得不承认这一点："我傲然生活了几十年，/仿佛曾做着万物的导演，/实则在它们长久的秩序下/我只当一会小小的演员。"（《冥想》）当面临着历史的无尽循环与形而上的亘古荒漠，又可说个人所拼尽全力实现之种种不过是沙土上的虚妄建构而已。这里有生而为人的痛苦与酸楚，亦隐隐流露着诗人的高傲。这种高傲就是把自己化入尘埃的勇气。就像布罗茨基所言，"做众所周知的那座草堆中的一颗针——但要是有人正在寻找的一颗针——这便是流亡的全部含义"①。

---

① 布罗茨基：《文明的孩子》，刘文飞译，中央编译出版社，1999年版，第51页。

> 只有痛苦还在,它是日常生活
> 每天在惩罚自己过去的傲慢,
> 那绚烂的天空都受到谴责,
> 还有什么彩色留在这片荒原?
>
> 但唯有一棵智慧之树不凋,
> 我知道它以我的苦汁为营养,
> 它的碧绿是对我无情的嘲弄,
> 我咒诅它每一片叶的滋长。
>
> ——《智慧之歌》

穆旦晚年诗歌中的反讽构建实则是诗歌对于生存所进行的否定中的肯定。在穆旦对"智慧之树"所进行的痛苦的指控中,在他"咒诅它每一片叶的滋长"时,我们亦看到这样一种否定中的肯定,因为他在否定时,分明又在否定这种否定。这种否定中流露出不愿生而为人的决绝,但也正是在这种否定中,才令人感到对生命的无限惋惜。

反讽在古希腊时代有"滑稽模仿"之义,尤其在苏格拉底式的反讽中。① 但到了浪漫主义时代以后,反讽成了一种根本性的修辞,因此有所谓"浪漫派的反讽"(Romantic irony)一说。浪漫派的反讽是一种"表达现实的悖论性"的方式,浪漫派作家往往"先创造一种幻觉,尤其是美好的幻觉,然后忽然毁掉

---

① Alex Preminger ed., *Princeton Encyclopedia of Poetry and Poetics*, Princeton: Princeton University Press, 1965, p. 407.

它,比如用话锋一转,或者个人评论的方式,或者情绪上的强烈反差"。① 上文《苍蝇》一诗的反讽构造与之相似。政治哲学家卡尔·施米特曾经指控浪漫派反讽是一种"逃避现实"的方式,也是"避开明确的立场"的方式,"浪漫派的反讽,从本质上说,是与客观性保持距离的主体在思想上采用的权宜之计"。"他的反讽对象显然不是主体,而是这个主体不屑一顾的客观实在"。② 施米特坚持他对浪漫派"油滑"本质的判断,却不知浪漫派的虚无倾向有其深刻的现代根源。穆旦的反讽与浪漫派的反讽有所关联,而又有所区别。③ 表面上看,穆旦的反讽也是在"避开明确的立场"——六七十年代的穆旦又有什么可能去表达"明确的立场"呢?——但是他的反讽处处指向主体自身,比如在《"我"的形成》中,其题目和正文就暗含了反讽:即"我"的毁灭和瓦解。他的反讽对象不仅是外部的"客观性",也是外部重压下的主体自身,它导向了一个结局,即主体的瓦解——显然,这也是穆旦诗歌从四十年代开始一贯的特色,只是到了晚年有了更具体的历史相关性。

无论是浪漫派还是穆旦的反讽,都多少是一种虚无论的体现。当一个诗人陷入绝对的虚无时,他就很难避开反讽——如果他是一个诚实的诗人的话。因为反讽表面上涉及的是语言中字面义与潜含义的矛盾问题,而实际上传达的意思是,语言中

---

① Alex Preminger ed., *Princeton Encyclopedia of Poetry and Poetics*, Princeton: Princeton University Press, 1965, p. 407.
② 卡尔·施米特:《政治的浪漫派》,冯克利、刘锋译,上海人民出版社,2004 年版,第 75—76 页。
③ 王璞亦曾讨论过穆旦与"浪漫派的反讽"的关系,参见王璞:《穆旦与浪漫派的反讽》,《新诗评论》,2010 年第 2 辑。

也逐渐有诗人感到了"重新历史化"的必要。穆旦诗歌实际上给何为"历史地"写作树立了典范,只是这"典范"的意义并没有被充分地认识。穆旦的写作绝不仅是空洞的修辞演练或者玄学诡辩,而是深深地根植于历史,他不仅触及现代历史的种种阴暗面向,甚至在修辞的微毫细节中,也体现出独特的历史意识。他向当代诗人展示如何"介入"历史。"介入历史"绝不仅仅是对于历史的"反映",相反,它是一种在历史处境中展现人性力量的有力途径,这与当下的诗歌写作有直接的相关性。如果我们无法否定"外部"的话,那么至少可以否定自身,这是诗歌仅剩的"自由":"让我们自己/就是它的残缺。"(《被围者》)穆旦的大部分写作,归根结底,触碰的是人的失败。如果说这些诗歌对于我们有何教益的话,那不妨借用布罗茨基的一句话来说,它们教自由人如何失败。"如果我们想发挥更大的作用,一个自由的人的作用,那么我们就应该能够接受——或至少能够摹仿——自由人的失败方式。"[1]

(本文原刊于《文艺争鸣》2018 年第 11 期)

---

[1] 布罗茨基:《文明的孩子》,刘文飞译,中央编译出版社,1999 年版,第 61 页。

"怨气"与"常心"

——关于多多诗歌写作"动力"的一种思考

《论语》说:"诗可以怨。""怨"既是一种诗歌功能和目的,又是一种诗歌之"气",或者说诗歌的"动力装置"。当代先锋诗歌从七十年代的"地下写作"开始,就带有强烈的与历史语境和正统文化争辩、对抗的倾向,可以说是一种"对抗诗学",至八九十年代虽然淡化了其意识形态与政治因素,但是那种自居为"边缘""异端",并与主流文化和社会对抗的心态依然是根深蒂固的。显然,在这种对抗中,"怨"与"怒"是少不了的。甚至可以说,"怨"催生了中国当代先锋诗歌最优秀的一批作品,是中国当代诗歌最有力的"动力装置"。在这些诗人当中,多多的诗作(还有其怨气)都是令人印象深刻的。

多多说:"巨大的怨气一定使你们有与众不同的未来。"(《看海》)这句话几乎一语成谶。无论是他七十年代的早期诗作,还是八九十年代成熟期的写作,"巨大的怨气"是一以贯之的,诗人所"怨"的对象并不止于政治、历史,也可以包括感情、身世,甚至写作者自己。而且,随着多多写作的逐步成熟,这种"怨气"渐渐地并不是以"牢骚"的方式表露,而是更为隐晦、深沉地体现于他的反讽、隐喻乃至语言游戏之中,有时甚至隐藏于他的"骄傲"之中。八十年代末，正值历史风云突变之际，多多离开了中国大陆，来到欧洲定居。然而，在这个平和安静、"没有一个女人不会亲嘴"的欧洲，多多却感到格格不入，隐隐中颇有"怨气"：

> 当教堂的尖顶与城市的烟囱沉下地平线后
> 英格兰的天空，比情人的低语声还要阴暗
> 两个盲人手风琴演奏者，垂首走过
>
> 没有农夫，便不会有晚祷
> 没有墓碑，便不会有朗诵者
> 两行新栽的苹果树，刺痛我的心
>
> 是我的翅膀使我出名，是英格兰
> 使我到达我被失去的地点
> 记忆，但不再留下犁沟
>
> 耻辱，那是我的地址
> 整个英格兰，没有一个女人不会亲嘴
> 整个英格兰，容不下我的骄傲
>
> 从指甲缝中隐藏的泥土，我
> 认出我的祖国——母亲
> 已被打进一个小包裹，远远寄走……
>
> ——《在英格兰》（1989—1990）①

---

① 多多：《多多诗选》，花城出版社，2005年版，第161页。

有的读者从中读出了"乡愁",有的读出了"流亡",还有的读出了"骄傲"。"整个英格兰,容不下我的骄傲"一语乍看之下有点刺眼,有的读者或许会困惑:为何诗人的"骄傲"要以否定"整个英格兰"为前提或者"垫脚石"呢?如果我们翻看多多同时期在欧洲写的诗作,其实里面并没有多少批判英国或者西方文明的内容,这句诗就更显得令人诧异了。"没有墓碑"指涉不在场的死亡,它的存在,让"新栽的苹果树"这样生机勃勃的景象也"刺痛我的心"。多多作为一个中国诗人在这个时刻来到国外,身上刻着历史的伤痛与耻辱,身处"没有一个女人不会亲嘴"的异域文化中,是何其的反讽与辛酸。在这一刻,诗人痛切地感到自己是一个异乡人。"整个英格兰,容不下我的骄傲"是一句"怨语",是痛彻地感受到历史的反差与文明的落差之后的"怨",其中包含了"偷偷流出的眼泪"。在这一刻,多多与"少陵野老吞声哭"的杜甫是相同的。从这一角度来看,多多那首聚讼纷纭的名作《居民》其实也有哀悼的意味:

> 在没有睡眠的时间里
> 他们向我们招手,我们向孩子招手
> 孩子们向孩子们招手时
> 星星们从一所遥远的旅馆中醒来了
>
> 一切会痛苦的都醒来了
>
> 他们喝过的啤酒,早已流回大海
> 那些在海面上行走的孩子

> 全都受到他们的祝福：流动
>
> 流动，也只是河流的屈从
>
> 用偷偷流出的眼泪，我们组成了河流……①
>
> ——《居民》（1989）

这里包含着来自历史与时间的深层次的哀伤，是"屈从"者对于历史的无奈与无声的反抗。这里的"痛苦"既是历史的，又是形而上的。

然而没有哪位诗人愿意去做一个"例行的哀悼者"（米沃什《在华沙》），如果诗歌中充满了来自历史的阴暗，也会被后者所压垮和"同构"。再说，诗歌毕竟不是新闻报道和史书，它能对"现实"做什么呢？因此，需要一种语言"势能"来应对这股来自历史的压力。在这个过程中，"怨"的力量就显示出其效能了，它充盈于多多诗歌的语言之中，很多时候，就像保罗·策兰那样，它甚至让词语进行自我伤害，形成一道酷烈的语言风景，它与酷烈的存在构成对称：

> 拖着一双红鞋趟过满地的啤酒盖
> 为了双腿间有一个永恒的敌意
> 肿胀的腿伸入水中搅动
> 为了骨头在肉里受气

---

① 多多：《多多诗选》，花城出版社，2005年版，第159—160页。

为了脚趾间游动的小鱼

为了有一种教育

从黑皮肤中流走了柏油

为了土地，在这双脚下受了伤

为了它，要永无止境地铸造里程

用失去指头的手指着

为了众民族赤身裸体地迁移

为了没有死亡的地点，也不会再有季节

为了有哭声，而这哭声并没有价格

为了所有的，而不是仅有的

为了那永不磨灭的

已被歪曲，为了那个歪曲

已扩张为一张完整的地图

从，从血污中取出每日的图画吧——

——《为了》(1993)[1]

初读之下，很多读者很难明白这首接近于呓语的诗歌究竟是什么"意思"，但也会被诗歌节奏中流露出的决绝气魄所震撼。若只挖掘其字面意思，能挖掘出的东西少之又少：生活在国外，终日酗酒，腿脚肿胀，然后是洗脚，然后是痛哭。但是，如若我们一口气朗读完此诗，可以发现字里行间有着一股巨大的"气"，且看"骨头在肉里受气"和"用失去指头的手指着"这些惊人的语词

---

[1] 多多：《多多诗选》，花城出版社，2005年版，第200页。

吧，真是怒发冲冠。全诗在"为了"一词所构造的节奏中飞流直下，一直到最后一行，节奏突然放慢——更猛烈的爆发来临的前兆——在"从"字上顿了一顿（这与朗诵完全合拍）。这个停顿，读起来有一种哽咽之感。全诗最后才冲出"从血污中取出每日的图画吧——"这一痛苦的结语，真是琴声呜咽。

"从血污中取出每日的图画吧"显然是带着强烈怨愤的反讽（正话反说），它承接"那永不磨灭的/已被歪曲"一语，可指历史与政治，也可指其他方面，难以断言，但更像是甩向历史的一记响亮的耳光，它从措辞中就流露出强烈的敌意与对抗性，拒绝字面上的阐释。它是一种有意的扭曲，但是一种高贵的扭曲。从"骨头在肉里受气""众民族赤身裸体地迁移""这哭声并没有价格"等语词中都能够读出巨大的怨气，这种怨气萦绕于词语之间，似乎是在对词语"施暴"，或者说，仿佛语言在伤害自身，因此也让人觉得有精神错乱之感。不过，既然汉语已经被伤害过很多次——尤其对于经历过那几十年历史的诗人而言——它为什么不可以自己伤害一下自己呢？对于多多这一代的诗人而言，语言的更新很多时候是通过暴力乃至"自伤"的方式实现的，这可以说是当代诗史上的一道"酷烈风景"——而且，"本身就是一个故事"（《手艺》）。

"诗可以怨"，但"怨"并不仅仅是一个纯粹的个人心理问题，它之所以成为当代先锋诗歌写作的强大的"内驱力"，与当代诗人的总体存在状态和社会定位有关。关于"怨"，钱锺书先生写了一篇有意思的文章叫《诗可以怨》，他对中国文学为何走上了独尊"怨"一路做了透彻分析，其实"怨"与"群"原来在很多诗人和诗论家中是并重的，只是后来才逐渐重"怨"

而轻"群"。① 文中提醒我们去好好留心《诗品·序》里的一节话:"嘉会寄诗以亲,离群托诗以怨。"这句话看上去在说诗人的"亲"与"怨"是在何种具体语境下发生的。从字面上来理解,则是和大家在一起时写诗就容易写得亲切,而离群索居就会在诗歌中带有"怨"气。如果稍稍引申一下,不妨说,以"怨"为诗大抵是一种"离群"状态,或者说在"怨"这种诗歌动力中蕴含了写作个体与群体和社会的紧张,甚至对立的关系,这一点对于当代诗人而言尤其如此。在这个过程中,诗歌又进一步地拉远了自身与读者乃至一般意义上的"人"的距离,成为一种不与读者"亲(近)"的诗歌(诗学),甚至在极端情况下,变成一种不与"人"亲近的诗歌,而在多多的诗歌中,就出现这种情况。杨炼、顾城九十年代之后的作品也多少如此。

从某种意义上来说,多多在八十年代中期之后的诗歌就逐步往"非人的诗学"的方向发展。其实,早在他1989年的文章中,就曾用"非人"一词来形容根子七十年代的诗歌:"也是随着时间我才越来越感到其狞厉的内心世界,诗品是非人的"②。多多诗歌在此后几十年的持续发展中将这种"非人的诗学"发展到极致。比较而言,多多早期(七十年代)诗歌更倾向于对具体的历史与人性之"恶"的表达,③ 而后期则走向一种对人世与普遍意义上的"人"的否定和蔑视,背后暗含了一种形而上

---

① 钱锺书:《七缀集》,生活·读书·新知三联书店,2002年版,第115—132页。
② 多多:《北京地下诗歌(1970—1978)》,《多多诗选》,花城出版社,2005年版,第243页。
③ 限于篇幅,此不详论,笔者曾另文详述,参见李章斌:《"保持整理老虎背上斑纹的疯狂":再读多多》,《扬子江评论》,2018年第2期。

学的视野。也正因为如此,他后期才会对保罗·策兰和普拉斯这两位弃绝人世的诗人如此"青眼有加"。这种诗学提供了一个超越性的视野(诗歌视镜),超越于人类,仿佛于外太空或者另一个星球遥望人类,因此其气质也显得卓尔不群、孑然独立:

> 裸露,是它们的阴影
> 像鸟的呼吸
>
> 它们在这个世界之外
> 在海底,像牡蛎
>
> 吐露,然后自行闭合
> 留下孤独
>
> ——《它们——纪念西尔维亚·普拉斯》(1993)①

此中流露出一种非人间的气息,它包含着对人世的彻底的恨与怨。诗歌最末的"让他们用吸尘器//把你留在人间的气味/全部吸光"一句暗示,"吸尘器"的世界,或者说"他们"的世界,根本不值得留恋,而在诗人的死亡里留存的不过是"雪花,盲文,一些数字",仿佛一些密码,也很难为俗世所理解。

多多在中国当代诗歌中的存在,令人想到了庄子在先秦诸子中的存在。这位两千多年前的痛苦的思想家,在某些特定的时刻,也并非没有触及一种"非人的形而上学",比如在《人间

---

① 多多:《多多诗选》,花城出版社,2005年版,第198页。

世》中所表露的对人世的蔑视,还有《养生主》里对非人的世界的向往,不乏可与多多的诗歌相互对照之处。另外,多多在后期也确实展现出对道家思想的浓厚兴趣。实际上,多多给中国当代诗歌树立了一个很高的形而上学标准,在这个参照系下,那些简单地书写"日常生活""口语"或者"语言实验""底层关怀"一类的作品,显得有点像是矮人国里自娱自乐的游戏。换言之,由于他的存在,相当多数量的诗作甚至在当下就失去了意义,这当然也是残酷的事实,尽管令人不悦。

然而,这种遗世独立的视角与风格本身也包含着一种困境和危机。它有着强烈的蔑视"人"的倾向,因此在很多时候也对"人"的生活细节缺乏耐心,对于存在的表现更多取抽象的否定或蔑视的态度,与读者的"对话"经常像是用"盲文"与正常人说话,或者外星人与地球人说话。"非人的诗学"是一个想要拔着自己的头发将自己抽离地面的悖论——却是一个伟大的悖论——但是它终归还是要面向"人"的,它包含了一种形而上的痛苦,就像穆旦所言的"陷在毁灭下面,想要跳出这跳不出的人群"(《牺牲》)。这该死的"人群",却又是诗歌唯一现实的读者。

在孔子的"诗可以怨"的前面,还有一句"诗可以群"。"群"可以做最简单的社交意义上的理解,但若稍微跳脱一下,不妨将其理解为诗的另一种基本功能,即诗歌可以让人意识到人与人之间的关系,并致力于表达和加强这种关系,借用济慈的诗来说,就是让人意识到"你远在人类之中"。布罗茨基对这句话的解释是:"消失于人类,消失于人群(人群?),置身于亿万人之中。……丢掉你的虚荣心吧,它说道,你不过是沙漠中的一粒沙子。"①或许因为当代先锋诗一开始面临的历史语境就不那么"温柔敦厚",大部分先锋诗人也很难将自己视作"沙漠中的一粒沙子",何况后者同样包含着另一种宗教的深厚理解,即基督教式的对人的理解,这对于当代中国诗人而言还是相对陌生的思想。因此,在当代先锋诗歌中,普遍存在这样一种伦理假设,即艺术家的主体高于普通"人群"。

当然,简单化的论断是危险的。虽然多多并不是一位以"群"为主要的写作动力的诗人,不管是他的人生还是写作,仿佛都在演绎李商隐的"人生何处不离群"。但是在他的写作中亦有少许"例外",在某些时刻,诗人还是能够超越自身写作路径的拘囿,表达出一种进入"关系"的渴求,甚至流露出对于"人"的深厚的爱。比如《居民》这首诗虽然写得克制,但是流露出对于"他们"的消失乃至天人两隔的悲哀,最后也暗示"我们"会加入他们的"河流"之中。《常常》(1992)这首诗则罕见地体现出对于"常人"生活的深刻理解,甚至还从中体会到某种"教诲"意义:

常常她们占据公园的一把铁椅
一如她们常常拥有许多衣服
她们拥有的房子里也曾有过人生
这城市常常被她们梦着
这世界也是

一如她们度过的漫长岁月

---

① 布罗茨基:《悲伤与理智》,刘文飞译,上海译文出版社,2015年版,第25页。

常常她们在读报时依旧感到饥饿
那来自遥远国度的饿
让她们觉得可以胖了，只是一种痛苦
虽然她们的生活不会因此而改变
她们读报时，地图确实变大了

她们做过情人、妻子、母亲，到现在还是
只是没人愿意记得她们
连她们跟谁一块儿睡过的枕头
也不再记得。所以
她们跟自己谈话的时间越来越长
好像就是对着主。所以
她们现在是善良的，如果原来不是

她们愿意倾听了，无论对人
对动物，或对河流，常常
她们觉得自己就是等待船只
离去或到来的同一个港口
她们不一定要到非洲去
只要坐在那把固定的铁椅上
她们对面的流亡者就能盖着苹果树叶
睡去，睡去并且梦着
梦到她们的子宫是一座明天的教堂。[1]

---

[1] 多多：《多多诗选》，花城出版社，2005年版，第188—189页。

与他大部分诗作高强度的"暴力"语言相比，这首诗的语风几乎接近说家常。《常常》这首诗写的其实就是很多中年之后的女人的"日常"，即"常常"的事：她们也曾经美丽过，拥有许多衣服，也曾在某间房子里努力经营自己的人生，做过这样或者那样的梦，度过了漫长的岁月，现在如何呢？现在就是诗人在第一句说的："常常她们占据公园的一把铁椅"——安静却也无奈的晚年。读完这首诗后，我们甚至可以揣测，诗人并不了解她们（所以里面的描写对于大部分女人都适用），只是经常在公园里遇见她们，才想起了这一切。

　　他从她们身上看到了什么呢？还有，他如何来看这一切的呢？很明显，既看到了孤独与宁静，也看到了辛酸。"她们做过情人、妻子、母亲，到现在还是/只是没有人愿意记得她们"这暗示着人世的冷酷（甚至孩子都不愿意去记得她们），最讽刺的是，"连她们跟谁一块儿睡过的枕头/也不再记得"。这就是"当你老了"的真实状况。不过，这首诗并没满足于悲叹人之老矣这种基调，他冷静描述，而且带着微讽。在上面这几行后面，紧接着就有："所以/她们现在是善良的，如果原来不是"，换言之，作者清晰地认识到，这种老年的孤独状态或许更容易让一个人变得善良，至少变得真实，而这些女人很多在年轻时显然不是如此。

　　相比于年轻女性生活的风花雪月和喧嚣热闹，多多从晚年女性的生活中发现了更富于诗意的图景，而且颇有形而上学意味。比如"让她们觉得可以胖了，只是一种痛苦/虽然她们的生活不会因此而改变/她们读报时，地图确实变大了"这里既写出一个女人容颜老去的痛苦，也在暗示当一个女人不再关注她的容颜与身材时,陡然发现一个新的世界,"她们读报时,地图确实变大了"巧妙地暗示当这些女人视野变宽时,那种发现新大陆的新奇感,晚年生活也让她们接受了自己的渺小,因此才发现世界是如此巨大。可惜,这是到晚年才发现的,之前她们干什么去了呢?无非在这个城市中做着种种的梦罢了。但这能怪她们吗?谁又不是呢(包括男人)?应当意识到,这里的悲剧显然超越了女性作为一种性别的悲剧,再看:

> 她们愿意倾听了,无论对人
> 对动物,或对河流,常常
> 她们觉得自己就是等待船只
> 离去或到来的同一个港口

前面一句看起来似乎在形容女人到了晚年时心性上的改变,她们不再以自我为中心,变得愿意倾听他人甚至动物,但是忽然之间画面一转:"或对河流",什么样的人会经常坐在河边"倾听"河流呢?不外乎是明白"逝者如斯夫"的人吧,短短四字包含着深刻的悲哀。在米兰·昆德拉的《不能承受的生命之轻》里有类似的一幕,当备受命运打击的特蕾莎一个人坐在布拉格的河边时,看见人们遗弃的木椅子一张张地从河面缓慢漂过时,感觉生活似乎结束了。"她们觉得自己就是等待船只/离去或到来的同一个港口"暗示着一个生命接近凝止的人面对新人、新事那种既宁静又无奈的感受。显然,这幅画面本身就包含着对她们的命运的极大的同情乃至共情。不过,多多非常注意控制他的语调,节制而且时带微讽,以免诗歌的描绘滑入感伤的滥情之中，从而丧失其真实性和客观性，人生的大悲哀不需要廉价的眼泪来衬托。

耐人寻味的是，这首诗歌的最后以一个"流亡者"荒诞的梦结束。考虑到这首诗正是在多多流亡海外期间写的这个背景的话，那么不妨说这个"对面的流亡者"也是作者自身，是整个画面的观察者在画面中的现身。他默默地看到了坐在对面椅子上的女人的一切，他自己也在另一张椅子上昏昏睡去，身上甚至飘满了苹果树叶（一幅同样悲哀的画面），想着这些女人悲哀的一生（但又具有深刻的"教诲"意义），也做着一个关于人生的荒诞的梦，这就是"同病相怜"吧。

这首诗写得既具体又颇有形而上学的意味，这里的"形而上"飞跃显得颇为节制，这正是这首诗的好处。因为形而上学对于诗人而言是一个诱惑，它既可以在很大程度上提升诗歌的视镜和境界，但有时又是一个危险的武器，且不说它会让诗歌显得玄奥，过多的形而上的升华也会伤害诗歌的细节力量与形象性，导致诗人的"主体"过度地侵犯书写的对象进而让其失去鲜活性，同时还带有玄学说教的风险。在《常常》这首诗中存在着多次形而上飞跃的机会，比如第二节"那来自遥远国度的饿"显然指涉一种精神上的饥渴感，但是多多压下了这次"飞翔"，接着又转向"让她们觉得可以胖了"这个生活细节。又比如"她们读报时，地图确实变大了"，这个看似"拼贴"实则巧妙的连接也带有几分"形而上"因素，暗示着一种发现新世界的奇妙感和自身的渺小，但是多多只是点到为止，并没有就此发挥下去。实际上，诗歌的"形而上"飞跃直到最后才起飞，诗中"流亡者"的出现承接了"她们觉得自己就是……同一个港口"一句,而"梦到她们的子宫是一座明天的教堂"在对照之下颇有几分肃穆的意味,它暗示着一个饱受生命"无常"者对于"常人"的眷恋,这种眷恋包含着一颗自我与他人平行的"平常心"。在耐心的书写背后有着深厚的爱,没有这种爱,诗歌中的"克制"便很难成为可能。

"怨气"与"常心",很难说孰是孰非。在"怨"的背后,是难以忍受的历史和一种悲剧性、阴暗的"人观",其中不乏对于人之"恶"的固执的认定,还有对"人群"的有意的疏离乃至蔑视。但是,这样的写作又面临着方法论的悖论,米沃什曾经说:"现代艺术家接受一些讨人喜欢的关于罪的概念,因为美德是既成社会秩序的基础。他们试图以这种方式忘记他们的职业的道德矛盾。艺术诞生于对善的渴望,但观念和形式要求相信自己,而这又是源于对自己的心灵敏捷的痴迷。骄傲、鄙视、傲慢、愤怒支撑了一种与世界为敌的飞扬跋扈。"[①] 米沃什的这段话说得既对又不对:"美德"只能说是"理想社会秩序的基础",而不是"既成社会秩序的基础",换言之,它不是一种现实状况。若非如此,诗人如此大的"怨气"又从何而来?当然,在与社会的对抗性疏离之中,"骄傲、鄙视、傲慢、愤怒支撑了一种与世界为敌的飞扬跋扈"确实是存在的,此中也确实包含了一些伦理悖论:毕竟,诗人也只是"人"的一种,而且他的写作终归要面向"人"的。当然,批评家也不必时刻挥舞着伦理大棒来对诗人进行评判——何况是多多这样杰出的诗人。况

---

① 切斯瓦夫·米沃什:《站在人这边》,黄灿然译,广西师范大学出版社,2019年版,第471页。

且,连艾略特这样的宗教徒诗人也说过这样的话:

> 只要我们是人,我们的所作所为就一定不是恶就是善,只要我们仍然还做恶或者行善,那我们就是人;在某种似非而是的意义上,做恶总比什么也不干好:至少,我们存在着。认为人的光荣是他的拯救能力,这是对的,认为人的光荣是他的诅咒能力,这也是对的。如果用最坏的词来说包括从政治家到小偷的大多数恶棍,那么我们可以说他们还没有足够的人性值得我们来诅咒。①

在艾略特看来,波德莱尔就是这么一位具有"足够的人性"的诗人,而在我们看来,多多也是一位具有"足够的人性"的诗人,他对人之"恶"的表达,对人世的"恨"与"诅咒",不管在伦理视野上有多少偏颇之处,至少它们强有力地彰显了我们的存在。而我们对于《常常》等几首例外之作的解读,其实并非是在否定他的那些"怨"诗,而是在思考诗学上的一种可能性,即当离群之"怨"被"常心"拉回到"人群"之中,诗歌的细节力量或许会更为深厚,诗歌之"爱"也有可能得到更有力的表达。或许,这只是我们一厢情愿的领悟,而诗歌是永远有权利、有动力去"怨"的。

(原刊《文艺争鸣》2021年第5期)

---

① T. S. 艾略特:《艾略特诗学文集》,王恩衷编译,国际文化出版公司,1989年版,第116页。

"保持整理老虎背上斑纹的疯狂"

—— 再读多多

每次要提笔写关于多多的文字时,我总是非常犹豫,这不仅是因为我已经写了多篇关于多多的文章,担心再写会自我重复,① 也是因为对于"批评"本身的怀疑。批评,作为一种永远的"迟到者","说明性"的文字,究竟能对写作和阅读有什么意义?如果说"理解"诗歌就是"拆解"诗歌,分解作为一个整体的诗歌感受力的话,那么这种"理解"的意义何在?尤其是对于多多这样一位有着极大写作难度和强度的诗人而言——况且多多还有着对于批评文字的一贯质疑!——这种怀疑和犹豫就更强了。从某种意义上说,创作是一种更为有效的"批评"方式。抱着这团犹豫,我将此文仅仅视作一个写作上的后来者对于先行者的一次回顾,这种回顾更多的是论者自己的诗学观

---

① 李章斌:《语言的灰烬与语言的革命》,《扬子江评论》,2009 年第 6 期;《多多诗歌的音乐结构》,《当代作家评论》,2011 年第 3 期;《语言的悖论与悖论的语言——多多后期诗歌的语言思考与操作》,《中国现代文学研究丛刊》,2011 年第 8 期;"Words against Words: Poetic Reflections and Linguistic Manipulation in Duoduo's Poetry," *Neohelicon*, 39 (2), 2012.

念的投射,一个粗浅的"阅读心得"。所以,本文的重心在于:多多的写作究竟给现代汉诗(学)带来了什么?这个问题当然是因提问者视野的差异而各有答案的。

一

众所周知,多多在中国诗坛一直是一个"独行者",拒绝提出任何"主义",也拒绝加入任何"门派",至今如此。如果仅仅将多多其诗其人在诗坛的孤立状况理解为一种"性格使然",那么我们在很大程度上低估了其写作的心理状态和诗学旨趣,这与将曼德尔施塔姆视作一位"反极权诗人"一样简单到荒谬的地步:多多的诗学世界远远大于这些"主义"和"流派"所圈定的范围。长期以来,中国诗坛被各种"主张""主义""流派""山头"以及"出位"登龙术占据中心位置,而诗歌的一些本质问题往往被付之阙如。七十年代以来的中国当代诗歌已经渐成一个所谓的"小传统",诸如《七十年代》《持灯的使者》一类的著作已经开始为这一"小传统"正名。① 值得注意的是,这个"小传统"一开始就与政治意识形态有着难解难分的纠葛,在七十年代后的当代诗坛上最开始浮出水面的那批诗人(如北岛、芒克、顾城等"今天派"诗人)往往立足于一种"反抗诗学",设立了"我(们)—他们""黑暗—光明"的抒情性的二元

---

① 北岛、李陀主编:《七十年代》,生活·读书·新知三联书店,2009年版。
刘禾编:《持灯的使者》,广西师范大学出版社,2009年版(增订版,2017年版)。

对立,这给予他们的早期写作以相当强劲的动力,也是他们在七十年代末八十年代初迅速取得广泛影响的根源之一,因为那正是一个批判黑暗(过去)展望光明(未来)的时代,这本身就是其时(1978—1982)的意识形态的基调,与当时除旧布新的政治格局不无关系。多多是"今天派"诗人的同代人,与北岛、芒克等在七十年代就已相识,不过他的写作一开始就与这种"反抗诗学"保持了一定的距离,也与"今天派"诗人保持了一定的距离。实际上,其早期写作(七十年代)确实是难以归并到那种反抗性"政治抒情诗"行列中的:

> 他们的不幸,来自理想的不幸
> 但他们的痛苦却是自取的
> 自觉,让他们的思想变得尖锐
> 并由于自觉而失血
> 但他们不能与传统和解
> 虽然在他们诞生之前
> 世界早已不洁地存在很久了
> 他们却仍要找到
> 第一个发现"真理"的罪犯
> 以及拆毁世界
> 所需要等待的时间
>
> 面对悬在颈上的枷锁
> 他们唯一的疯狂行为
> 就是拉紧它们

> 但他们不是同志
> 他们分散的破坏力量
> 还远远没有夺走社会的注意力
> 而仅仅沦为精神的犯罪者
> 仅仅因为：他们滥用了寓言
>
> 但最终，他们将在思想的课室中祈祷
> 并在看清自己笔迹的时候昏迷：
> 他们没有在主安排的时间内生活
> 他们是误生的人，在误解人生的地点停留
> 他们所经历的——仅仅是出生的悲剧[①]
>
> ——《教诲——颓废的纪念》（1976）

这首诗可以看作对一代人生活的"见证"，这种"见证"令人联想到北岛的《回答》、顾城的《一代人》，不过其非宣泄性的、审视性的、低回婉转的抒情方式，却与后两者大有区别。多多很少将自己设定为一个对抗性的抒情者，也很少使用同时期诗人那种"黑暗—光明"二元视角，更不会像很多七八十年代的写作者那样，将自己放在"受害者"的有利位置上来"控诉黑暗"，这种做法不限于"今天派"诗人，在诸如艾青、牛汉、曾卓等老一辈的诗人中，也相当普遍。[②]在"七月派"诗人1981年出版的合集《白色花》的序言中，更是有这样的明确的宣言：

[①] 多多：《多多诗选》，花城出版社，2005年版，第41—42页。
[②] 比如艾青《光的赞歌》、牛汉《半棵树》、曾卓《悬崖边的树》。

"我们曾经为诗而受难,然而我们无罪!"①奚密敏锐地观察到:"不像同时代的朦胧诗人,多多几乎从不站在被压迫者或受害者的地位来发声。他的作品不从黑白对立的视角来观察理解周遭的事物,而更多的是冷静——甚至冷峻地——探讨压迫者和被压迫者,迫害者与受害者,之间暧昧复杂的关系。""与大多数朦胧诗有别的是,多多的早期作品很少浪漫抒情的成分。其荒诞诡异的意象,冷峻反讽的语调,既不旨在传达激励人心的宏大主题,也不流露人道主义的同情与认同。"②把自己放在"受害者"的位置固无不可,但是往往也容易忘记,自己也可能是罪恶的参与者。与大部分同时代人相比,多多的诗歌一直保持着少见的冷静与清醒。《教诲》写的其实是"我们",他却用代词"他们"来保持适当的伦理距离:"他们"也并不纯洁、无辜。因此多多放低了他的语调,他用"弄哑的嗓音"低声唱"爵士的夜",并且坦白"空虚,已成为他们一生的污点"(《教诲》)。但是,低音并没有消解这首诗歌的力量,只要看看这首诗节制又仿佛时刻要爆发的最后三行就知道了:"他们没有在主安排的时间内生活/他们是误生的人,在误解人生的地点停留/他们所经历的——仅仅是出生的悲剧"这种节制是休眠火山的节制,在"误解"与"误生"背后,又有多少愤怒、怨恨与自怨,痛苦与无奈?这一切却"仅仅是出生的悲剧",仅仅是吗?这首四十年之前的诗歌,现在看来仿佛预言一般,预言了这一代人的困境与命运,它远比那些自居为"光明的孩子"的抒情

---

① 绿原、牛汉编:《白色花:二十人集》,人民文学出版社,1981年版,第9页。
② 奚密:《"狂风狂暴灵魂的独白":多多早期的诗与诗学》,李章斌译,《文艺争鸣》,2014年第10期,第61、62页。

要丰富、复杂,也要真诚。

多多早期诗歌这种克制、反讽性的抒情背后浮现出一种阴暗的"人观"与"历史观",这几乎是从他写作伊始就成形了。除了被诗人和研究者反复提及的"黄皮书""灰皮书"的影响之外(尤其是存在主义作家对"人"的负面看法),① 根子(岳重)对其初期写作的影响也是深刻的——尤其是在"人观"与相应的意象实现这个层次上——这种影响更多的是以一种"影响的焦虑"的形态实现的。多多对根子的回忆是非常耐人寻味的:"1972年春节前夕,岳重把他生命受到的头一次震动带给我:《三月与末日》,我记得我是坐在马桶上反复看了好几遍,不但不解其文,反而感到这首诗深深地侵犯了我——我对它有气!"②多多就是在这股"气(愤)"中开始他最初的写作的。现在来看,他的"气"更多是被激发,而不是蔑视与否定,激发他的是根子"狞厉的内心世界,诗品是非人的","叼着腐肉在天空炫耀"。③ 这种激发,在我们看来,并不仅仅是美学意义上的,也与其时的历史语境有关。因此,根子的"狞厉"触发他的写作是可以想见的:"青年时代我俩形影不离,如果没有岳重的诗

---

① 比如爱伦堡《人·岁月·生活》《解冻》,塞林格《麦田里的守望者》,凯鲁亚克《在路上》,加缪《局外人》,萨特《厌恶及其他》,贝克特《等待戈多》,加罗蒂《人的远景:存在主义,天主教思想,马克思主义》,等等。关于多多等"白洋淀诗人"阅读"内部读物"的情况,可参考《沉沦的圣殿》《持灯的使者》中的相关回忆,参见廖亦武编:《沉沦的圣殿:中国20世纪70年代地下诗歌遗照》,新疆青少年出版社,1999年版。刘禾编:《持灯的使者》,广西师范大学出版社,2009年版。
② 多多:《北京地下诗歌(1970—1978)》,收入《多多诗选》,花城出版社,2005年版,第243页。
③ 同上。

（或者说如果没有我对他诗的恨），我是不会去写诗的。"①无怪乎多多早期的诗，也和《三月与末日》一样，充满着凌厉与非人化的意象："沉闷的年代苏醒了/炮声微微地撼动大地/战争，在倔强地开垦/牲畜被征用，农民从田野上归来/抬着血淋淋的犁"（《年代》，1973）。这首《致情敌》（1973）则直接指向根子的《三月与末日》：

> 在自由的十字架上射死父亲
> 你怯懦的手第一次写下：叛逆
> 当你又从末日向春天走来
> 复活的路上横着你用旧的尸体
>
> 怀着血不会在荣誉上凝固的激动
> 我扶在巨人的铜像上昏昏睡去
> 梦见在真理的冬天：
> 有我，默默赶开墓地上空的乌鸦②

诗题"致情敌"耐人寻味，这是指爱情上的"情敌"，还是写作上的（与共同的"情人"缪斯）？不得而知。这首诗似乎一语成谶：根子由于某些原因中断了写作，从此在诗坛上"消失"。于是，只有多多"默默赶开墓地上空的乌鸦"。不过，我们从中也可以看到多多有别于根子的特质：像"怀着血不会在荣誉上凝

---

① 多多：《北京地下诗歌（1970—1978）》，收入《多多诗选》，花城出版社，2005年版，第245页。
② 多多：《多多诗选》，花城出版社，2005年版，第23页。

固的激动"这样的千锤百炼的句子,是很少出现在根子那种即兴式写作中的;而且多多在早年就已经开始显示出对声音的敏感,这在七十年代是罕见的素质。比如上面的最后一行,"有我"二字后的停顿,就已经显示出多多对于诗歌节奏行进的有意控制了。

二

多多是一个对诗的音乐性有着敏锐直觉和执着追求的诗人。关于这一点,我在过去的一篇文章中曾经分析,多多擅长运用各种形式的重复与对称(包括谐音、词语、词组、句式、意象等方面的重复、对称),在反复中加以丰富的变化和语义上的冲突,来营造复杂而微妙的音乐结构。①这一类音乐结构,我们将其称为"非格律韵律"(non-metrical prosody),并将其视作汉语新诗节奏的一个真正有意义的方向,也是自由诗所能够实现的一种韵律。②"非格律韵律"的真正挑战在于,诗人不再受到"格律"这种公共规范的约束,无所依凭,所以他必须自行确立一种形式,并为其所确立的形式找到合理性或"合法性"依据。自由诗从格律的束缚中解放出来之后,又要重新自我约束,可谓"作茧自缚"。因此,自由诗的写作在节奏上的难度不是降低了,而是空前加大了。无怪乎与新诗庞大的作品数量相比,在

---

① 李章斌:《多多诗歌的音乐结构》,《当代作家评论》,2011年第3期。
② 李章斌:《在语言之内航行:论新诗韵律及其他》,人民文学出版社,2014年版。

音乐性上成功的作品却显得少之又少。而多多有相当多的作品可以进入此列,这是他为新诗做出的重要贡献之一:让当代新诗明了何谓敏锐的听觉。

如果我们去朗诵多多的诗作(而且应该去朗诵),会发现其作品的可诵读性明显地要高出一般的诗人。这不仅因为他的诗作读起来较为洪亮爽朗,没有很多当代诗作那种黏滞不通的感觉,更是因为它们在诗句长度、停顿、起伏上能够与呼吸和诗歌情绪较为圆融地结合,很多作品的形式安排甚至直接暗示了一种朗诵方式(就像乐谱与音乐的关系一样),读者可以按图索骥,放心上路。

这绝非简单的事情——想想新诗中有如此多不太适合诵读的作品这一事实吧。因为它要求极其敏锐的耳朵,要从散漫的日常语言中发掘音乐;还要求对节奏与时间的高度敏感,换言之,能对语音的起伏行进有自觉的把握,并用书面文字的形式传达出来。而多多是不多的能做到这一点的诗人之一,甚至在他七十年代的作品中,就有《手艺——和玛琳娜·茨维塔耶娃》(1973)这样的精妙之作:

> 我写青春沦落的诗
>
> (写不贞的诗)
>
> 写在窄长的房间中
>
> 被诗人奸污
>
> 被咖啡馆辞退街头的诗
>
> 我那冷漠的
>
> 再无怨恨的诗

(本身就是一个故事)
我那没有人读的诗
正如一个故事的历史
我那失去骄傲
失去爱情的
(我那贵族的诗)
她,终会被农民娶走
她,就是我荒废的时日……①

这首献给玛琳娜·茨维塔耶娃的诗歌一定程度上也是诗人写作的"自白",其中充盈着诗人对自身写作的复杂情感:怨恨与无奈,骄傲与失落。② 这首短短十五行的诗歌有着情绪上的婉转回环与节奏上的波澜曲折,两者互为表里。尤其值得寻味的是,括号内的三个诗行与其他诗行的关系:相对前后的诗行而言,括号内的诗行相当于另一个叙述者(解释性的插话者),它们有着与其他诗行不同的语调。比如当我们读到"我那冷漠的/再无怨恨的诗"时,诗歌的声调和情绪到达了一个高峰:诗人把"再无"分到下一行,这样也强调了"再"这个去声字。韵律学家哈特曼观察到,当我们跨行时,往往会把跨行后行首的那个音节强调出来。③ 而当我们读到"再无怨恨的诗"时,又不难觉

---

① 多多:《多多诗选》,花城出版社,2005年版,第25页。
② 关于此诗与茨维塔耶娃的《我的诗……》以及爱伦堡的《人,岁月,生活》一书中对茨维塔耶娃的介绍的关系,洪子诚先生有详细讨论,参见洪子诚:《〈玛琳娜·茨维塔耶娃诗集〉序:当代诗中的茨维塔耶娃》,《文艺争鸣》,2017年第10期。
③ Charles O. Hartman, *Free Verse: An Essay on Prosody*, Evanston, IL.: Northwestern University Press, 1996. p. 56.

察到语调本身就有"怨恨",诗行似乎即将要爆发,但这时多多却用"(本身就是一个故事)"这个"附言性"的说明压低了语调,使得"诗势"又转为低回。因此,括号内的三个诗行实际上相当于交响乐中的另一声部,它们盘旋在其他诗行周围,两者构成高扬与低飞的关系,使得全诗的节奏婉转曲折,动人心魄。若没有这个"声部",这首诗就有流于宣泄的危险,而且过于简单。

到了八十年代中期以后,多多在节奏上受到英国诗人狄兰·托马斯(Dylan Thomas)的"词组节奏"的影响,越发注重通过字音、词语、词组的反复回旋,来营造一种较响亮的回旋韵律。多多回忆:"第一次震撼性的是接受狄兰·托马斯,是八十年代的事了。他的一个词叫词组节奏,根本不是简单的节奏——词组节奏……你想那种谐音词、谐音字的一种串联,我觉得这是中国的东西。"[1] 确实如此,若我们观察托马斯的节奏运用,不难联想到中国的双声叠韵、谐音。比如其《十月之诗》("Poem in October"):

> High tide and the heron dived when I took the road
>   Over the border
>   And the gates
> Of the town closed as the town awoke.[2]

(着重号和下划线为笔者所加,下同)

---

[1] 多多:《多多诗选》,花城出版社,2005年版,第272页。
[2] 狄兰·托马斯:《狄兰·托马斯诗选(英汉对照)》,海岸译,外语教学与研究出版社,2013年版,第214页。

这里，成对出现的重读谐音（"Assonance"，标着重点的音）几乎贯穿了四行诗，第四行的谐音与"town"的重复结合，构成更为明显的"词组节奏"，这与中国诗歌的"叠韵"相似又有所区别。还有头韵体（"Alliteration"）的使用，则与中文的"双声"有相通之处：

> And the knock of sailing boats on the webbed wall
> 　　Myself to set foot
> 　　That second
> 　In the still sleeping town and set forth.①

这里，词的开首音节或者重读音节的辅音［s］的重复也构成一种急促的节奏，而且［s］音本来就有急促、焦虑之感，在中文里也是如此，比如多多的"而四月四匹死马舌头上寄生的四朵毒蘑菇不死"（《五年》），就萦绕着一种死亡焦虑。显然，多多在狄兰·托马斯的"词组节奏"中看到了在声音上接通中西的可能，也看到了在现代汉诗中复兴、变革一些传统节奏方式的可能，比如："冬日的麦地和墓地已经接在一起/四棵凄凉的树就种在这里"（《依旧是》）"当记忆的日子里不再有纪念的日子/渴望得到赞美的心同意了残忍的心"（《解放被春天流放的消息》），这里的叠音词与词组的重复的配合使用，造成了非常明显的节奏效果，带有"箴言"的力量。

---

① 狄兰·托马斯：《狄兰·托马斯诗选（英汉对照）》，海岸译，外语教学与研究出版社，2013年版，第214页。

需要补充的是，狄兰·托马斯对中国当代诗人的影响，首先是通过译文进入的，尤其是巫宁坤的译文（先后收入《外国现代派作品选》和《英国诗选》），对当时的诗人产生了很大的震动。比如巫宁坤翻译的《死亡也一定不会战胜》（"And Death Shall Have No Dominion"）第一节：

> 死亡也一定不会战胜。
> 赤条条的死人一定会
> 和风中的人西天的月合为一体；
> 等他们的骨头被剔净而干净的骨头又消灭，
> 他们的臂肘和脚下一定会有星星；
> 他们虽然发疯却一定会清醒，
> 他们虽然沉沦沧海却一定会复生，
> 虽然情人会泯灭爱情却一定长存；
> 死亡也一定不会战胜。①

诗人、翻译家黄灿然说："巫译托马斯采取的正是直译，几乎是一字对一字，字字紧扣，准确无误，连节奏也移植过来了，从而使得汉译托马斯具有一种少见的现代锋芒。这些译诗远远超出了一般汉语的普通语感，以陌生又令人怦然心动的冲击力扎痛着读者，这锋芒对于高扬中国青年诗人的想象力起了非常重要的作用，我自己就是受益者之一，我的很多诗人朋友也都深

---

① 袁可嘉、董衡巽、郑克鲁编：《外国现代派作品选》（第二册），上海文艺出版社，1981年版，第320—321页。

受影响。"① 确实如此，实际上，这种节奏的冲击力与锐利的锋芒（甚至包括"一定"这样的以副词串联节奏的方式）直接进入多多的诗歌中，比如，"看海一定耗尽了你们的年华/眼中存留的星群一定变成了煤渣/大海的阴影一定从海底漏向另一个世界/在反正得有人死去的夜里有一个人一定得死"（《看海》）。②在九十年代之后的写作中，多多把这种漩涡式的节奏发挥到淋漓尽致的程度，甚至比托马斯更为极端：

拖着一双红鞋趟过满地的啤酒盖
为了双腿间有一个永恒的敌意
肿胀的腿伸入水中搅动
为了骨头在肉里受气
为了脚趾间游动的小鱼
为了有一种教育
从黑皮肤中流走了柏油
为了土地，在这双脚下受了伤
为了它，要永无止境地铸造里程

用失去指头的手指着
为了众民族赤身裸体地迁移
为了没有死亡的地点，也不会再有季节
为了有哭声，而这哭声并没有价格

---

① 黄灿然：《译诗中的现代敏感》，《读书》，1998年第5期，第123页。
② 多多：《多多诗选》，花城出版社，2005年版，第170页。

为了所有的,而不是仅有的
为了那永不磨灭的
已被歪曲,为了那个歪曲
已扩张为一张完整的地图
从,从血污中取出每日的图画吧——①
——《为了》(1993)

初读之下,很多读者很难明白这首接近于呓语的诗歌究竟是什么"意思",但也会被诗歌节奏中流露出的决绝气魄所震撼。若只挖掘其字面意思,能挖掘出的东西少之又少:生活在国外,终日酗酒,腿脚肿胀,然后是洗脚,然后是痛哭。但是,如若我们一口气朗读完此诗,可以发现字里行间有着一股巨大的"气",且看"骨头在肉里受气"和"用失去指头的手指着"这些惊人的语词吧,真是怒发冲冠。全诗在"为了"一词所构造的节奏中飞流直下,一直到最后一行,节奏突然放慢——更猛烈的爆发来临前的预兆——在"从"字上顿了一顿(这与朗诵完全合拍)。这个停顿,读起来有一种哽咽之感。全诗最后才冲出"从血污中取出每日的图画吧——"这一痛苦的结语,真是琴声呜咽,为之一叹。可以说,多多在中国诗歌中开创了一种崭新的写法,一种主要不依靠词义来表意的诗歌,而更多的是通过语言节奏造成的"姿势"意义来传达"言外之意",这是对汉语的革新,也是对新诗的一次解放。

---

① 多多:《多多诗选》,花城出版社,2005年版,第200页。

因此，若称多多为"当代最敏锐的耳朵"，也并不算夸张之语。不过，真正需要思考的是多多是如何做到这一点的，这个问题对汉语诗歌写作至关重要。虽然受到狄兰·托马斯影响的当代诗人并不止多多一个，但是，能够成功在汉语中实现"词组节奏"的诗人却少之又少：文学"影响"并不是一个简单的"挪用"或者资源"进口"的问题，而是在很大程度上取决于被影响者的主动性，他/她能否在自身的语言、经验中实现与外来影响的"汇通"，并将其转化为地道的母语写作。应当意识到，现代诗歌要求智性的高强度投入，而且主要是在书面上进行，这也会在很大程度上遮蔽或者损害诗歌的节奏。自由诗由于没有节奏上的硬性要求，尤其容易踏入这一陷阱。墨西哥诗人、理论家帕斯（Octavio Paz）观察到："智性和视觉对于呼吸日盛一日的凌驾反映出我们的自由诗也有转化为一种机械量度的危险，就像亚历山大体和十一音节体一样。"[①]现代诗歌写作越来越趋于复杂、困难，需要投入的感性与智性的因素也是巨大的，而这时诗人关注的焦点往往转移到了意象、精神与感性的安排上，更多的是在"想"诗，并且是通过纸面或屏幕来"想"诗的，而不是在"吟"诗，这样要想不破坏诗歌的节奏感是很难的。要实现一种音乐效果并将其在书面上实现出来，就需要高强度的"后期制作"，需要反复聆听、斟酌诗歌的实际声音（而不是只看它在纸面上的排列方式整齐与否），以此决定其书面上

[①] Octavio Paz, *The Bow and the Lyre*, trans. R. L. C. Simms, Austin: University of Texas Press, 1987, pp. 60-61.

的表达形式。① 多多能实现这一点的基本前提，一是他那个每一首诗至少要改上七十遍的近于"怪癖"的写作习惯，二是他本身热爱朗诵的习惯。另外，多多还是一个"永恒地唱不上高音的男高音"②，这或许也是他如此渴望在诗歌中实现宏伟声响的原因之一。

俄罗斯诗人曼德尔施塔姆曾经不无骄傲地说："在俄罗斯，只有我一个人用声音工作，而周围全是一些低劣者的乱涂乱抹。"③而多多也颇有用意地说："每个先知的周围围着一群聋子"（《博尔赫斯》）；"任历史说谎，任聋子垄断听/词语，什么也不负载"（《不对语言悲悼，炮声是理解的开始》）。这可以看作多多对中国当下精神气候的一个诊断，也可以看作对诗歌界对声音的普遍性迟钝的一种观察和忧虑。过多的争吵显然于事无补，而振振有词地指责"汉语已死"更是调高难下，且本身就是"聋"的体现；让我们先用"炮声"磨亮耳朵，再谈理解。

三

多多诗歌中对语词、意象的使用很容易令人想到超现实主

---

① 在这个意义上，笔者将那些喜欢创作每行字数均齐的"豆腐干"诗歌也视作一种踏入"视觉化"陷阱的征兆，白话诗行的这种"均齐"并不意味着节奏的整齐（行的内部依然不齐），只是一种"有名无实"的格律，而且还经常因为对字数整齐的追求，遮蔽了节奏的"个性"，无法与情感的变化准确地配合，往往得不偿失。
② 多多：《北京地下诗歌（1970—1978）》，《多多诗选》，花城出版社，2005年版，第244页。
③ 奥·曼德尔施塔姆：《第四散文》，转引自约瑟夫·布罗斯茨基：《小于一》，黄灿然译，浙江文艺出版社，2014年版，第118页。

义诗歌。如果把多多称为一个超现实主义诗人，也未尝不可。但是，多多与超现实主义诗歌的关系，并不是简单的影响与模仿的关系，而更多的是一种"契合"（affinity）。想要在多多诗歌中，寻找出多少阿拉贡、艾吕雅等法国超现实主义诗人的影子是比较困难的。多多走向超现实主义风格，有着不同的动力和原因。上文说过，多多几乎从一开始的创作中，就体现出一种阴暗的"人观"与"历史观"，如果停留在这种阴暗现实的表现中，且不论其政治风险，诗歌写作的可能性与丰富性也会有被此阴暗吞没的风险，陷入一种简单的"投反对票"的政治形式；而政治之恶，是一个坏的修辞家。从八十年代开始，多多就在寻找挣脱"现实"这一泥潭的途径，超现实主义正好为这一诗歌的飞翔装上了翅膀，使多多得以飞离现实——却又不远离它。①

> 带着过水的孩子，雷声和
> 词语间中断的黎明
> 一个影子，把日报裁成七份
> 两排牙齿，闪耀路灯的光芒
> 射击月光，射击全新的尘土
>
> 在海浪最新的口音里，赶着
> 冻僵的牧人和沉睡的节奏

---

① 从个人的诗学观念来说，笔者并不完全赞同这样的写作路线（尤其是在对待现实与历史方面），不过也完全能够理解和欣赏这样的诗学选择。

血挤进垒,带着原始音节的残响:
在祈祷与摧毁之间
词,选择摧毁

海面上汹涌一浪高过一浪的墙
街上,站满实心的人
朝郁金香砍断的颈看齐
痛苦,比语言清晰
诀别声,比告别声传得远

群山每扇确凿的入口虚掩着
花农女儿阔大的背影关闭了
大海,已由无尽的卵石组成
一种没有世界的人类在那里汇合
无帆,无影,毫无波澜

直到词内部的声音传来
痛苦,永不流逝的痛苦
找到生命猛烈的出口
绝响,将跟随回声很久
最纯粹的死,已不再返回[①]

——《在几经修改过后的跳海声中——纪念普拉斯》(2003)

[①] 多多:《多多的诗》,人民文学出版社,2012年版,第112—113页。

在多多这些超现实主义色彩的语言背后，蕴含着一种形而上学和气场，这种形而上学包含着对人的负面认知，对人世的怨恨——当说到"怨恨"的时候，请不要把它当作贬义词，"诗可以怨"——这种怨恨与他的高傲结合起来，构成了这些语言的精神背景。多多之所以不愿意过多地描摹现实，不愿和现实贴得太近，因为现实太丑恶。在多多八十年代之后的诗歌之中，现实指涉往往是支离破碎的，"在祈祷与摧毁之间/词，选择摧毁"。这些摧毁现实的词语也意味着对于人世的一种愤慨。多多在普拉斯的自杀中读出这位自白派诗人对人世的决绝态度。但是这首诗所指向的并非"乐土"，而是"一种没有世界的人类在那里汇合/无帆，无影，毫无波澜"，这个世界，与英国诗人菲利普·拉金在一首诗中所表达的极为相似："一个挂着黑帆的/不明船只……在她的尾流中/没有水涌起，或者破碎"①。这个死亡的世界，没有乌托邦，没有天堂，甚至也没有地狱，只有死寂，"最纯粹的死"。这时，我们就能体会到"在几经修改过后的跳海声中"这个不无幽默的标题背后的沉重意味了。

多多的超现实主义诗风有着他独有的风格与气势。他那种北方旷野的宏伟孤绝气质，使得他不仅有别于法国的几位超现实主义诗人，也有别于台湾地区六七十年代"创世纪诗社"的几位超现实主义诗人（如痖弦、商禽、洛夫等）：

　　北方的海，巨型玻璃混在冰中汹涌

---

① 菲利普·拉金：《下一个，请》，收入《菲利普·拉金诗选》，桑克译，河北教育出版社，2003年版，第45页。

一种寂寞，海兽发现大陆之前的寂寞
土地呵，可曾知道取走天空意味着什么

在运送猛虎过海的夜晚
一只老虎的影子从我脸上经过
——噢，我吐露我的生活

而我的生命没有任何激动。没有
我的生命没有人与人交换血液的激动
如我不能占有一种记忆——比风还要强大

我会说：这大海也越来越旧了
如我不能依靠听力——那消灭声音的东西
如我不能研究笑声

——那期待着从大海归来的东西
我会说：靠同我身体同样渺小的比例
我无法激动
……①

——《北方的海》（1984）

"如我不能占有一种记忆——比风还要强大//我会说：这大海也越来越旧了"这样的诗句告诉我们，在外强中干的"宏大叙事"

---

① 多多：《多多诗选》，花城出版社，2005年版，第92页。

以外,还有一种更宏大的抒情声音的存在,它让我们联想到古典诗词中的"豪放派"的格局与境界,而又充满了现代诗歌的激烈的内在张力。现代的文学批评已经很少使用"气格""境界"一类的术语来评价一个诗人,这其中的原因甚为复杂,非本文所能详论。窃以为,这其中的根源除了人们的世界观的迁移以及现代诗的评价体系本身的变化以外,还有一点就是,大部分现代诗人本身也不太注重诗歌"气格"与"境界"的提高,甚至以为它们对于新诗而言是言不及义的,因此,"气格"与"境界"就被当作过时的古董抛弃了。但是,如果说多多是一个气格高绝、境界阔大的诗人,也并非完全不合适,虽然这句台词的背景已经发生了巨大的变化。

气格与境界是一个诗人内在修养与精神强度的体现,也是其诗歌伦理学的表征,技艺磨炼的结果。多多是一个在诗艺上"语不惊人死不休"的诗人,也是一个在写作素材上颇有"洁癖"的诗人,那些缺乏诗意、缺乏神秘性与多义性的题材和意象他是拒绝入诗的。在某些时候,他的部分诗歌碍于过高的格调而丧失了一定的丰富性。当然,我们不必在一个诗人身上得到我们期待的所有东西,也不必去多多的创作(尤其后期创作)中要求过多的"现实性""具体性"或者"日常生活",因为这些或许正是他所排斥的,他要给予我们的是李白的气象磅礴、辛弃疾的壮怀激烈:

两千匹红布悬挂桅杆
大船,满载黄金般平稳

当朝阳显现一个城市骄傲的轮廓
　　你们留下我，使我成为孤独的一部分①
　　　　　　　　　　——《告别》(1985)

这种宏伟的抒情视野直逼"盛唐气象"，勾连起"星垂平野阔，月涌大江流"的时代。但多多越出了古人过于拘束于实景的想象边界，向我们呈现出一幅超现实的幻景：

　　为了挽留被你们带走的
　　黑色的阳光拖着巨大的翅膀

　　为使遥远的不再安静
　　我的祝福将永远留在路程上

　　送别不是驶往故乡的人们啊，沉思
　　冲击着脑海，我听到冲击着大海的波涛……②
　　　　　　　　　　——《告别》(1985)

时钟王国矗立，有如可憎的寓言：

　　静寂的大雪百年未停，
　　茫茫世界供我们战栗③
　　　　　　　　　　——《技》(1985)

---

① 多多：《多多诗选》，花城出版社，2005年版，第106页。
② 多多：《多多诗选》，花城出版社，2005年版，第106—107页。
③ 多多：《多多诗选》，花城出版社，2005年版，第102页。

> 北方的大雪，就是你的道路
> 肩膀上的肉，就是你的粮食
> 头也不回的旅行者啊
> 你所蔑视的一切，都是不会消逝的①
>
> ——《里程》

近三百年以来的旧诗与新诗，何曾见出这等气魄？可以说这样的诗歌想象远远超过了明清以来中国诗歌的模仿之风与促狭格局，气势直逼中国诗歌引以为傲的有唐一代。多多的存在，让"气格"与"境界"这些古典术语在现代汉诗中重新有了实际意义，有了可以"依附"的文本实践。虽然多多的写作并不能被认定为新诗的"方向"——它只是众多方向之一——但是，所有那些意欲"壮怀激烈"的下一代诗人，都将深切地感受到多多的赠予，以及他带来的"影响的焦虑"。

多多2000年之后的诗歌，相对而言，少了八九十年代的那股凌厉与狠劲，而更多了经历风雨之后的冲淡平和。这与其生活经验（比如家庭生活）有关，也与他对佛道甚至基督教经典的研习有关。比如这首《今夜我们播种》（2004）：

> 郁金香、末世和接应
> 而一床一床的麦子只滋养两个人

---

① 多多：《多多诗选》，花城出版社，2005年版，第119—120页。

> 今夜一架冰造的钢琴与金鱼普世的沉思同步
> 而迟钝的海只知独自高涨
>
> 今夜风声不止于气流，今夜平静
> 骗不了这里，今夜教堂的门关上
>
> 今夜我们周围所有的碗全都停止行乞了
> 所有监视我们的目光全都彼此相遇了
>
> 我们的秘密应当在云朵后面公开歌唱：
> 今夜，基督从你身上抱我
>
> 今夜是我们的离婚夜①

这首诗是多多诗歌中不多的涉及基督教的作品之一，这里的"播种"与"麦子"令我们想到了《约翰福音》第12章第24节的箴言："一粒麦子不落在地里死了，仍旧是一粒；若是死了，就结出许多子粒来。爱惜自己生命的，就失丧生命。"值得注意的是，这首诗写于多多与荷兰的妻子离婚并打算回国的时候（2004年），在这样一个妻离子散的痛苦的夜里想到"麦子"的隐喻就别有意味了：婚姻的死亡亦未尝不是一次"新生"的机会，于是我们也能理解为何诗人在离婚之夜，写出"基督从你

---

① 多多：《多多的诗》，人民文学出版社，2012年版，第117页。

身上抱我"这样刻骨铭心的诗句。

　　对于诗人而言,婚姻是最好的伦理学课堂,哪怕最高傲的人也得坐下来虚心学习。我暗自揣测,婚姻与家庭生活虽然在一段时间内对多多的写作形成了很大的干扰,但是它也不是毫无意义:家庭生活拉低了那个高傲的歌者所站立的位置,拉到与人平行的高度上(因为,至少要与家人平行)。因此,这样也就有意无意地拉近了作者和读者的距离——这距离有时因为作者的形而上学和语言策略显得太远。后一点,在多多近年来那些受到保罗·策兰影响的作品中最为明显,那些作品拒绝现世的态度与大量空白的表达方式也潜含着让诗歌"失重"的危险。而且,多多诗歌中韵律法则的存在,有时造成一种几乎是过度的加速度,疯狂的自我质疑、自我辩护的语言循环像一架动力过大的飞机,让说话者有冲出地球的风险,难以接"地气"和"人气"。而在那些涉及家人的诗作中,诗人那个超越人世的诗歌世界才重新与现世对接:

> 造大海孤独的质量
> 无人船的重量,驶进
>
> 女儿的眼睛——五堆羽毛
> 蜘蛛,只剩下心
>
> 凡高的半只耳朵,残月
> 从光里开始

  猎户星座的麦田
  已接近金星全醒的全景

  女儿在每一条河流继续拦截
  我们再见的秘密……①
      ——《一个父亲要去人马座》(2005)

  或许这就是一个漂浮在外太空的人——可能永世不得归来——对于分离后的女儿要说的话。"一个父亲要去人马座"这个诗题，暗含着忧伤的自我反讽与自责。这里的超现实主义的宇宙景象，描摹出星际空间的孤独与绝望。与女儿相隔万里，各自承受分离的重担："女儿在每一条河流继续拦截/我们再见的秘密……"是委婉而痛苦的告白。"河流"是时间的隐喻，在河流中拦截"再见的秘密"，是在怨恨河流，也是在怨恨时间，却又无从怨恨，无可奈何。因为，将个人生活完全"典当"给诗歌写作纯粹是诗人的自由选择。"一个自由的人在他失败的时候，是不指责任何人的。"② 因此，只有空对"碧海青天夜夜心"。

  上面这个简单的草绘，并不足以概括多多诗歌的风貌，而更多的是笔者从多多诗歌中看到的一些诗学问题。而且，多多虽然已近古稀之年，但固执地拒绝任何"盖棺定论"，因为他仍然在进行不懈的探索，仍在"求变"。这也是当代诗坛的一个奇迹，它实现了多多对诗歌许下的诺言："诗人/的原义是：保持/

---

① 多多：《多多的诗》，人民文学出版社，2012年版，第124页。
② 约瑟夫·布罗茨基：《我们称为"流亡"的状态，或浮起的橡实》，《文明的孩子》，刘文飞等译，中央编译出版社，1999年版，第61页。

整理老虎背上斑纹的/疯狂"(《冬夜女人》)①多多近于疯狂地不懈地挑战自我、挑战语言,也挑战我们对于诗歌的认知,他确实在给"诗人"提出一个定义,一种标准。虽然在八九十年代,多多诗歌的价值没有得到诗坛应有的认识,而仅限于小范围的赞许;但是,近十几年以来,我们已经在相当多的新一代诗人身上看到多多诗歌明显的烙印,看到了对诗歌声音的高度敏感、对诗歌境界和气格的苦心追求,以及对于人世阴暗的深刻感知和表达。可以说,多多诗歌已经影响,并且还将影响汉语新诗的长久进程。

(原刊《扬子江评论》2018年第2期)

---

① 多多:《多多诗选》,花城出版社,2005年版,第100页。

"王在写诗"

——海子与浪漫主义诗人的自我定位[①]

一

谈到浪漫主义,不得不承认它在汉语中是一个被严重滥用的词语。它被普遍认为是(感情上的)浪漫、天真乃至缺乏节制的代名词,这种观点如果不是错误的话,至少也是肤浅、片面的。近几年来,这种观点被汉语学者重估和纠正,它与现代

---

① 在本文的初稿发表之后(刊《文艺争鸣》2013 年第 2 期),笔者意识到在很大程度上忽略了海子的"大诗"(如《太阳·七部书》)以及他对"大诗"的宏伟抱负和构想,这些构想本身可能越出了"浪漫主义王子"的定位(至于它们有没有实现,则是另一个问题),因此笔者在文中补充了一部分关于这个问题的讨论。即便如此,这篇文章依然只能看作对海子的一个侧面的描绘。另外,虽然笔者认为海子的创作更接近浪漫主义,但是他的写作有别于十九世纪浪漫主义而接近二十世纪的现代主义的一点,就是语言创新的强烈欲望,一种"语言自身的饥饿"(《盲目——给维特根施坦》),在他的不少作品中,我们看到的是一种语言游戏的冲动,这与八十年代的张枣、欧阳江河等人的语言诗追求接近。

主义之间的复杂关系也得到了进一步的认识。① 西欧的浪漫主义往往与某种泛神论和从自我见证永恒性/神性这些理念有关,② 因而也往往有着一套宏大的诗学构想,尤其是对诗人作为世界"立法者"的身份和以诗歌改造世界的雄心的强调。浪漫主义诗学的奠基者之一弗里德里希·施莱格尔说:"究竟是什么样的哲学降临到诗人头上呢?这是创造的哲学,它以自由的思想和对自由的信念为出发点,它表明,人类精神强迫着一切存在物接受它的法则,而世界便是它的艺术品。"③ 哲学家、思想史家柏林(Isaiah Berlin)指出:"我们完全可以肯定浪漫主义运动不仅是一个有关艺术的运动,而且是西方历史上的第一个艺术支配生活其他方面的运动,艺术君临一切的运动。在某种意义上,这就是浪漫主义运动的本质。"④ 浪漫主义区别于现代/后现代主义的特征之一正在于它的宏伟野心,在于它强调艺术/艺术家对生活各个方面的统摄地位。

实际上,在当代的布鲁姆(Harold Bloom)、文德勒

---

① 王敖:《怎样给奔跑中的诗人们对表:关于诗歌史的问题与主义》,《新诗评论》,2008年第二辑。章斌按:王敖一文发表后引起了学界的讨论,最近西渡、李怡、段从学、姚丹等学者均撰文讨论新诗中的"浪漫主义"问题,文章收于《新诗与浪漫主义学术研讨会论文集》,北京,2011年10月22日。
② 德国浪漫主义诗人海涅区分了歌德的无差别的泛神论和席勒的有差别的泛神论,他更赞同的是后者:"并非一切都是神,而是神是一切;神并不平均显示在一切物体上,相反他在不同的物体上作不同程度的显示,而每种物体自身就要求达到神性的一个较高程度的冲动,这就是自然界进步的大法则。"[海涅:《论浪漫派》,收入《西方文论选》(下卷),伍蠡甫主编,上海译文出版社,1988年版,第349页],显然,后一种泛神论与浪漫派对人的创造性的看法更合拍。
③ 弗利德里希·希勒格尔(施莱格尔):《断片》,收入《西方文论选》(下卷),伍蠡甫主编,上海译文出版社,1988年版,第320页。
④ 以赛亚·伯林:《浪漫主义的根源》,吕梁等译,译林出版社,2011年版,第3页。

(Helen Vendler)等学者看来,浪漫主义诗歌并没有像我们一般认为的那样,被现代/后现代主义诗歌所取代;相反,它以新的形式在二十世纪继续焕发着活力并产生了一批重要诗人,比如史蒂文斯、哈特·克兰、阿什贝利等。[1]汉语学界亦有学者指出:"浪漫主义诗歌所提出的关于自我,世界,自然和想像力的基本设想,仍然代表了现代世界中关于诗歌的最强大的话语。它所制造的超越时间的神话,来自一种根深蒂固的唯心论,而它所提供的基本隐喻仍然具有在不同的文化中不断进行自我更新的活力。"[2] 实际上,海子的诗歌就是浪漫主义在当代中国诗歌中"复活"的一个明证。在1978年以来的当代汉诗写作中,至少可以辨认出两位重要的浪漫主义诗人,即昌耀和海子;如果把昌耀称为一位较为节制和沉郁的浪漫主义诗人的话,那么海子则可以称为奔放和高昂的浪漫主义诗人。

目前来看,学界对海子与浪漫主义的关系谈论得并不多。[3]应该注意到的一个事实是,海子所推崇的作家(同时也是他深受影响的作家)中,几乎没有现代主义诗人,而大部分是些浪漫主义诗人(如雪莱、普希金、荷尔德林、叶赛宁等),以及一

---

[1] Harold Bloom, *The Visionary Company: A Reading of English Romantic Poetry*, London: Faber & Faber, 1962; Harold Bloom ed., *English Romantic Poetry*, New York: Chelsea House, 2004.

[2] 王敖:《怎样给奔跑中的诗人们对表:关于诗歌史的问题与主义》,《新诗评论》, 2008年第二辑,第6页。

[3] 姜涛提出:"毋庸讳言,骆一禾、海子的诗歌趣味迥异于当时乃至而今的文学风尚,他们的写作也与习见的现代主义/后现代主义的立场,直接构成一种对峙。似乎可以说,他们所要掀起的是一场'新浪漫主义'运动,这样说也大致不差。"(姜涛:《在山峰上万物尽收眼底——重读骆一禾的诗论》,《新诗评论》,2009年第2辑,第59页)不过,他没有具体讨论海子、骆一禾与浪漫主义的关联。

些与浪漫主义诗学关系极其密切的思想家（如谢林、尼采等）。西川回忆道："海子曾自称为浪漫主义诗人，在他的脑里挤满了幻象。"① 骆一禾则说海子"在抒情诗领域里向本世纪挑战性地独擎浪漫主义战旗"②。我们认为，海子与浪漫主义诗学的关联集中体现在——但不限于——他对诗人的使命和自我的地位的认识上。海子诗歌对自我、主体性、意志的强调，对诗人作为"王"的地位和价值的主张，在当代汉语诗歌中是一个相当引人注目的现象，在诗人的使命、自我定位这个问题上，海子诗歌不仅展现了它与浪漫主义的亲缘关系，也体现出浪漫派诗学理想与现代社会的张力关系。

二

海子的《诗学：一份提纲》是观察他的诗学倾向的一份重要文献。海子在这篇文章中纵论西方从古至今几乎所有的重要作家，他像建构古希腊的神谱一样建构出西方文学的发展谱系，虽然其中充满着偏见乃至臆想，但是亦不乏对我们时代文学的深刻洞见，试看：

> 王子是旷野无边的孩子。母性和母体迷恋于战争舞蹈、性爱舞蹈与抽象舞蹈的深渊和心情。环绕人母和深渊之母

---

① 西川：《怀念》，《海子诗全集》，西川编，作家出版社，2009年版，第9页。
② 骆一禾：《海子生涯》，《骆一禾诗全编》，上海三联书店，1997年版，第870页。

(在泰西文明是圣母），先是浪漫主义王子（详见"太阳神之子"），后来又出现了一系列环绕母亲的圣体：卡夫卡、陀斯妥耶夫斯基、凡·高、梭罗、尼采等，近乎一个歌唱母亲和深渊的合唱队，神秘合唱队。

他们［指"现代主义精神的合唱队"］合在一起，对"抽象之道"和"深层阴影"的向往，对大同和深渊的摸索，象征"主体与壮丽人格建筑"的完全贫乏。应该承认，我们是一个贫乏的时代——主体贫乏的时代，他们逆天而行，是一群奇特的众神，他们活在我们近旁，困惑着我们。①

实际上，海子建构其文学史体系的方式本身就是浪漫主义式的：那种以诗的方式对整个人类文明作"总体解决"的宏大构想，对意志、主体的极端重要性的强调，以神话谱系和生物有机体隐喻建构文学史的策略等，都与浪漫主义作家雪莱、科勒律治、施莱格尔兄弟等人的诗论有着"亲兄弟"般的亲缘性。尤其需要注意的是，海子对我们时代文学的基本判断，他意识到我们的时代是一个"主体贫乏的时代"，现代文学的主流——"现代主义精神"——的重要特征便是"'主体与壮丽人格建筑'的完全贫乏"。他在文中不无野心地提出要"清算"现代文学史，要"对从浪漫主义以来丧失诗歌意志力与诗歌一次性行动，尤其要

---

① 海子：《诗学：一份提纲》，《海子诗全集》，西川编，作家出版社，2009年版，第1042页。

对现代主义酷爱'元素与变形'这些一大堆原始材料的清算"。①他在文中批评现代主义诗歌的两大领袖——艾略特和庞德——的"碎片"写作,认为两者"没能将原始材料(片断)化为伟大的诗歌,只有材料,信仰与生涯、智性与悟性创造的碎片"。②值得注意的是,这是当代诗人首次从文学本身(而非政治意识形态)的角度对现代主义诗学提出系统的反驳和批判,这种观点在八十年代现代主义方兴未艾的中国文坛中无疑是特立独行的。

与这种文学史认识相应,海子提出了他对"伟大诗歌"的定义:"主体人类有某一瞬间突入自身的宏伟——是主体人类在原始力量中的一次性诗歌行动。"③海子强调了人格、主体性和行动意志的极端重要性。与现代主义诗人相比,他显然更钟情另一类型的诗人,即"浪漫主义王子"(他又称其为"太阳神之子")。在《诗学:一份提纲》第三节《王子·太阳神之子》中,他写道:"我所钦佩的王子行列可以列出长长的一串:雪莱、叶赛宁、荷尔德林、坡、马洛、韩波、克兰、狄兰……席勒甚至普希金。"④确切地说,从海子所建立的诗人谱系中,"浪

---

① 海子:《诗学:一份提纲》,《海子诗全集》,西川编,作家出版社,2009年版,第1048页。
② 海子:《诗学:一份提纲》,《海子诗全集》,西川编,作家出版社,2009年版,第1050页。
③ 海子:《诗学:一份提纲》,《海子诗全集》,西川编,作家出版社,2009年版,第1048页。
④ 海子:《诗学:一份提纲》,《海子诗全集》,西川编,作家出版社,2009年版,第1046页。

漫主义王子"并不在他所谓的"伟大诗歌"的行列中。① 但是，从文学史本身来看，更符合他的"伟大诗歌"构想的其实是"浪漫主义王子"，因为"主体""人格"这些概念的盛行本身就是十九世纪浪漫主义运动的产物。更重要的是，海子无论是从诗学上还是心理上，都更为亲近"浪漫主义王子"："我甚至在刹那间，觉得雪莱或叶赛宁的某些诗是我写的。我与这些抒情主体的王子们已经融为一体。"② "浪漫主义王子" / "太阳神之子"，这既是海子对自身创作的文学史定位，也是他对诗人的使命和自我定位的体认：他们肩负着用自身的才华来照亮人类的"黑暗时代"的使命，"他们悲剧性的存在是诗中之诗，他们美好的毁灭就是人类的象征"，③ 这完全可以看作海子提前为自己写就的墓志铭。

实际上，这种"浪漫主义王子"的定位直接进入海子的诗歌里，化身为诗歌的抒情主体"我"，"王"是它的另一个名字：

千年后如若我再生于祖国的河岸
千年后我再次拥有中国的稻田　和周天子的雪山　天马
踢踏

---

① 只有但丁、莎士比亚、歌德三位诗人进入这一行列。在海子看来，伟大的诗歌和诗歌人格必须实现"父亲势力"（"父本"）和"母亲势力"（"母本"）之间的"平衡"，并且是一种"父亲主体"的创造力量；但"浪漫主义王子"依然属于围绕在"母本"（环绕人母和深渊之母）周围的作家，参见海子：《诗学：一份提纲》，《海子诗全集》，西川编，作家出版社，2009年版，第1043—1050页。
② 海子：《诗学：一份提纲》，《海子诗全集》，西川编，作家出版社，2009年版，第1047页。
③ 海子：《诗学：一份提纲》，《海子诗全集》，西川编，作家出版社，2009年版，第1046页。

和所有以梦为马的诗人一样
我选择永恒的事业

我的事业 就是要成为太阳的一生
他从古至今——"日"——他无比辉煌无比光明
和所有以梦为马的诗人一样
最后我被黄昏的众神抬入不朽的太阳
——《祖国（或以梦为马）》

在夜色中
我有三次受难：流浪、爱情、生存
我有三种幸福：诗歌、王位、太阳
——《夜色》

我再也不会否认
我是一个完全的人我是一个无比幸福的人
我全身的黑暗因太阳升起而解除
我再也不会否认　天堂和国家的壮丽景色
和她的存在……在黑暗的尽头！
——《日出——见于一个无比幸福的早晨的日出》

不妨想想，为什么海子的诗歌中总是出现"祖国""国家""王""王冠"这些词语，但是他与当代的民族主义者和官方的爱国主义却鲜有共同之处？可以说，这里的"国家""王"与现实中的政权、国家领导没有什么关系，它们完全是一种浪漫主义的使用方法:"国"实际上指的是诗歌王国(或者创造的王国),而"王"就是诗人本人,就像上引《夜色》所暗示的:诗人=国王=太阳(之子)。这种观念是海子高傲的诗学世界的基石,也是他对现世不满、愤恨的来源——因为现实世界不可能把他当作"王"。如果说诗人最后必将通达永恒(即"太阳")是这些浪漫设想的"显文本"的话,那么在现世中的"失败"则是他大部分有关诗歌王国的设想的"潜文本",也是其诗歌中悲剧感的来源之一。在现世中的"失败"与在诗歌王国的"胜利"构成了他的诗学辩证法:"我必将失败/但诗歌本身的太阳必将胜利。"(《祖国(或以梦为马)》)

实际上,海子这些诗歌明显在承续浪漫主义诗人的一个著名的观念,即雪莱名言:"诗人们是世界上未经公认的立法者。"雪莱认为,"诗确是神圣之物","一个伟大的民族觉醒起来,要对思想和制度进行一番有益的改革,而诗便是最为可靠的先驱、伙伴和追随者"。[①] 海子以不容置疑的语调宣示"我选择永恒的事业""最后我被黄昏的众神抬入不朽的太阳",这种高昂的主体性,从自我见证永恒性,对诗歌、诗人价值极度肯定的倾向与浪漫主义息息相关,而与现代主义诗歌判然有别。如果说浪漫主义诗歌的"我"是诗歌王国(甚至整个世界)中的"王"或者"立法者"的话,那么现代主义诗歌中的"我"如果不是完全缺席的话,也是类似于艾略特的普鲁弗洛克这样的萎靡不振、犹豫不决甚至自我分裂的卑微形象。艾略特从他的天主教

---

① 雪莱:《诗辩》,《西方文论选》(下卷),伍蠡甫主编,上海译文出版社,1988年版,第55—56页。

理念出发,直捣浪漫派诗学之黄龙,认为个性或者主体并非是一个稳定的统一体,"我想尽力抨击的一个观念是灵魂具有本质的统一性这个形而上学理论,我的意思是,诗人具有的并不是用来表达的'个性',而只是一个特定的媒介,仅仅是媒介而不是个性,通过这个媒介印象和经验用特殊的、意想不到的方式结合起来"①。诗歌在雪莱等浪漫主义诗人眼里是"神圣之物",但是在现代主义诗人奥登(W. H. Auden)那里,"poetry makes nothing happen"(诗歌什么也做不了),② 这种对现代诗歌的地位的清醒认识与浪漫主义诗人对诗歌价值的高涨信心形成鲜明的反差。

三

不能把海子这种对诗人自我的宏伟表达简单地理解为一种自我膨胀或者自我中心主义,它还蕴涵了更多的认识论基础、诗学意义和美学潜能。实际上,在表现"自我"时,必然会涉及自我与世界之关系,因为自我的表现不可能在一个真空中展开。③ 海子的自我呈现深刻地流露出一种浪漫主义特色的对自我

---

① T. S. Eliot, *Selected Prose of T. S. Eliot*, ed. Frank Kermode, New York: Harcourt Brace Jovanovich, 1975, p. 42.
② W. H. Auden, "In Memory of W. B. Yeats", *The English Auden: Poems, Essays, and Dramatic Writings*, 1927—1939, ed. Edward Mendelson, London: Faber & Faber, 1977, p. 242.
③ 本文的标题之所以用"自我定位"一语,是因为它不仅包括对自我的认识,同时也包括对自我与世界的认识,所谓"定位",既是指自我在世界(包括社会)中寻找、确定自己的位置,也是指诗人在文学传统中寻找自己的定位。

与世界之关系的理解,即主观唯心论。柏林指出,浪漫主义的要点在于,"(承认)意志以及这个事实:世上并不存在事物的结构,人能够随意塑造事物——事物的存在仅仅是人们的塑造活动的结果"①。这两个方面归结起来就是对主体意志的强调和对世界的客观性的否决,这种典型的唯心论构成了浪漫主义的自我与世界之关系的认识论基础。这里我们不想讨论它在哲学上的意义和价值,我们想强调的是,它是一种非常有效的创作理念,没有这种理念,整个浪漫主义诗歌难以成为可能。虽然主观唯心论并非为浪漫主义诗歌所独有,②但它在浪漫主义诗歌上表现得最为明显,也最为典型,因为在这里这套理念成功地实现了人格化——以浪漫派的"自我"为表现的"出口"。海子的许多"海子式"的表达就是一种唯心意识的有意无意的流淌:"废弃不用的地平线,/为我在草原和雪山升起/脚下尘土黑暗而温暖/大地也将带给我天堂的闪电"(《献诗》,1989),其实,其中的"为我"二字完全可以删除(句子依然能通),但是这样一来就缺少了海子的"我"那种王者之气,也不是典型的"海子式"的表达了,因为"我"的主体性没有体现出来。海子在抒情写物时,其独特之处在于"我"的支配性地位,"我"充盈宇宙,呼风唤雨:"一块孤独的石头坐满整个天空,/他说:在这一千年里我只热爱我自己"(《西藏》)。这块"孤独的石头"当然就是诗人自己,但是它充盈了"整个天空";他虽然声称"只热爱我自己"——这个坦白天真而固执——但强调了它的期限

---

① 以赛亚·伯林:《浪漫主义的根源》,吕梁等译,译林出版社,2011年版,第127页。
② 象征主义诗人(如马拉美)的诗学理念也有明显的唯心论色彩,此不详述。

是"一千年"！可见，海子抒情诗风的典型特征便是"主体与壮丽人格建筑"，这种特征与唯心意识其实深刻地互为表里。

实际上，海子（以及其他的"浪漫主义王子"）诗歌中的自我张扬往往不是个人性、经验性的，也就是说，它并不是——至少不仅仅是——一种自大狂类型的心理病症；这样的"我"/"我们"更多的是一诗学使命或者形而上学处境的化身；而后两者在海德格尔那里是合二为一的。意识到这一点对于认识海子诗歌是非常重要的，比如：

用我们横陈于地上的骸骨
在沙滩上写下：青春。然后背起衰老的父亲
时日漫长 方向中断
动物般的恐惧充塞我们的诗歌

谁的声音能抵达秋之子夜 长久喧响
掩盖我们横陈于地上的骸骨——
秋已来临
没有丝毫的宽恕和温情：秋已来临

——《秋》（1987）

这首诗歌看上去是在写秋天里的心情和感受，只是用了一些不太容易理解的超现实主义式的意象（比如横陈于地上的骸骨）。如果仅仅把它看作一首"伤春悲秋"类型的诗作，那么很多意象就会显得莫名其妙：里面的"我们"时而用"骸骨"写字，时而"背起衰老的父亲"，如果说这是在"悲秋"的话，那也太匪夷所思了吧？而且"动物般的恐惧"又从何而来呢？实际上，结合海子自己写的关于诗学的一些理论文字，这些意象就比较好理解了。海子把创造的力量之源分为两种，以一对生命体的隐喻来命名，即"父亲势力"和"母亲势力"。在他看来，我们的时代是一个"母亲势力"占主导的时代，其艺术特征是："缺乏完整性、缺乏纪念碑的力量，但并不缺乏复杂和深刻，并不缺乏可能性，并不缺乏死亡和深渊。"① 联系上面诗中的死亡意象的描摹，可以说这首诗歌正是海子对时代处境的一个写照，而诗中的"衰老的父亲"与其说是血统上的亲生父亲，不如说是其精神力量上的"父亲势力"的化身。"背起"这一动作是他对诗人使命的主动承担，是他对"父亲势力"所包含的"主体与壮丽人格建筑"的热烈召唤，就像他在另一首诗中直接宣告的那样："我要成为一首中国最伟大诗歌的父亲/像荷马是希腊的父亲/但丁是意大利之父　歌德是德意志的父亲/我早想成为父亲　我一定能成为父亲/成为父亲总是人类最大的幸福"(《生日颂（或生日祝酒词）——给理波并同代的朋友》)

正如《秋》这首诗歌所暗示的那样，我们这个时代的到来是"没有丝毫的宽恕和温情"，这个时代"并不缺乏死亡和深渊"，因此海子的这句设问——"谁的声音能抵达秋之子夜　长久喧响"——让我们明显地感觉到是在遥遥呼应荷尔德林的那句著名的设问：

---

① 海子：《诗学：一份提纲》，《海子诗全集》，西川编，作家出版社，2009年版，第1041页。

待到英雄们在铁铸的摇篮中长成，
勇敢的心灵像从前一样，
去造访万能的神祇。
而在这之前，我却常感到，
与其孤身独涉，不如安然沉睡。
何苦如此等待，沉默无言，茫然失措。
在这贫困的时代，诗人何为？
可是，你却说，诗人是酒神的神圣祭司
在神圣的黑夜中，他走遍大地。

——《面包和葡萄酒》

海子在其《我热爱的诗人——荷尔德林》一文中完整地抄下了上面这段诗句，他说："看着荷尔德林的诗，我内心的一片茫茫无际的大沙漠，开始有清泉涌出，在沙漠上在孤独中在神圣的黑夜里涌出了一条养育万物的大河，一个半神在河上漫游、歌唱，漂泊，一个神子在唱歌……"[1] 可以说，海子关于诗人的使命与自我定位这一整套形而上构想在很大程度上是汲取自荷尔德林以及海德格尔的。实际上，存在主义也是浪漫主义脉络的延伸或者"后裔"，这是值得注意的。[2]

在荷尔德林看来，诗人处于神与人之间，他是"神灵的传

---

[1] 海子：《我热爱的诗人——荷尔德林》，《海子诗全集》，西川编，作家出版社，2009年版，第1069页。
[2] 参见以赛亚·伯林：《浪漫主义的根源》，吕梁等译，译林出版社，2011年版，第141页；保罗·蒂利希：《基督教思想史》，尹大贻译，东方出版社，2008年版，第339—340页。

达者"(《恩披多克勒》),"创建那持存的东西"(《追忆》)。①海德格尔进一步阐释说,诗人背负着为一个黑暗的时代创建"存在之根基"的重任:"这是逃遁了的诸神和正在到来的神的时代。这是一个贫困的时代,因为它处于一个双重的不之中:在已逃遁的诸神之不再和正在到来的神之尚未中"② 沿着这条脉络,海子另外一首同样题名为《秋》的诗也开始显现出自身的独特意义:

> 秋天深了 神的家中鹰在集合
>
> 神的故乡鹰在言语
>
> 秋天深了 王在写诗

---

① 附带说一句,这又是一种与当时德国流行的泛神论深刻地联系在一起的诗歌"信仰"。实际上,海德格尔非常深刻地领会到荷尔德林诗学的这种泛神论的实质:"如若人没有事先为它准备好一个居留之所,上帝重降之际又该何所往呢?如若神性之光辉没有事先在万物中开始闪耀,上帝又如何能有一种合乎神之方式的居留呢?"(海德格尔:《诗人何为》,《林中路》[修订版],孙周兴译,上海译文出版社,2008年版,第243页)因此,海德格尔理解的诗人背负着传达、昭明神性并且为神创建"居留之所"的使命。

② 海德格尔:《荷尔德林诗的阐释》,孙周兴译,商务印书馆,2000年版,第52—53页。从海子的作品来看,他对海德格尔对荷尔德林诗歌意义的阐释是比较熟悉的,他不仅在《我热爱的诗人——荷尔德林》一文中提到海德格尔,而且在《不幸——给荷尔德林》诗中写道:"存在者 嘶叫者 和黑暗之桶的主人啊/你——现在又怎样在深渊上飞翔——阴郁地起舞——将我抛弃/并将我嘲笑——荷尔德林/你可是也已成为黑暗的大神的一部分。"这里显然包含着海德格尔的阐释,后者说道:"由于上帝之缺席,世界便失去了它赖以建立的基础。'深渊'(Abgrund)一词原本意指地基和基础,是某物顺势下降而落入其中的最深的地基。但在下文中,我们将把这个'Ab-'看作基础的完全缺失。基础乃是某种植根和站立的地基。丧失了基础的世界时代悬于深渊中。……在世界黑夜的时代里,人们必须经历并且承受世界之深渊。但为此就必须有入于深渊的人们。"(海德格尔:《诗人何为》,《林中路》[修订版],孙周兴译,上海译文出版社,2008年版,第243页)

在这个世界上秋天深了
得到的尚未得到
该丧失的早已丧失

——《秋》（1987）

这首诗歌和前文那首同名作品一样，也带有为这个"贫困的时代"命名的意味。前面两行向我们暗示神的缺席，"得到的尚未得到/该丧失的早已丧失"同样也强调了一种双重的"不"（无），这两行诗歌与海德格尔的概括"在已逃遁的诸神之不再和正在到来的神之尚未中"明显构成一种深刻而生动的呼应和对称。它们与其说是在表达一种个人得失、际遇，不如说是在命名一种时代境况和"世界景观"。在这样"贫困的时代"里，诗人径直宣告："王在写诗"——这无疑是以有力而野心勃勃的语气回答荷尔德林和海德格尔的设问："诗人何为？"

附带说一句，九十年代以后，海子的诗歌被越来越多的诗人所模仿，但在这些模仿作品中，其抒情写物在气势上往往远逊于海子。这在很大程度上也是因为他们对海子关于诗人的使命、自我定位以及背后的哲学意识缺乏深入的体悟，而仅仅抒发一些个人性的经验和情感，把海子诗歌中的自我张扬发展为无法忍受的自我中心、自恋。很多海子的模仿者似乎忘了海子在读荷尔德林时的这个体验："要热爱生命不要热爱自我，要热爱风景不要仅仅热爱自己的眼睛。这诗歌的全部意思是什么？做一个热爱'人类秘密'的诗人。这秘密既包括人兽之间的秘密，也包括人神、天地之间的秘密。"①

---

① 海子：《我热爱的诗人——荷尔德林》，《海子诗全集》，西川编，作家出版社，2009年版，第1071页。

关于海子在诗学使命方面的自我定位，不得不提到的一个事实是海子的写作理想与写作方式、风格特征之间的巨大差距。前文说过，在海子的诗歌神殿里地位最高的诗人其实并不是那些"浪漫主义王子"，而是但丁、莎士比亚、歌德这些能够写出伟大的"大诗"的"亚当型巨匠"，他们也是海子所谓"父亲势力"的化身。海子在其短短的写作生涯中不断地向"大诗"这个目标发起孤注一掷的冲击，创作了多部长诗，但结果并不尽如人意。西川也意识到这个问题："在他的写作方式和写作目标之间横亘着一道几乎不可跨越的鸿沟。"①他指出："海子的写作就是对于青春激情的燃烧，他让我们想到一个来自德国文学的词：狂飙突进。然而，海子梦想中最终要成就的却不是'狂飙突进'的诗歌，他所真正景仰的大诗人是歌德。于是这里便有了一个矛盾。歌德的《浮士德》从从容容地写了60年，并非一蹴而就，而海子却想以激情写作的方式来完成他的大诗《太阳》。他从浪漫主义的立场上向古典主义的歌德踊身而跃，结果是出人意料的，他落到了介乎浪漫主义与古典主义之间的荷尔德林身上。"②我想海子的诗学悲剧不仅仅是青春写作这个问题带来的，而横亘在海子的"大诗"写作中的这道"鸿沟"并不是（或者主要不是）浪漫主义与古典主义的对立问题。实际上，但丁、莎士比亚甚至歌德这样的诗人都既不是浪漫主义，也不是古典主义所能够定性的。这些海子所谓的"亚当型巨匠"都

---

① 西川：《死亡后记》，《海子诗全集》，西川编，作家出版社，2009年版，第1165页。
② 西川：《死亡后记》，《海子诗全集》，西川编，作家出版社，2009年版，第1165页。

是综合性的大诗人,他们的真正杰出之处并不止于海子所认识到的"主体与壮丽人格建筑",① 他们与"浪漫主义王子"(包括海子)这样的抒情诗人的重要区别之一便是"世界丰富性",这个词正是海德格尔在解释荷尔德林时所委婉地暗示的后者的缺点。② 这也恰好是海子诗学的根本性问题之一。

海子并没意识到他与他景仰的"大诗"作者们在展现"世界丰富性"时的巨大差距(这当然与他的写作年龄和写作理念有关系)。在海子的诗歌中,只有"我"和"世界"的孤绝两立,中间并没有"社会",几乎是空空荡荡的,道德(人性)与历史这些维度基本上都是缺席的,我很难读到多少丰富的社会历史内容(这一点后面还会说到)。西渡认识到:"海子缺少历史和现实的关怀,也不具有骆一禾的历史洞察力。""海子所谓的历史其实没有历史内容,而只是一种怀旧的个人史的放大。海子实际上是用一种放大的个人史代替和遮蔽了社会、民族和文明的历史。借用他自己两首短诗的标题,他的'历史'只是'爱情故事'。"③ 在这样一个远远谈不上"丰富"的诗歌图景下,"大诗"/"史诗"如何成为可能?我们读他的长达四百余页的大诗《太阳·七部书》,读到的内容却很难说与他的一两页的"小夜曲"有什么实质性的区别,它们依然是一种个人心象、情感的放大;换言之,它们依然是一种扩充的——如果说"注水"

---

① 有时,我们甚至要怀疑但丁、莎士比亚这样的中世纪和近代早期作者究竟有没有浪漫主义时代以来才流行的"主体"意识。
② 海德格尔:《荷尔德林诗的阐释》,孙周兴译,商务印书馆,2000年版,第52页。
③ 西渡:《圣书上卷和圣书下卷——骆一禾、海子诗歌的同与异》,《文学评论》,2012年第6期,第25页。

这个词实在令人不忍的话——抒情诗。海子从浪漫主义抒情诗人向更伟大的"亚当型巨匠"奋力飞跃，但是这个飞跃并未到达目标而在中途陨落了下来，这着实是一种必然而非意外。因此就海子写作已经完成的高度来看，我们仍然只能把他视作一个"浪漫主义王子"，而不是但丁、莎士比亚那样的"亚当型巨匠"；换言之，他并没有达到他所崇敬的"伟大的诗歌"的高度，这是一个令人悲哀的事实。

四

浪漫主义对诗人的使命和自我定位的构想显然是一种（自我）神话，这种神话，从历史上来说，本身也是现代的产物，虽然它往往以反抗现代工业文明的面貌出现。之所以如此，是因为工业化、城市化的现代社会中人的物化、工具化倾向与浪漫主义对人的主体性以及自我通往永恒的张扬直接冲突。雪莱在十九世纪初就认识到："我们缺少崇高的冲动来实践我们的想象，我们缺少生命之诗……若干科学部门的成就已扩大人类王国对外在世界的控制范围，但是这些科学部门由于缺少诗的机能，也相应地局限了内在世界的范围，并且人虽已役使了外在世界的一些因素，自己却仍旧是奴隶。"① 我们不难理解，虽然现代的浪漫主义诗人大都居住于城市，但是对乡村、旷野有着

---

① 雪莱：《诗辩》，《西方文论选》（下卷），伍蠡甫主编，上海译文出版社，1988年版，第55页。

一种近乎神话的崇拜和歌颂（比如海子的"村庄""麦地"）。相当多的现代主义诗人健笔抒写城市，浪漫主义诗人却很少去正面面对它——城市在他们看来是个非诗意的对象。海子创作的主要时期都是在北京度过的，但他基本没有正面描写过它，这是非常微妙且耐人寻味的。

从历史上来看，浪漫主义恰好发轫于工业文明开始蓬勃发展的时期，它本身就是在对现代文明的反制、反作用中定义自身。表面上，浪漫主义诗歌往往回避现代文明的种种典型特征，但是，浪漫主义的诗学构想往往与现代的社会语境之间有难以避免的紧张关系。海子敏锐地察觉到，我们是一个"主体贫乏的时代"（详见第二节），这也正是他与所处的时代发生冲突的节点。当他把自身定位为"王"或者"浪漫主义王子"时，当他宣称诗人、诗歌的无上价值时，他显然不能得到多少同代人的回应和认可。海子宣告："万人都要从我的刀口走过/去建筑祖国的语言"（《祖国（或以梦为马）》），这看起来更像是一种唐·吉诃德式的豪言壮语。另外，西方浪漫主义诗人在试图从自我见证神性/永恒时，其背后往往有宗教、神学背景作为支撑，[①] 但是海子所在的当代中国社会是一个长期浸淫于无神论的文化，他在向形而上、超自然领域攀登时并没有多少本土精神资源可供依赖，他在宣称诗人必将进入"太阳"/永恒时，在中

[①] 施莱格尔认为，要解决当代的思想问题，必须"完全承认永恒世界"，实现"信仰和知识的完全统一、调和"，这种统一只能由基督教哲学来解释且"植根于已被接受的神的启示"。他强调，包括诗和艺术在内的一切人类精神活动，都是这个"唯一发光体所分散出来的光芒"。（弗利德里希·希勒格尔：《文学史演讲》，《西方文论选》[下卷]，伍蠡甫主编，上海译文出版社，1988年版，第326页）可见，浪漫派诗学（包括泛神论）与基督教神学是紧密地联系在一起的。

国诗坛多少显得像是一种时代错误、文化错位。因而,海子在他的生活中无疑是非常孤独的:

> 我有夜难眠,有花难戴
> 满腹话儿无处诉说
> 只有碰破头顶
> 霞光落在四邻屋顶
> 我的双脚在故乡的路上变成亲人的双脚
> 一路蹒跚在黄昏　升上南国星座
> 双手飞舞,口中喃喃不绝
> ——《诗人叶赛宁》

与叶赛宁类似,海子的孤独很大程度上来源于其诗学理想、自我定位与社会现实之间巨大的不协调。姜涛在评价海子的诗歌同道骆一禾时说:"在骆一禾那里,诗人应该有胆量成为一个价值创造者、文明创造者,诗歌的主体也要随之强健、丰盈。但如今,我们生活在了一个主体普遍弱化的时代,我们不再习惯把自己放在山巅上,而更习惯从山腰、山脚以至谷地里,审视周遭的生活世界和语言,那种万物尽收眼底的视野和心态,仿佛已不再可能。"① 确实,这也是浪漫主义的诗学构想在现代社会普遍遭遇的结构性困境,在一个日趋物化、主体普遍弱化的时代,这种高涨的主体精神、高蹈的自我定位往往显得像是一

---

① 姜涛:《在山巅上万物尽收眼底——重读骆一禾的诗论》,《新诗评论》,2009年第2辑,第64—65页。

种"幼稚病"或者"奢侈品"。

但是，这种结构性困境也许正是海子创作末期的一批杰出作品得以产生的原因，它们显示了一种"浪漫"构想与现实之间可怕的裂缝，也昭示了我们的"现实"是如此贫乏。实际上，对永恒、超越性的渴求是所有人或多或少具有的一种倾向，哪怕在现代也是如此。在过去有宗教、神话来满足这种需要；到了现代，当宗教、神话受到科学和理性的强有力的阻击后，它们很难再恢复过去的权威地位。这时文学趁势而起，它企图代替宗教的作用和地位，它指引一条通往永恒、不朽或者"神性"的道路，它扮演着一种"准宗教"的角色。但是，现代人是如此奇怪的一种动物：一方面，每个人都隐藏着一种对永恒的隐秘渴望；另一方面，当有人建造出一条通往永恒的桥梁之后（比如海子这样的浪漫主义诗人），人们又不免对其投以怀疑的目光。从这点来看，现代人是悖论的继承人，他只能在批判、否定中确立自身。[①]海子的诗学构想虽然与现代人的"否定"倾向截然有别，它力图建立一套由自我通往永恒的诗歌价值体系。但是，当我们观察他自杀前一两年的诗作时，会发现自我怀疑与否定也不可避免地进入他的诗歌中。海子曾畅想"我全身的黑暗因太阳升起而解除"（《日出——见于一个无比幸福的早晨的日出》），但是在生命的尾声，他明显对此前景感到怀疑——甚至质疑：

[①] 著名诗人、理论家帕斯在分析理性传统与现代性时，所强调的也是现代人的这种陷入"否定循环"怪圈的境地，参见 Octavio Paz, *Children of the Mire*, Cambridge, Mass.: Harvard University Press, 1991, pp. 25-37。

大风从东吹到西,从北刮到南,无视黑夜和黎明
你所说的曙光究竟是什么意思
——《春天,十个海子》(1989)

在某种意义上,海子写作末期的诗作可以看作他的诗学构想和自我定位发生内部矛盾并最终走向崩溃之后留下的一道"历史遗迹"。这种"崩溃"甚至比这些诗学构想本身还要深刻,因为它暴露了浪漫主义在现代社会无法避免的矛盾,暴露了现代人自身无法摆脱的悲剧性悖论。这意味着现代人永远也无法畅通无阻、自由自在地进入"永恒"大门,而只能像海子那样站立在一片形而上的荒原上:"永远是这样/风后面是风/天空上面是天空/道路前面还是道路"(《四姐妹》)

五

从整个中国现代文学史来看,浪漫主义诗学不仅为海子提供了自我定位的资源,同时也为"五四"以来的大批诗人提供了自我塑型的资源。与海子稍有区别的是,大部分现代中国浪漫主义诗人的自我塑型都有非常明显的历史烙印,换言之,他们的自我"定位"首先就是指在历史中定位。"五四"前后的浪漫诗人(如郭沫若、徐志摩等)笔下的"我"大都是特定历史语境下的反叛者的形象,突出个性与反叛历史是这个时期的浪漫派自我的显著特征,无怪乎拜伦是此一时期最受欢迎的浪漫派作家——这种倾向甚至也体现在1907年写《摩罗诗力说》的

鲁迅身上。而1949至1978年典型的浪漫主义诗人（如郭小川、贺敬之等）则同样继承了浪漫主义对诗人自我与诗歌的价值的基本假设，但他们笔下的"我"则变成了国家意志的鼓吹者——虽然它往往以个人意志的假面出现——个人意志与国家意志是高度同一的。无论是哪一种情况，这些浪漫主义诗人的"自我"都牢牢地附着于历史，因此，西方浪漫主义诗学中最典型的神话之一——所谓"超越历史"——在这些诗人身上基本上处于被压抑的状态。

但是，海子是一个不多见的例外。海子的诗歌对自我意志、诗人之地位与价值的潜在假设某种程度上也与八十年代中国普遍高涨的诗歌热潮有一定关系，却有了更多的形而上和神话色彩。他笔下的"我"充当着从现世通往永恒的使者、诗歌世界的王者这样的角色。两种角色是相互阐释的：要通往永恒必须经由诗歌（或者说被包括在诗歌名下的一切创造活动），而诗歌（以及一切创造活动）的终极目标是永恒，即海子所谓"太阳"。显然，这样的一种价值理想带有一定的宗教色彩。① 正是因为这样一种视角，海子诗歌中的"我"并没有特别清晰、固定的历史坐标，更确切地说，它在整个现代的历史语境下都是有效的。这既是一个优点，也是一个缺陷。同时，这也很大程度上决定了其诗歌写作中历史维度、社会维度的薄弱乃至缺席。

在一个旁观者看来，也就是，在一个对海子这一套诗歌价

---

① 这种倾向令我们想起了在西方诗歌（尤其是俄罗斯文学）中源远流长的"弥赛亚意识"，无独有偶，海子的长诗《太阳》中的"天堂大合唱"题名也是"弥赛亚"。另外，海子诗歌屡屡使用一些宗教意象和词汇以作为建构他的超越性王国的材料，比如"天堂""神""上帝""弥赛亚""圣书""天使"等。

值理想抱着怀疑态度的读者看来，海子对于诗人/诗歌的地位和使命的定位无疑是一种神话——因此它往往显得夸张。"神话"的含义之一，就是它无法在任何实际行动和生活中得到验证或实现。因此，读者也无法看到他对现实有什么具体针对性的发言，甚至也看不到其诗歌中有什么对社会现实的观察。这些"发言"或者"观察"在他的诗学王国里简直是无关紧要的。进一步地说，海子的诗歌中其实根本就没有"社会"这个概念，只有"我"和"世界"的孤绝两立，两者中间空空荡荡。西渡认识到，"海子的诗歌是一个封闭的自我空间，它拒绝打开自己，拒绝走向世界，也拒绝世界走向它"①。用海子本人的诗来说，他并"不关心人类"（《日记》）。退一步说，他对人类的关心基本上不是道德意义上的，而是美学意义上的，更确切地说，是语言意义上的。因此，海子可以很直率地宣称爱着他的"四姐妹"，而完全不考虑现代人的情感纠葛、道德困境这些问题——这在"诗人—先知—王"的世界中完全不是问题。海子诗歌对于人的道德观察（对人性之善与恶的关注）是简单的，甚至是缺席的。实际上，这不仅是海子个人的问题，甚至也是作为整体的浪漫主义的本身的问题，艾略特曾经引文学批评家休姆（T. E. Hulme）的话说："对于现代人文主义者，如同对于浪漫主义者，'罪恶的问题消失了，罪恶的概念也不复存在了'。"② 作为浪漫主义诗学最有力的批判者之一，艾略特的观察

---

① 西渡：《圣书上卷和圣书下卷——骆一禾、海子诗歌的同与异》，《文学评论》，2012年第6期，第25页。
② 托·斯·艾略特：《艾略特文学论文集》，李赋宁译，百花洲文艺出版社，1994年版，第207页。

确实是一针见血的，我想这一点也值得海子诗学的追随者认真思考。另外，在海子的诗歌中，我们也看不到有多少中国八十年代的社会现实和历史进程，这些诗歌看起来像是在一种历史真空中陡然出现的。

当我们把现实维度、社会维度以及道德维度都驱逐出"诗歌王国"之后，能写的东西实际上就比较有限了。实际上，海子在其自足的诗歌世界里基本上已经穷尽了其可能性，他在他短暂的诗歌历程中已经出现了较多的重复写作现象了。他在至少一半的抒情诗中，都在不厌其烦地书写有关诗歌王国/国王的浪漫构想，以及这一构想无法在人间实现的失落和绝望。而其"大诗"写作在一定程度上也是其抒情诗写作的另一种重复。换言之，海子诗歌写作的素材和主题的广度是较为有限的。不管是作为读者的我们还是海子自身，肯定也不能满足于诗人创造价值这种神话一而再，再而三的重申和张扬。而在1989年的自杀或多或少也是他在诗歌征途上前进乏力的一种征兆，或者结果。当然，具体的历史、社会维度的缺席对于诗歌而言也未必是一个缺陷。君不见，在相当多的"朦胧诗"写作中，正是因为汲汲于反叛特定的社会、文化体制而陷入"为反叛而反叛"的尴尬境地，甚至自身也成了反抗对象的"镜象"。

对于海子这样一位生命短暂的杰出诗人，我们无须苛求，更无资格嘲讽。是的，他的诗学世界和自我定位是简单的——在有的人看来甚至是幼稚的——但它们至少是自足而完备的，更重要的是，它们是强有力的。在力度与自足性这个层面上，他就足以令八十年代的大部分诗人难以望其项背了。在最低的层面上，海子的诗歌也可以为现代汉诗的读者提供一条简单而明确的通道——任何刚接触现代诗歌的读者都需要这样一条"通道"——他直接而有力地表现了诗歌的情感和意图,传达诗人的旨趣和使命,并指引一条精神"上升"的通道,在当代诗歌中,已经很少有诗人能承担起这种任务了。这解释了海子为何成了最受普通读者欢迎的当代诗人(甚至不用说"之一"),在可见的一二十年里,这一地位很难被撼动。但海子诗歌的价值显然不止于"入门读物",虽然其部分作品确实承担了这个角色。海子诗歌的流行仅仅说明它弥补了现代读者需求的一个重要的部分,但并不意味着这种需求是一种不登大雅之堂的低俗需求,能满足这种需求的诗歌之所以匮乏,本身就是当代中国诗歌的结构性缺陷的征兆,这个缺陷就是海子所认识到的"'主体与壮丽人格建筑'的完全贫乏"。海子诗歌的出现和被广泛接受足以说明浪漫主义的诗学精神依然有在当代中国复活的可能和必要。

"近代没有神话了……如今已是我们努力创造神话的时候了。"① 弗·施莱格尔在十九世纪初非常感慨地如是说。无论是海子的自我定位,还是他对诗歌价值与永恒世界的设想,都是一种神话;如今甚至海子的自杀本身也成了中国诗歌史上的一个"神话"。但在超自然性因素越来越少、想象越发地附着于琐碎的日常生活的今天,难道不正需要神话来舒展我们想象的翅膀,来解救我们日趋被现代文明压抑的个性和意志吗?反过来说,海子的诗歌和他的生命在中国激起如此长久的议论和关注,

---

① 弗利德里希·希勒格尔:《诗的对话》,《西方文论选》(下卷),伍蠡甫主编,上海译文出版社,1988年版,第319页。

这本身不也是中国诗歌乃至中国社会之"贫乏"的一个征兆吗？在一位诗人以自我毁灭的方式给他的"浪漫"理想画上终止符之后，我们再也无法像谈论天气一样轻松地谈论"浪漫"的问题了。"浪漫"，不管有多少种弊病，它毕竟是一种杰出的能力和能量，它是现代人对自我与世界之关系所做出的最宏伟的表述。

(原刊《文艺争鸣》2013年第2期)

"新浪漫主义"的短暂重现

——骆一禾、海子的浪漫主义诗学与文学史观

如果考虑到八十年代的中国诗坛对"现代主义"一边倒的热潮这重背景,骆一禾、海子的诗学理念和文学史观念在当代中国文学的语境下颇有"逆流而动"的意味。骆一禾、海子都提倡浪漫主义并质疑当时流行的现代主义诗学,这是八十年代中国作家较早地从文学本身——而不是意识形态——角度反抗现代主义的主张之一。姜涛提出:"毋庸讳言,骆一禾、海子的诗歌趣味迥异于当时乃至而今的文学风尚,他们的写作也与习见的现代主义/后现代主义的立场,直接构成一种对峙。似乎可以说,他们所要掀起的是一场'新浪漫主义'运动,这样说也大致不差。"① 不过,他没有具体讨论海子、骆一禾与浪漫主义的关联。骆一禾与海子不仅生前是至交,也是诗歌、诗学上的同道,他们曾经打算在诗坛提出"新浪漫主义",然而,两人却先后在1989年早逝,一场中国诗坛上可能的文学运动也因此胎

---

① 姜涛:《在山峰上万物尽收眼底——重读骆一禾的诗论》,《新诗评论》,2009年第2辑,第59页

死腹中,这无疑是令人遗憾的。过去,"浪漫主义"在当代中国往往被看作过时的古董,甚至是拙劣的写作手法的代名词。实际上,这种理解很大程度上是误解,若认真挖掘西方浪漫主义的传统以及当代的浪漫主义诗学(如弗莱、艾布拉姆斯、布鲁姆、文德勒等),我们会发现把浪漫主义等同于"浪漫""煽情""缺乏节制"等在很大程度上是误解,若深入挖掘浪漫主义的宗教、历史背景、形而上学假设,我们更会发现浪漫主义诗歌、诗学包含的问题远远比我们设想得复杂。实际上,骆一禾、海子的诗歌与诗学就让我们看到了浪漫主义在中国较少为人所知的一面。

在"五四"前后,浪漫主义就被中国作家借用为一种反抗历史和传统的资源,比如在鲁迅的《摩罗诗力说》那里,它的反叛性就被突出强调出来了;在鲁迅看来,拜伦就是最有代表性的"摩罗诗人",其"立意在反抗,指归在动作"。[①] 无怪乎在这一时期,拜伦、雪莱是最被看重的浪漫派作家。但值得注意的是,西欧浪漫主义对想象力、创造力的重视,对神性的追求(以诗歌写作的灵感传达神性)等重要面向基本上被这一时期的作家忽视了(李长之在四十年代的《迎中国的文艺复兴》、夏志清在六十年代的《中国现代小说史》中都注意到这个问题),因此在中国现代(1917—1949)诗歌中,很少有那种浪漫主义的"幻象诗"。相反,浪漫主义的感情面向被突显了出来,这甚至导致了"浪漫主义"经常沦为贬义词,无怪乎梁实秋在《现代中国文学之浪漫的趋势》这篇著名的文章中,就把浪漫主义看

---

① 鲁迅:《摩罗诗力说》,《鲁迅全集》(第一卷),人民文学出版社,2005年版,第68页。

作缺乏节制与情感泛滥的典型,而且把"五四"以来的文学中的诸种缺陷都归结于浪漫主义,如"颓废主义""假理想主义""印象主义""抒情主义"等。① 到了八十年代,海子、骆一禾等人才重新发掘浪漫主义这些被遗失的面向,突入其形而上的、神话的维度,可谓是浪漫主义迟到的"复兴"。

浪漫主义在西欧的出现与基督教(尤其是新教神学)的发展有着深刻的内在关联,浪漫主义对神性的追求和表达与新教神学力主的"从自我见证神性"之主张同声相应,它尤其依赖新教神学的这个思想,即在有限事物中直觉无限,通达神性。② 如果不理解这个背景的话,我们也很难理解T. S. 艾略特在批判浪漫主义诗学时所表露的天主教倾向,尤其是反对个人直接见证神性以及个人具有灵魂的统一性的观点,他甚至在《传统与个人才能》这篇名文中暗示他的主张的玄学指归:"我在努力抨击的观点或许是和灵魂本质单一论的形而上学理论有关。"③ 在对待诗人之主体性与"自我"这个问题上,英美现代主义与浪漫主义产生了尖锐而且深刻的分歧。现代主义想要消解浪漫主义那种非常稳固而且高姿态的主体形象和带有神性光环的"自我",而更强调的是牺牲个性与消解"自我",进而融入"传

---

① 梁实秋:《现代中国文学之浪漫的趋势》,《梁实秋文集》(第一卷),鹭江出版社,2002年版,第34—54页。
② 保罗·蒂利希:《基督教思想史》,尹大贻译,东方出版社,2008年版,第330页以下。
③ 托·斯·艾略特:《艾略特文学论文集》,李赋宁译,百花洲文艺出版社,2010年版,第9页。无独有偶,梁实秋在《现代中国文学之浪漫的趋势》中也像艾略特一样反对浪漫主义的"灵魂"这个说法:"其实不是灵魂,只是一副敏锐的神经和感官罢了。"(《梁实秋文集》[第一卷],鹭江出版社,2002年版,第48页)这几乎又与艾略特把诗人的头脑比作捕捉感觉和意象的"容器"的认识如出一辙。

统"。无论是哪一方，都与西方的宗教背景脱不开关系。浪漫主义对自我与神性的直接联系的强调与新教神学乃至某些宗教异端息息相关，而现代主义（尤其艾略特）对于传统与文本的强调，对于理智和牺牲作者个性的倡导，则与天主教神学脱不开关系，两者之间的纠葛甚至显得有点像神学纷争在诗学中的延伸。

有趣的是，虽然现代中国对浪漫主义的接受基本上将其宗教因素"过滤"掉了；但是，当八十年代的骆一禾、海子重新举起浪漫主义这面旗帜时，又找回了这层被过滤掉的宗教/形而上因素。试看骆一禾的诗论："而诗歌正是说这个使其他的得以彰显的、照亮的'是'，'是'作为贯通可说的不可说的，使之可以成立的记号，是更深邃的根子，诗歌就是'是'本身，而未竟之地在这里打开。在《圣经·旧约·创世纪》的第一章里，有一些段落带有'神说'的记号，创世行为的'神说'来给标志揭示，万物万灵不仅长在天空、大地、海洋，也是长在'神说'里的，诗歌作为'是'的性质在此可以见出，而不带'神说'记号的段落由三句伟大诗歌构成：'起初，神造天地。地是空虚混沌，渊面黑暗；神的灵运行在水面上。'在这里，诗、'创作'已成为'创世'的开口，诗歌使创世行为与创作行为相迴，它乃是'创世'的'是'字。"[①]

骆一禾这种把诗歌创作看作"创世"行为、把诗歌视为照亮世界的"光"的主张明显地受到海德格尔的影响：后者认为

---

① 骆一禾：《火光》，《骆一禾诗全编》，张玞编，上海三联书店，1997年版，第853页。

诗人背负着为时代创建"存在之根基"的使命。① 附带说一句，存在主义很大程度上是浪漫主义的后裔（这一点以赛亚·柏林的《浪漫主义的根源》和蒂利希的《基督教思想史》都深刻地分析过了）。② 骆一禾这里的论述真实地反映出，浪漫主义诗学的一系列理念，终究是以基督教为基础的。当然，浪漫主义诗学（包括骆一禾的）同时也有"僭越"基督教的倾向，即用诗歌来代替"神说"，把诗歌发展成一种"准宗教"（因为原来的宗教已经失去威信了）。正因为如此，诗歌的地位在浪漫主义诗人那里被提升到空前绝后的高度，骆一禾在《火光》中说："诗歌是这样构成世界的一种背景的，它作为世界的构成因素而关心着世界、意义和人生。如果一定要这么说的话，我们难道还有比它更伟大的关注吗？"

浪漫主义诗学的"创造"与"创世"都通过"自我"这个通道来实现。不过，在海子与骆一禾身上都有一个颇为悖论的现象，如果从文本的角度来说，他们的写作无疑是以自我为中心的，但是，他们本身又非常明确地反对"自我中心主义"。比如，骆一禾说："内心不是一个角落，而是一个世界。由于自我中心主义，内心锐变为一个角落，或者表现在文人习气里，或表现在诗章里。"③ 这里的微妙之处，就在于海子、骆一禾的"自我"其实都有一重形而上学的背景，即"自我"不仅是一个心

---

① 海德格尔：《荷尔德林诗的阐释》，孙周兴译，商务印书馆，2000年版，第46—53页。
② 参见以赛亚·伯林：《浪漫主义的根源》，吕梁等译，译林出版社，2011年版，第141页以下；保罗·蒂利希：《基督教思想史》，尹大贻译，东方出版社，2008年版，第339—340页。
③ 骆一禾：《美神》，《骆一禾诗全编》，张玞编，上海三联书店，1997年版，第842页。

理意义上的实体,更是一个通往更高领域的"通道"。骆一禾说:"在整个构造中,'自我'不应理解为一种孤立的定点,它是'本我—自我—超我'以及'潜意识—前意识—意识'双重序列整一结构里的一项动势。在 20 世纪,这个动势呈现从父本到母本,由超我向本我的移动。"①骆一禾对"自我"在现代的"萎缩"和窄化特别敏感,尤其是在现代主义、后现代主义那里,它丧失了与"创造力之源"和"生命自明中心"的紧密联系,变成了碎片的堆砌,"小围栏"的自我设限(即"自我中心主义")。②显然,"创造力之源"与"生命自明中心"都是一些带有浪漫主义色彩的诗学术语,它令人想起柏拉图的"永恒灵魂"和"大记忆",以及斯宾诺莎泛神论的"神性"。在浪漫主义诗学中,"自我"是通往这些源泉的重要通道,其通达的方式就是创造,对诗人来说,就是语言的创造:"语言中生命的自明性的获得,就是语言的创造。""怀有这种自明,胸中油然升起的感情,是不可超越的,因为这爱与恨都磅礴于我们这些打开了魔瓶的人。"③"自我"在浪漫主义那里是一个通往神圣世界的隐秘入口,而诗人是这个秘密的掌有者,因此也成为整个文化的"创造者"。联系这些理论脉络,就不难理解海子对"伟大诗歌"的定义:"主体人类有某一瞬间突入自身的宏伟——是主体

---

① 骆一禾:《美神》,《骆一禾诗全编》,张玞编,上海三联书店,1997 年版,第 839 页。
② 骆一禾:《美神》,《骆一禾诗全编》,张玞编,上海三联书店,1997 年版,第 840—841 页。
③ 骆一禾:《美神》,《骆一禾诗全编》,张玞编,上海三联书店,1997 年版,第 844—845 页。

人类在原始力量中的一次性诗歌行动。"①

正因为两者都有对诗歌创造力的狂热崇拜,他们也先后发展出一套以"创造力类型"为标准的文学史观。比如骆一禾说:"从诗歌心象引发的相应一点,是诗歌而不是一种,以偏概全的诗学形成的判断乃限于某种心象的原则之中,因而有可能产生'种'的混淆,从而抹煞了美的不可比较性。这也就是说不同的创造力型态从晦暗中浮现出来了,这导致了对线性的'古典—现代—后现代'的史观链条的扬弃,历时性的观点,'代'的观点所依据的'一个顶替一个'式的前提成为十足可疑的。一种在上述视域中不可能看到的旷观彰显出来,需要建立一种创造力形态的共时性诗学。"② 这种文学史观是反进化论的,甚至是反历史的。依据"创造力型态"来划分类别,它本身就是浪漫主义"超越历史"的野心的反映。海子在《诗学:一份提纲》中也是这种"共时性诗学"观念,与当代大部分诗人标举现代诗人的态度相反,他反而推崇但丁、莎士比亚、歌德等"巨匠",而对二十世纪的现代主义诗人尤其"不待见"。他划分出两种不同类型的"创造力",即"父亲力量"和"母亲力量"(深渊力量),作为整个人类文化史的两种分野。在他看来,现代主义的产生是"母亲力量"的产物,不过缺乏整合碎片的力量和诗歌意志力,因此有"'主体与壮丽人格建筑'的完全贫乏"之弊。这也与前面骆一禾提出的"这个动势呈现从父本到母本,由超我向本我的移动"的观察相互呼应。海子不无野心

---

① 海子:《诗学:一份提纲》,《海子作品精选》,程光炜编,长江文艺出版社,2006年版,第232页。
② 骆一禾:《火光》,《骆一禾诗全编》,张玞编,上海三联书店,1997年版,第850页。

地提出要"清算"现代文学史,要"对从浪漫主义以来丧失诗歌意志力与诗歌一次性行动,尤其要对现代主义酷爱'元素与变形'这些一大堆原始材料的清算"。[①]虽然这一套文学史观念在海子生前并没有得到完善,不乏专断与稚嫩的色彩,不过仍然是有意义的尝试。当今的文学史几乎清一色地采用历时性的脉络,暗含进化论或者进步论式的逻辑,营造出一种除旧布新、不断前进的假象,前人经典也被打入"过时"的冷宫。由此,"共时性诗学"自有其存在的必要。

但是,我们也应当意识到这种诗学与中国当代的文化语境之间的内在的冲突与矛盾。骆一禾、海子所在的当代中国社会长期浸淫于无神论,两者在向形而上、超自然领域攀登时并没有多少本土精神资源可供依赖。当海子宣称诗人必将进入"太阳"/永恒,这在中国诗坛多少显得像是一种时代错误、文化错位,仿佛是一个十九世纪的西方诗人误入了二十世纪的中国——至少在八十年代的不少读者眼里正是如此。而骆一禾所宣称的"生命自明中心"和"创世"诗学也显得神秘莫测,看上去像是泛神论与隐秘宗教体验的另一版本,调高难下。姜涛在评价骆一禾时说:"在骆一禾那里,诗人应该有胆量成为一个价值创造者、文明创造者,诗歌的主体也要随之强健、丰盈。但如今,我们生活在了一个主体普遍弱化的时代,我们不再习惯把自己放在山巅上,而更习惯从山腰、山脚以至谷地里,审视周遭的生活世界和语言,那种万物尽收眼底的视野和心态,

---

① 海子:《诗学:一份提纲》,《海子作品精选》,程光炜编,长江文艺出版社,2006年版,第233页。笔者在《"王在写诗"——海子与浪漫主义诗人的自我定位》中对此进行了详细论述,此不赘述。

仿佛已不再可能。"① 确实,这也是浪漫主义的诗学构想在现代社会普遍遭遇的结构性困境,在一个日趋物化、主体普遍弱化的时代,这种高涨的主体精神、高蹈的自我定位和"神性"追求往往显得像是"幼稚病"或者"奢侈品"。

实际上,对永恒、超越性的渴求是所有人或多或少具有的一种倾向,哪怕在现代也是如此。在过去有宗教、神话来满足这种需要;到了现代,当宗教、神话受到科学和理性的强有力的阻击后,它们很难再恢复过去的权威地位。这时文学趁势而起,它企图代替宗教的作用和地位,它指引一条通往永恒、不朽或者"神性"的道路,它扮演着一种"准宗教"的角色。这就是为什么陀思妥耶夫斯基借小说中的人物说,"美将拯救世界",这也是骆一禾、海子的诗学所真正要达至的目的。但是,现代人是如此奇怪的一种动物:一方面,每个人都隐藏着一种对永恒的隐秘渴望;另一方面,当有人构建出一条通往永恒的桥梁之后(比如骆一禾、海子这样的浪漫主义诗人),人们又不免对其投以怀疑的目光,因为他们早就已经将世俗的、无神论的眼光当作天经地义。这就是海子、骆一禾都要到去世之后才得到人们的广泛承认的原因——人们是不会承认,甚至不会容忍一个活着的"先知"或者"圣徒"的,只有当诗人用自己的死亡来给诗歌中的"神性"和"永恒"做保证,读者才会放下他们的戒备心态,开始考虑那些自己既怀疑又渴求的东西。

(原刊《中国现代文学论丛》2021年第1辑)

---

① 姜涛:《在山巅上万物尽收眼底——重读骆一禾的诗论》,《新诗评论》,2009年第2辑,第64—65页。

第二辑

鲁滨逊的故事确实只被先锋诗歌讲到一半,而当代诗歌写作或许要继续讲另一半:"等造好了大船,他(鲁滨逊)终于要像奥德修(Odysseus,更古老的鲁滨逊)那样踏上返乡之旅,去找回和融入伟大和悠久。"

走出语言自造的神话

——从张枣的"元诗"说到当代新诗的"语言神话"

一、引　言

在最近二十余年的汉语诗坛中,"元诗"是一个被反复征用的诗学概念。张枣1995年发表的那篇著名文章——《朝向语言风景的危险旅行——中国当代诗歌的元诗结构和写作姿态》——引发的这个讨论可以说是当代汉语诗歌内部萌发出来的最有"生长性",也最有争议性的诗学理念之一。"元诗"(metapoetry)这个概念虽然并非张枣所发明,不过却是他第一次系统性地将其介绍到汉语诗学中,并有效地运用于对汉语诗歌发展的内在脉络的观察之中。① 所谓"元诗",张枣的定义是

---

① 这篇文章虽然在国内晚至2001年才公开发表（刊于《上海文学》2001年第1期），以致有的研究者误以为它是新世纪以后的主张。实际上,此文之前还发表于海外的《今天》杂志（1995年第4期）,在九十年代即已在海外和部分国内诗人之中流传。值得注意的是,在张枣九十年代于德国完成的博士论文中（中译本见《现代性的追寻：

"诗是关于诗本身的,诗的过程可以读作是显露写作者姿态,他的写作焦虑和他的方法论反思与辩解的过程"①。张枣将一般意义上的"元诗"(即关于诗本身的诗)与一种带有象征主义色彩的语言观念结合起来,即"与语言发生本体追问关系"和"将语言当作惟一终极现实"(第75页),进一步与"以词替物"的绝对暗喻式写作捆绑在一起,并将其视为一种"现代性"的写作目标。这种特殊意义上的"元诗"写作,成为不少当代先锋诗人效仿的对象,也成为当代诗坛中引起争议的问题。姜涛在最近几篇文章中反思了张枣的诗学观念,他对张枣诗歌写作和诗学中包含的"语言机会主义"(即"病态的跳来跳去")展开了尖锐的批评,姜涛敏锐地指出:"不必承担系统内的责任,也不必在特别具体的环节上烦忧操心,语言的可能性简化为词与物关系的自由调配,这样一来,反倒失去了内在砥砺、心物厮磨的机会。"②他在张枣等先锋诗人的写作中嗅到了"简化现实"的危险,甚至感觉到后者所隐含的"自我"与"现实"的二元对峙反而会带来一种"制度性的人格封闭、偏枯",散发出"硬邦邦的红领巾气"。③此中的反讽在于,原本笔直地奔向"西方现代意义上的写者"的"摩登"写作,怎么突然间散发出"硬邦邦的红领巾气"?

论1919年以来的中国新诗》,亚思明译,四川文艺出版社,2020年版),"朝向语言风景的危险旅行"也是其中一个章节的名字,与此文有不少重合之处,可见此文应该是其博士论文写作的产物,"元诗"也是此书的关键概念。

① 张枣:《朝向语言风景的危险旅行——中国当代诗歌的元诗结构和写作姿态》,《上海文学》,2001年第1期,第75页。凡引此文,本文中只旁注页码,不另出注。
② 姜涛:《从催眠的世界中不断醒来》,华东师范大学出版社,2020年版,第27、51、289页。
③ 姜涛:《从催眠的世界中不断醒来》,华东师范大学出版社,2020年版,第289页。

虽然在八十年代后期和九十年代前期的中国诗坛中，"元诗"之说尚未流行，但张枣的"元诗"论可以说是对八九十年代中国先锋诗歌之内在脉络的确切把握（之一），因为它暗合了当代先锋诗歌的一些基本方向，比如对诗人与语言之关系的自觉认识，对自我与内在世界的沉浸，对写作方法与写作行为本身的极端强调等。几乎在张枣发表《朝向语言风景的危险旅行》这篇文章的同时，诗人、批评家臧棣也发表了一篇同声相应的诗论，臧棣称："写作从语言的清除行为直接指向它自身，丧失或者说自愿抛弃了对其它目的的服务。由此，汉语现代诗歌写作的不及物性诞生了。写作发现它自身就是目的，诗歌的写作是它自身的抒情性的记号生成过程。""后朦胧诗还是无可逆反地将写作对诗歌的钟情转变为对仅仅朝向诗歌的写作自身的发现。"[①]这两篇文章都可以视作对史蒂文斯那句著名的元诗宣言"诗是这首诗的主题"（《弹蓝吉他的人》）的遥远的回应，而且，两者都带有 T. S. 艾略特所谓的"诗人批评家"的特点，即他们在观察文学现象的同时也在彰显他们自身的写作偏好和路径。然而，与一般的诗人批评有所区别的是，张枣在提出"元诗"写作伊始，就对这一写作方案本身所潜藏的危机进行了分析（详见第四节），他警觉到，强调美学自律的写作会有"堕入一种唯我论的排斥对话的迷圈"的危险。[②]我们好奇的是，张枣为何一开始就保持着对自身写作路径的危险的警觉？他的写作本身意识到了这个危险吗？他本人是否完全遵循所谓"元诗"

[①] 臧棣：《后朦胧诗：作为一种写作的诗歌》，《文艺争鸣》，1996年第1期，第52页。
[②] 张枣：《张枣随笔集》，东方出版中心，2018年版，第198页。

和"以词替物"的写作路径?如果说"元诗"写作以及与此相似的写作方案代表了八十年代中期以来先锋诗歌的写作方向的话,那么它兴起的原因在哪里?

虽然对"元诗"的质疑业已出现而且有其诗学上的合理之处,不过简单地指责它脱离社会、封闭自我仍然是轻易的,又有陷入另一种极端的危险,不仅会有意无意地抹除三十余年先锋诗歌所达致的高度,也忽视了这种看似"非政治性""非社会性"的诗学方案本身也潜含一种"政治性"和"社会性"。真正有效的批评或许需要深入批评对象的内部与根源中去,寻绎其生成的动力和内在的危机。张枣正是这样一个不吝于展示自身写作之危机的诗人,甚至从这种展露中也获得了诗意生成的路径。张枣的理论与写作在当代诗歌史中构成了一个有趣的范本,他不仅给出了一个"谜语",也暗示了"谜语"的答案,还提示了谜语本身的局限性。张枣的"元诗"方案之所以值得反复讨论,是因为他对它的辩护(以及自我怀疑)都涉及当代诗歌发展的核心命题:自我以及语言本体论的问题。

二、朝向"语言风景"的神话

与"元叙事""元小说"等"元"(meta-)术语一样,"元诗"(metapoetry)本是常用的批评术语,其基本的含义就是"关于诗本身的诗"。它之所以在当代诗坛中成为一个带有张枣烙印的术语,是因为张枣高瞻远瞩地,同时也是创造性地将其"与语言发生本体追问关系""将语言当作惟一终极现实"的理念巧妙地结合起来。后者实际上来源于马拉美等象征主义诗人的"纯诗"理念,在1992年的《诗人与母语》中,张枣称:"但是由于缺乏马拉美将语言本体当作终极现实的专业写作态度……"①张枣的《朝向语言风景的危险旅行》可以说是其博士论文写作的一个产物,值得注意的是,他在图宾根大学攻读博士学位的导师保尔·霍夫曼也是研究象征主义诗歌的专家,② 因此我们在其博士论文《现代性的追寻:论1919年以来的中国新诗》中可以看到大量的象征主义诗学观念,而在《朝向语言风景的危险旅行》中,他则直言不讳地声称"后朦胧诗运动是一场纯诗运动"(第78页)。实际上,张枣的"元诗"观念与象征主义的"纯诗"理念之间的差别很小,它们都强调"诗是诗本身的目的",诗的"不及物性",等等。

如果说"元诗"与"纯诗"有什么细微的区别的话,那么首先是"元诗"更强调诗歌写作中的诗人自身的方法论的展现,还有就是"元诗"进一步凸显了"纯诗"写作中已经很明显的"自性"。"元诗"之"元"(meta-)本身有"关于……本身的"含义,即"自我指涉的"。③细细辨析张枣的言说,可以析出三种"自"性,即自律、自觉、自指。所谓"自律"(autonomous,又称为"自足"),指的是"诗歌言说的完成过程是自律的(autonomous),它的排他性极端到也排除任何其他类型的艺术形式

---

① 张枣:《诗人与母语》,《今天》,1992年第1期,第239页。
② 颜炼军:《诗人的"德国锁"——论张枣其人其诗》,《北方论丛》,2018年第3期,第24页。
③ Alex Preminger, Frank J. Warnke, and O. B. Hardison, *Princeton Encyclopedia of Poetry and Poetics*, London: Palgrave, 1974, p. 756.

的帮助"(第76页),它像一堵围墙一样排除了外在因素的干扰(尤其是社会与政治因素)。而"自觉",指的是在作品中自觉地"显露写作者姿态,他的写作焦虑和他的方法论反思与辩解的过程"(第75页),这相当于"元诗"王国围墙里的法律和秩序,可见"元诗"写作有很强的认知性和申辩性。而"自指"则是"元诗"写作的方向和目的,即诗的写作过程本身就是诗意表达的对象,这一过程展现的写作姿态即诗歌写作的目的。

耐人寻味的是,张枣明确把"元诗"称之为"诗的形而上学",确实,"元诗"(metapoetry)与"形而上学"(metaphysics)共享一个词根"meta-",其含义除了前述的"关于……自身的"之外,还有"在上""高于"等义,"metaphysics"即在有形事物之上之意,又取古人所谓"形而上者谓之道"之语而得其译名。张枣颇有洞见地将"元诗"和"形而上学"结合起来,实际上两者确实有一共同点,即都是关于某物自身的,又是超越此物的。在这个意义上,张枣式的"元诗"不仅是"关于诗自身的诗",也是"形而上之诗"。实际上,张枣用来命名元诗的术语(如"本体追问关系")本身就是从形而上学借用过来的,① 他甚至像传统的形而上学那样给语言假定一个"本源"或者"原初状态",比如在《诗人与母语》中他就曾构想一种原初语言状态,在那里,"词"与"物"水乳交融,不分彼此:"我直觉地相信就是那被人为历史阻隔的神话闪电般的命名唤醒了我们的显现,使我们和那些馈赠给我们的物的最初关系只是简单而又纯粹的词化关系。换言之,词即物,即人,即神,即词

---

① 本体论(ontology)是形而上学的分支,它追问"什么是存在?"

本身。这便是存在本身的原本状态。"① 这种论说方式带着明显的海德格尔烙印,后者他也曾这样论说言说与存在、词与物的原初关系:"表示道说的同一个词语逻各斯（Λογος），同时也表示存在即在场者之在场的词语。道说与存在（Sage und Sein），词与物（Wort und Ding），以一种隐蔽的、几乎未曾被思考的，并且终究不可思议的方式相互归属。一切本质性的道说都是对道说与存在，词与物的这种隐蔽的相互归属关系的响应和倾听。"②

海德格尔构成了包括张枣在内的八九十年代相当一部分诗人之形而上诗学的理论基础，他的"语言是存在之家"和"语言说（语言通过诗人说话）"的断语也成为很多当代诗人争相传颂的名言，其"语言的本质：本质的语言"所指示的语言本体论显然让张枣等国内先锋诗人受到了很大的启发。③ 显然，它让诗人的言说显得不仅仅是诗人自己在说话，而是某种更本质性、更高的力量在通过诗人"说话"，即"语言"，而背后则是"天、地、神、人"的"相互面对"。④ 在海德格尔那里，诗歌具有奠定"存在之根基"的创始意义，"词语破碎处，无物存在"。⑤在《诗人与母语》中，张枣引述了海德格尔笔下的荷尔德林为汉语诗人之使命正名："他［诗人］必须越过空白，走出零

---

① 张枣：《诗人与母语》，《今天》，1992年第1期，第237页。
② 海德格尔：《词语》，《在通向语言的途中》，孙周兴译，商务印书馆，1997年版，第203页。
③ 参见海德格尔《在通向语言的途中》中的《语言的本质》和《语言》。
④ 海德格尔：《在通向语言的途中》，孙周兴译，商务印书馆，1997年版，第182页。
⑤ 海德格尔：《语言的本质》，《在通向语言的途中》，孙周兴译，商务印书馆，1997年版，第127—183页。

度，寻找母语，寻找那母语中的母语，在那里'人类诗篇般地栖居大地'。（荷尔德林）"[1]无论是在柏拉图还是在海德格尔那里，形而上学（包括诗歌的形而上学）都与神话有着扯不清的暧昧关系。海德格尔对于诗人与语言的论断，甚至在某种意义上可以视作一个美丽的诗歌神话，这些神话不仅启发了诗人们的论说与创作（尤其元诗写作），也给予诗人以"神性加持"或者"形而上学加持"的理由。经过这一"形而上学加持"，"与语言发生本体追问关系"的"写者姿态"就不再是纯粹的个人表演，而是一个涉及语言乃至存在的性命攸关的命题。

张枣通过一种带有神秘主义和形而上学色彩的语言创造说，转化为诗歌中的"写者姿态"（诗人姿态），从而也创造了一种诗歌的"形而上学"，或者诗歌神话。它允诺了语言的神秘力量，暗示了诗人之"内宇宙"的巨大的可能性，也暗示了这一写作主体重新刷新"假、大、空"之"母语"的能力[2]。这实际上是八九十年代相当多的先锋诗人所共享的理念。在张枣和臧棣那里，对于诗歌书写本身的迷恋也成为一种"理直气壮"的诗歌路径，他们都提到海子这位当代诗歌史中的"写作狂"范例。臧棣说："海子也许是第一位乐于相信写作本身比诗歌伟大的当代中国诗人。许多时候，他更沉醉于用宏伟的写作构想来代替具体的本文操作。"[3]臧棣的观察是确切的。实际上，海子那首著名的展露他自身的写者姿态和自我定位的诗歌《秋》就是一首典型的"元诗"，也鲜明地展露了当代诗歌的"形而上学"：

---

[1] 张枣：《诗人与母语》，《今天》，1992年第1期，第239页。
[2] 张枣：《诗人与母语》，《今天》，1992年第1期，第239页。
[3] 臧棣：《后朦胧诗：作为一种写作的诗歌》，《文艺争鸣》，1996年第1期，第52页。

> 秋天深了,神的家中鹰在集合
> 神的故乡鹰在言语
> 秋天深了,王在写诗
> 在这个世界上秋天深了
> 该得到的尚未得到
> 该丧失的早已丧失①

海子直言不讳地宣称"王在写诗",这里,重要的是"写"这个书写动作,还有"王"这个诗人身份。海子还暗示诗歌的写作与"神"的缺场之间的潜在联系,"神"虽然没有直接出现,但是"鹰"已经在传递"神"的信息。这首诗再次令人想到海德格尔的对于"神"的缺席与诗人的使命的著名论述。② 张枣意识到海子的写作与海德格尔的"天、地、神、人"这个"四方体"的关联,后者"使他更加坚信诗歌必须呼唤出一个非暗喻的可以居住的暗喻:一个诗的种族在一个诗的帝国里,在那里,'人类如诗,栖居大地'(荷尔德林)"(第79页)。在这个"诗的帝国"里,"现实"已经变得不再重要了,唯一重要的是语言(即诗的命名),臧棣也直言:"他〔海子〕关注的是语言怎样取代存在,成为唯一的现实"。③ 张枣则称:"写作狂作为一种姿态,是迷醉于以词替物的暗喻写作的必然结果。中国当代诗歌正理直气壮地走在这条路上。"(第79页)语言不仅能对抗现实

---

① 海子:《海子诗全集》,作家出版社,2009年版,第431页。
② 海德格尔:《荷尔德林诗的阐释》,孙周兴译,商务印书馆,2000年版,第52—53页。
③ 臧棣:《后朦胧诗:作为一种写作的诗歌》,《文艺争鸣》,1996年第1期,第52页。

与"物",甚至能取代现实。这条"理直气壮"的道路显然不是张枣所独有,而是八九十年代相当多的先锋诗人心中的"诗学正确","元诗"只是对这股潮流的敏锐把握。

这股诗歌写作的"内卷"和"独立"运动在中国当代历史中是如何发生的?虽然在张枣看来,汉语"元诗"写作可以一直追溯到鲁迅的《野草》,但是后者毕竟只体现出一种自我相关性以及"语言反涉和反思"的潜在维度,① 要说到张枣式"元诗"的特殊条件("与语言发生本体追问关系"和"以词替物"),其实还是七十年代以来的当代先锋诗歌运动的一个产物。当代诗人中最早具备较为充分的"元诗"意识并且自觉地追问语言的发生的诗人,倒不是"后朦胧"诸诗人,而是与朦胧诗人同时开始写作(却不能认定为"朦胧诗人")的多多,在他的写作中,我们可以看到当代汉诗的"内卷"与"独立"运动的一些根由。早在多多七十年代的作品中,就有不少文字细致地展现出诗人的书写行为,并且开始触及语言与现实的关系:"寂寞潜潜地苏醒/细节也在悄悄进行/诗人抽搐着,产下/甲虫般无人知晓的感觉/——在照例被佣人破坏的黄昏……"(《黄昏》)②在七十年代的语境中,这样的诗作显然是相当超前的,"抽搐着,产下/甲虫般无人知晓的感觉"既暗示着诗人不被他人理解,也在隐隐地走向一种后来被张枣称为"自我的陌生化"的诗意生成的路径,它以一种卡夫卡式"变形记"的方式来隐喻诗歌的生成过程,也与"假大空"的语言环境构成了

---

① 张枣:《现代性的追寻:论1919年以来的中国新诗》,亚思明译,四川文艺出版社,2020年版,第42—84页。
② 多多:《多多诗选》,花城出版社,2005年版,第15页。

潜在的对抗。而在《手艺——和玛琳娜·茨维塔耶娃》(1973)中,通过与茨维塔耶娃的跨时空对话,多多反复确证"写"这个动作的反讽意味:

> 我写青春沦落的诗
> (写不贞的诗)
> 写在窄长的房间中
> 被诗人奸污
> 被咖啡馆辞退街头的诗
> 我那冷漠的
> 再无怨恨的诗
> (本身就是一个故事)
> 我那没有人读的诗
> 正如一个故事的历史
> 我那失去骄傲
> 失去爱情的
> (我那贵族的诗)
> 她,终会被农民娶走
> 她,就是我荒废的时日……①

这已然是当代汉语诗歌史中最动人的一个片段之一。通过与冷酷的外部现实的对比,诗人不仅表露了诗歌之不被他人与社会理解的事实,也让"写"这个书写动作进行了反方向的高旋。

---

① 多多:《多多诗选》,花城出版社,2005年版,第25页。

一方面是"辞退街头""没有人读";另一方面是"贵族的诗",诗歌写作的"内宇宙"已经悄然成形,它在被街头"辞退"的同时也在"辞退"街头,表面上,她(诗歌)"终会被农民娶走",实际上,"她"已经固执地走向不嫁之路,拒"农民"于千里之外。多多确切地将此诗命名为"手艺",强调的不仅仅是诗歌本身的技艺性层面,其实也包含着对诗歌之事业的"敝帚自珍":它在指向茨维塔耶娃这位悲剧性女诗人的事业的同时也指向了多多自身的写作。从历史关联性来看,这首元诗也意味深长地象征了当代先锋诗歌的写者"处境":诗人无法与现实取得"和解",只能孤独地展开对抗。正如张枣所认识到的那样,早期朦胧诗的写者姿态是一种"边缘人姿态":"既是英勇的叛者,又是'不是任何人的同代人'(曼捷思塔姆语)"(第79页);这种诗歌路径,我们可以称之为"对抗诗学"。七十年代末、八十年代初流行的那些朦胧诗名句,大都在暗示这种对抗:"告诉你吧,世界,/我——不——相——信!"(北岛《回答》);"黑夜给了我黑色的眼睛/我却用它寻找光明"(顾城《一代人》),等等。

可以看到,当代汉诗的"元诗"书写从一开始并不是以一副"与世无争"的"纯文学"面目出现的,而是带着强烈的与历史语境和体系性文化对抗、争辩的意识,这种意识恰好构成了其诗意生成的路径。然而,以反抗为起点的当代先锋诗歌是如何走向越来越"内卷"的纯诗之路呢?这当然是一个根本性的、宏大的文学史命题,不是三言两语能辩说清楚。不过,从张枣对"元诗"方案的辩护之中可以窥见一些线索。在反思五六十年代的诗歌写作为何"失败"时,张枣的回答是:"主动放弃命名的权力，意味着与现实的认同：当社会历史现实在那一特定阶段出现了符合知识分子道德良心的主观愿望的变化时，作为写者的知识分子便误认为现实超越了暗喻，从此，从边缘地位出发的追问和写作的虚构超渡力量再无必要，理应弃之。"（第75页）因此，前三十年诗歌写作的"失败"是"不愿将语言当作唯一终极现实的写者姿态在某一特定境况中的失败"（第75页）在张枣看来，五六十年代诗歌写作的命门在于没有"将语言当作唯一终极现实"和"主动放弃命名的权力"。读者自然会反驳：难道保持一种纯诗式的写作姿态，就可以在那个特殊年代坚持写作并写出好的作品吗？不过，重要的是张枣解决这个困局的内在路径是什么？显然来自"现实"的无孔不入的控制力量依然是包括张枣在内的先锋诗人挥之不去的"童年阴影"，而张枣的解决方式接近于弗洛伊德在论及"童年阴影"时提到的"替代物"心理，即寻找一个"他物"，来摆脱此一不愿言及的可怕之物，这个"他物"，就是"将语言当作唯一终极现实"的命名方式。这个源自纯诗的诗学方案是诗人眼里摆脱或超越冷酷现实的有效路径，也是让汉语诗歌获得"现代性"的捷径。虽然它依然可以视作过去的"反抗诗学"的延伸，只是反抗方式不再是直接抗辩，而是"用脚投票"，另辟一独立王国。这种理路可以用史蒂文斯的话来概括："现实是陈腐的，我们通过暗喻逃离它。只有在暗喻的王国，我们才变成诗人。"[①]

从这条理路出发，张枣意识到八十年代中期以后，朦胧诗

---

① 史蒂文斯：《徐缓篇》，张枣译，《张枣译诗》，颜炼军编，人民文学出版社，2015年版，第188页。

和后朦胧诗写作实际上已经走向同一,尤其是在"写者姿态"上的同一:"今天,朦胧诗与后朦胧诗写作的同源和交汇越来越明朗化,它们其实是同一时代精神下,由禀赋不同、成败未卜的个人所体现的同一种写作,是同一写者姿态对我们后现代伪生活的断然抗拒,抗拒它群体匿名的词消费者对交流的漠视,抗拒它的国家暴力与公众物质利益合谋对精英觉悟的消解……"(第80页)换言之,整个先锋诗歌(包括朦胧诗和后朦胧诗)都转向了对外部世界和现存价值体系的"断然抗拒"[①],它转向诗歌本身这块"自留地",心无旁骛地经营写作本身之"形而上学",这种"写者姿态"本身就是一个反抗的隐喻:它在现实与现存体系之外,另立一个诗歌之"神"。

当代先锋诗歌的这场"独立运动"和自我神化现象,奚密曾经恰切地称为"诗歌崇拜",她指出:"'诗歌崇拜'表现了先锋诗人对现存价值体系的反思和挑战,以及对另类价值体系的建构。"其最深刻和正面的意义在于"它再一次展示了艺术家和作家对自我认同的探索,对创作自由和艺术独立的捍卫"。[②] 然而,奚密也敏锐地意识到"诗歌崇拜"的局限与"自我设限",甚至还体现出某些与正统意识形态"同谋"的潜在面:"诗歌的神圣化和诗人的英雄化揭示了一种绝对主义、乌托邦式的心态,而此心态至少隐含了诗歌理论和实践上的某种排他倾向。譬如,疏离和危机感是诗歌创造背后必然的推动力吗……不管'诗歌

---

① 无独有偶,周伦佑也曾经这样表达"断然拒绝":"拒绝他们的刊物和稿酬!/拒绝他们的评价和承认!/拒绝他们的崇拜社和审稿制度!……"(《拒绝的姿态》)
② 奚密:《从边缘出发:现代汉诗的另类传统》,广东人民出版社,2000年版,第235页。

崇拜'多么强烈地反抗现存体制，它是否在无意间只是替换了崇拜的对象，而仍在原来的思维和写作模式里运作呢？"[1] 这些质疑准确地指向了先锋诗歌写作的命门。确实，先锋诗歌在"反抗"的同时是否又被所反抗的对象所同化和"同构"了呢？美国诗人弗罗斯特有一句诗是"最好的步出方式永远是穿过"（《仆人的仆人》）。但对于很多当代诗人而言，其步出方式却是"绕开"。反讽的是，即便想"绕开"，最终还是"绕不开"，甚至反而被同构。

回到张枣的"元诗"论说。虽说张枣的作品与论说相对当代诸多"诗歌崇拜"而言，更为温和，更有学理性，而较少有狂热情绪与宗教色彩。不过奚密所言"诗歌崇拜"包含的"浓厚的浪漫主义和神秘主义"色彩还是或隐或显地在其中浮现。就张枣的情况而言，我们更倾向于把这里的"浪漫主义"替换为一种写作上的"自我中心主义"。我们感兴趣的焦点不在于文化与思想史上的评定，或者诗学路线上的争执，而是想深入"元诗"文本的内部中去，去思考一种极端地倾向于书写动作本身和诗学上的自我表达的写作究竟能带来什么，又是如何"自我设限"的（如果有的话）？虽然时代的"规定"会在每一个诗人身上以各种形式体现出来，但是杰出的诗人往往既落入这些"规定"又超越于它们。张枣是否如此呢？

---

[1] 奚密：《从边缘出发：现代汉诗的另类传统》，广东人民出版社，2000年版，第241页。

三、"写者姿态"与临水的纳蕤思

这里想开宗明义地提出,"元诗"写作就其定义而言,就很难摆脱一种如希腊神话中的纳蕤思(Narcissus)般"临水自鉴"的状态。进一步说,"元诗"诗学其实是一种小心翼翼包裹起来的"自我中心"的诗学——如果不把"自我中心"视作一个纯粹的贬义词的话。这里的"自我中心"与其说是人格与作者经验意义上的,不如说首先是写作伦理上的,或者是语言生成意义上的,用张枣博士论文中的一个词来说,可以称为"语言的自我中心主义"①。

前面提到,"元诗"写作强调三种"自"性,即自律、自觉、自指,这种写作指向的是"自",即诗歌自身与诗人之自我。② 而"对自我陌生化的执迷",被张枣称为"中国当代文学最重要的主题"。③ 张枣所谓"与语言发生本体追问关系",若仅出现于诗人的论说文字中,便只是一般意义上的诗人批评的一部分,不足以成为一种新的写作,只有当它直接出现于诗歌中并展现为"写者姿态",才是张枣所谓"西方现代意义上的写者"(第75页)。张枣注意到,后朦胧诗开始于一场关于如何写

---

① 张枣:《现代性的追寻:论1919年以来的中国新诗》,亚思明译,四川文艺出版社,2020年版,第81页。
② 张枣或许觉得"诗人自我"这个说法太接近浪漫主义了,他另用了一个词来代替它:"写者姿态"。
③ 张枣:《现代性的追寻:论1919年以来的中国新诗》,亚思明译,四川文艺出版社,2020年版,第264页。

诗以及以什么姿态写诗的争论,"它对语言自律、纯粹文学性和塑造新的写者姿态的追求达到了前所未有的迷狂地步,正是这一点构成了众多作者的诗学共同性"(第78页)。确实,韩东《大雁塔》对杨炼《大雁塔》的反讽式重写与对话,不正是有意进行的一场写作姿态的辩争吗?甚至九十年代末期进行的所谓"知识分子写作"与"民间写作"的辩争,很大意义上也是一场以什么"姿态"写诗的争论。八十年代中期之后,诗歌写作的"姿态"和"立场"变得越发重要,诗歌的写作从"如何写诗"变成"如何'表演'写诗"。

从绝对的意义来说,任何写作都会涉及作者的"写者姿态"——或多或少,或显露或隐含——因此都有被解读为一首"元诗"的可能性,张枣的博士论文也展示了这种广义的"元诗批评"的具体操作方式。但是,在八十年代中期以来的很多先锋诗歌文本之中,"写者姿态"变成一个表现的焦点,它从幕后站到了台前,在舞台的中心放声歌唱。"诗到语言为止"(韩东)或者"将语言当作唯一终极现实"(张枣)看起来像是在强调语言之终极地位,最后落实到写作中却总是变成了突出诗人之"抒情我"的有力途径,以"语言"为"中心"的写作几乎总是难逃以"自我"为中心,这里的问题值得深思。

实际上,在张枣那些颇为典型的"元诗"文本中,这个问题就比较尖锐了。张枣说"元诗"是展露诗人的"写作焦虑和他的方法论反思与辩解的过程"的诗歌(第75页),这正适用于形容他在海外的两组代表作,即《卡夫卡致菲丽丝》和《跟茨维塔耶娃的对话》。在这两组诗中,我们不仅看到了"写作焦虑"的集中爆发和几乎是自相矛盾的方法论辩解,也看到——

对"语言本体"的"追问"最终也会与自我的困境深刻地相关。《卡夫卡致菲丽丝》这组诗颇有创造性地以情欲叙事抒写元诗省思,这里的"我"(卡夫卡)的恋人"菲丽丝"在诗歌中实际扮演了"缪斯"的角色,她被称为"鸟",与灵魂相关,却难以把握、转瞬即逝:

> 致命的仍是突围。那最高的是
> 鸟。在下面就意味着仰起头颅。
> 哦,鸟!我们刚刚呼出你的名字,
> 你早成了别的,歌曲融满道路。
>
> 像孩子嘴中的糖块化成未来
> 的某一天。哦,怎样的一天,出了
> 多少事。我看见一辆列车驶来
> 载着你的形象。菲丽丝,我的鸟
>
> 我永远接不到你,鲜花已枯焦
> 因为我们迎接的永远是虚幻——①

"菲丽丝"的无法把握、无法命名、无法得到,这也是诗人本身的写作焦虑和对于写作之难的认识的流露。这里的"菲丽丝"实际上是一个不在场的倾听者(如同"缪斯"一样),与其说她

---

① 张枣:《张枣的诗》,人民文学出版社,2017年版,第173页。文中所引张枣诗作皆出自此书,后不另注。

是一个实际存在的"他人",不如说是自我的另一个化身,与菲丽丝的"对话"其实也是与自我的对话。诗中的"菲丽丝"对于"我"而言,就像纳蕤思对于自己水中的倒影,只能远观而不可触碰,无法真正拥有它,就像纪德说的那样悖论而反讽:"一个占有它的动作会把它搅破"[1]。因此,诗人越是"追问语言之发生",就越是陷入自我幽闭式的焦虑中:"文字醒来,拎着裙裾,朝向彼此,//并在地板上忧心忡忡地起舞。/真不知它们是上帝的儿女,或/从属于魔鬼的势力。我真想哭。/有什么突然摔碎,它们便隐去//隐回事物里,现在只留在阴影/对峙着那些仍然朗响的沉寂。"(第175页)文字自相矛盾,仿佛独立于"我"而存在,无法控制也无法把握,这种体验也在多多那里有过激烈的表露:"它们是自主的/互相爬到一起/对抗自身的意义/读它们它们就厮杀/每天早晨我生这些东西的气"(《字》)[2]对于文字本身的不可控以及"自主性"的认识,是八九十年代先锋诗歌的"语言转向"的一个有意义的收获,不过,这也让写作经常走入一种自我怀疑、自我否定的"内循环"之中,只能在半信半疑中"沉吟着奇妙的自己"(《卡夫卡致菲丽丝》)。事物无法把握,于是以词替物,可是词语本身也无法把控,何去何从?张枣的对策看起来像权宜之计,却也显出诗人之无奈与诚实:

---

[1] 纪德:《纳蕤思解说》,卞之琳译,《文季月刊》,1936年第1卷第1期,第306页。吴晓东对中国现代派诗歌中的"纳蕤思"与"诗的自传"母题做了深入的探讨,参见《临水的纳蕤思:中国现代派诗歌的艺术母题》,北京大学出版社,2015年版,第1—39页。

[2] 多多:《多多诗选》,花城出版社,2005年版,第132页。

> 小雨点硬着头皮将事物敲响：
> 我们的突围便是无尽的转化。（第713页）

以小雨点的柔弱之身躯去"敲响"事物，甚于以卵击石，似乎它的破碎（死亡）本身才足以完成这种"转化"。硬着头皮"转化"？这可以说是一个不是答案的答案，或者说，"硬着头皮"勉力给出的答案。这里，张枣展现出作为诗人的可贵的真诚，他知晓什么是有限的，什么是勉力为之的，什么是不可达到的。本体论式追问语言之发生，只能以疑问回答疑问：

> 人长久地注视它。那么，它
> 是什么？它是神，那么，神
> 是否就是它？若它就是神，
> 那么神便远远还不是它；
>
> 像光明稀释于光的本身，
> 那个它，以神的身份显现，
> 已经太薄弱，太苦，太局限。
> 它是神：怎样的一个过程！（第178页）

这里对于"神"的端详，仿佛卡夫卡小说中"K"远观城堡，疑惑又畏惧。这首组诗以"卡夫卡"（"我"）向"菲丽丝"（"你"）求爱开始："我奇怪的肺朝向您的手，/像孔雀开屏，乞求着赞美。"（第171页）随着诗歌的进行，"菲丽丝"的影子越来越稀薄，对话性也越来越薄弱，而走向了独语。最后，诗人对于

"神"这个无法把握的神秘起源的态度也和卡夫卡小说的"K"一样:"从翠密的叶间望见古堡,/我们这些必死的,矛盾的/测量员,最好是远远逃掉。"(第178页)于是,这组诗结束于这个富有诗意的深刻的悖谬:"与语言发生本体追问关系"却以"最好是远远逃掉"结束。可以觉察到,在海外写作的张枣深深地陷入一种命名的焦虑之中,而对此的展露本身就是他写作的核心。这仿佛是一只狗回旋着追自己尾巴的悖论:一方面是命名之难,另一方面是对此"难"的命名,甚至还进一步展示这个命名也是"难"的,于是相互循环,不断"转化"。它既是一首"元诗",又是一首展露"元诗"困境的诗,是写者触及自身的边界后的那种困境。这种不断"内卷"、反复循环的语言运动实际上也是张枣幽居异域的生活状态的一个结果。在他另一首组诗《跟茨维塔耶娃的对话》中,张枣表露了一个诗人脱离祖国,与母语隔绝后的孤冷与焦虑:

> 我们的睫毛,为何在异乡跳跃?
> 慌惚,溃散,难以投入形象。
> 母语之舟撇弃在汪洋的边界,
> 登岸,我徒步在我之外,信箱
> 打开如特洛伊木马,空白之词
> 蜂拥,给清晨蒙上萧杀的寒霜;
> 陌生,在煤气灶台舞动蛇腰子,
> ……(第220页)

这里对于异域生活的书写令人想起了布罗茨基关于"流亡"状

态的著名比喻：诗人流亡异域，就像用来做实验的狗一样被火箭发射到外太空，围绕着他的只有密封舱，也就是他的语言。①张枣的感受甚至更为孤冷：连母语也被"撇弃"，"信箱"打开的信件中的母语仿佛一些无意义的"空白之词"，陌生而难以索解。当诗人流亡海外，最可怕的在于丧失了与母语的亲密感，如鱼脱离了水，只能在泥坑中苟延残喘。"慌惚，溃散，难以投入形象"其实也可以说是他相当一部分海外作品的真实状况。这时我们便会明白，他在《朝向语言风景的危险旅行》末尾所呼唤的"整体汉语全部语义环境的洗礼"和"丰盈的汉语性"正是他对当时匮乏的东西的迫切渴求。由于语义环境的稀薄（如外太空的空气），词语的发生与命名因缺乏对话而进入自我封闭和"内卷"。诗人朱朱在悼念张枣的诗《隐形人——悼张枣》中写道：

> 琴弦得不到友谊的调校、家园的回声，
> 演奏，就是一个招魂的动作，
> 焦灼如走出冥府的俄耳甫斯，不能确证
> 在他背后真爱是否紧紧跟随？那里，
> 自由的救济金无法兑换每天的面包，
> 假释的大门外，兀立 K 和他的成排城堡。②

朱朱的这首诗可谓以诗心会诗心，他深知张枣的写作所包含的

---

① 约瑟夫·布罗茨基：《悲伤与理智》，刘文飞译，上海译文出版社，2015年版，第33页。
② 朱朱：《朱朱专辑：野长城》，《新诗》丛刊，第21辑，第76页。

困境和内部焦虑，这种焦虑就像失去了听者的演奏者，写作变成孤独的"招魂的动作"。一个脱离母语语义环境和对话者、生活内容稀薄的写作者，因此也难逃"内卷"的宿命。

"绝对暗喻"的写作与保罗·策兰相关，但是策兰本人对于语言本体论的态度却是耐人寻味的。海德格尔的《在通往语言的途中》说，语言向诗人说话，而不是诗人通过自己的想象来创作诗歌这种自主的创造促成了诗歌的出现。对于这种非人格化的诗学，策兰持保留意见："我肯定，在这里起作用的不再是语言本身，而总是一个从存在的特殊角度说话的'我'，他总是关注大致的轮廓和方向。"① 与海德格尔的形而上学式论断相比，策兰的观点更多地是从创作经验出发的。这对于当代的"语言神话"（语言本体论）也是一个提醒：不管诗人如何"与语言发生本体追问关系"，他总是从他自身的存在的特殊状态中来追问，是一个特定的"我"在把控这种追问。因此，所谓叩问语言之发生与叩问自我往往是同一个过程。这一点在张枣本身的写作中也很明显，在他九十年代的作品中我们看到的其实是一个孤独的诗学求索者，神游于古今多位伟大作家的文本之中，而最能引发他触动的仍然是那种幽居异域、与母语隔绝的幽闭和绝望感受，他的"对话"更多是他自己生存状态的投射。这一时期的张枣仿佛处于威尔逊所言的"阿克瑟尔的城堡"②，很少与周遭世界发生关联，而更多地是沉浸于"美"以及语言之

---

① 此处海德格尔与策兰的争论，参考詹姆斯·K. 林恩：《策兰与海德格尔：一场悬而未决的对话（1951—1970）》，李春译，北京大学出版社，2010 年版，第 92 页。
② 埃德蒙·威尔逊：《阿克瑟尔的城堡：1870 年至 1930 年的想象文学研究》，黄念欣译，江苏教育出版社，2006 年版。

秘密。然而,"我们到处叩问神迹/却找到偶然的东西"(张枣《断章》),于是沉入焦虑与绝望之中难以自拔。

实际上,在八九十年代的很多先锋诗人那里,同样展现出语言的神秘主义与"自我"之间的这种紧密而暧昧的关联。比如在骆一禾那里,"语言中生命的自明性的获得,就是语言的创造"。而语言之创造依然要通过挖掘诗人之"自我"——当然,"自我"对于骆一禾而言不仅仅是孤立的个人心理"定点",而是一项与"生命自明中心"紧密相连的"动势":"怀有这种自明,胸中油然升起的感情,是不可超越的,因为这爱与恨都磅礴于我们这些打开了魔瓶的人。"① 在骆一禾和海子那里,"自我"是一个通往神圣世界的隐秘入口,诗人是这个秘密的掌有者,也是整个文化的"创造者",这是浪漫主义诗学的一贯理念。然而,若从其诗歌文本来看,它们大都集中于自我的表达。② 相对海子、骆一禾而言,张枣的诗学没有那么强调"主体性"与"诗人自我",比较注意区分文本中的"抒情我"和作者个人的"经验我",其"自我中心"更多地反映在语言的生成与写作的伦理上。但是有一点他和浪漫主义是一致的,即不承认事物的"客观性"。张枣认为,没有文本之外的"现实","现实是在文字的追问下慢慢形成和构造的",而在诗意的世界中,这"有待于我们的天才"。③ 张枣这几行"元诗"可以说是这种写作伦理

---

① 骆一禾:《美神》,《骆一禾诗全编》,张玞编,上海三联书店,1997年版,第844—845页。
② 关于骆一禾、海子的"新浪漫主义"诗学的讨论,详见拙文:《"新浪漫主义"的短暂重现——简谈骆一禾、海子的浪漫主义诗学与文学史观》,《中国现代文学研究论丛》,2021年第1期。
③ 张枣:《"甜"》,《张枣随笔集》,东方出版中心,2018年版,第264页。

的恰切表达：

> 最纯粹的梦是想象——
> 五个元素，五匹烈马
> 它紧握松弛的现象
> 将万物概括成醇酒
> 瞧，图案！你醉在其中
> 好像融进黄昏，好比
> 是你自己，回到家中
>
> ——《断章》(12)

通过想象，诗人"紧握"现象，万物被"概括成醇酒"而痛饮之，诗人陶醉于命名的自由与自足之中，在自造的世界中自得其乐，就像临水的纳蕤思沉迷于水中的倒影一般。一方面，这确实是令人迷醉的诗意生成方式；另一方面又令人心生疑窦：这种诗意的"概括"，难道不会过于简单了、过于"概括化"吗？

就像昆德拉的《不能承受的生命之轻》中所言，"橙黄色的落日余晖给一切都带上一丝怀旧的温情，哪怕是断头台"[1]。如果万物皆可以直接"概括"成诗意的对象，那么这种概括除了"美"之外就空洞无物了，归根结底，它还是"自我中心"的表达。姜涛也在张枣的诗学中嗅到一种"根植于内面的'我

---

[1] 米兰·昆德拉：《不能承受的生命之轻》，许钧译，上海译文出版社，2011年版，第4页。

执'",他指出这种绝对主义心态的局限在于:"由于缺乏体贴多种状况、各种层次的耐心和能力,结果偏信了近代的文艺教条,反而易被流行的公共价值吸附,或在反对的同时,又被反对的'意识形态'收进笼子里。"① 他在这种诗学中观察到一种"现代主体的经典构造":"一边是真纯、无辜又独创之自我,另一边是'滥情套语'的世界,需要克服或转化的糟糕世界,两相对峙,反复循环"。② 这种"自我"与"现实"的简单二元对立在写作上的困难在于"怎样立足本地的繁琐政治,建立一种与他人、社会联动之关系"。③ 我赞同姜涛对张枣诗学之缺陷的敏锐体察,不过也不否认"自我的陌生化"本身也是一种深刻和有效的写作,即便我们不认同其诗学路线。显然,如何与"他人"和社会联动,或者进一步地"成为他人",依然是摆在当代诗歌面前的一道难题,也是一个机遇。

四、走出语言自造的神话

不过,张枣的写作也并非铁板一块的自我隔绝的孤绝求索,而是包含着多方面的可能性,也不乏自相矛盾的因素。早在1990年他的"元诗"理论尚未正式提出之前,他就有这样的自我省思:"是呀,宝贝,诗歌并非——/来自哪个幽闭,而是/诞生于某种关系中"(《断章》)。这里的"幽闭"显然也指涉他本

---

① 姜涛:《在催眠的世界中不断醒来》,华东师范大学出版社,2020年版,第289页。
② 姜涛:《在催眠的世界中不断醒来》,华东师范大学出版社,2020年版,第282页。
③ 姜涛:《在催眠的世界中不断醒来》,华东师范大学出版社,2020年版,第289页。

人的写作与生活状态,这是对于自身的困境和局限清醒的认知。如果细读《朝向语言风景的危险旅行》,不难发现它一开始就是一个充满矛盾的诗学方案,它在提出一个诗学路线的同时也直言它的局限,这种认识同样也表现在他同时期的写作之中,这些"不和谐"因素逐渐发酵,慢慢推动张枣在后期写作中"打破风格"。

在《朝向语言风景的危险旅行》一文最后,张枣坦言"元诗"诗学的问题:"中国当代先锋诗歌对元诗结构的全面沉浸,不但使其参入了诗歌写作的环球后现代性,也使其加入了它一切的危机,说到底,就是用封闭的能指方式来命名所造成的生活与艺术脱节的危机。"(第 80 页)换言之,这种写作很难避免语言的运作进入一种自我循环,进而与生活脱节。张枣还意识到,"元诗"写作让汉语诗歌加入的仅仅是"迟到的现代性",却有"缺乏丰盈的汉语性"的危险。"汉语性"("母语")对于张枣而言并不仅是一个纯粹的语言类别问题,而且包含着它背后的语义环境和生活内容,显然这又是张枣在海外期间所匮乏的东西:"同时,如果它[诗歌]寻求把握汉语性,它就必然接受洋溢着这一特性的整体汉语全部语义环境的洗礼,自然也就得濡染汉语诗歌核心诗学理想所敦促的写者姿态,即:词不是物,诗歌必须改变自己和生活。这也是对放弃自律和绝对暗喻的敦促,使诗的能指回到一个公约的系统中,从而断送梦寐以求的可辨认的现代性。"(第 80 页)在张枣这里,"汉语性"与"现代性"(元诗)构成矛盾的两极,对于这两者之间的矛盾和张力的把握,正是张枣的危机意识的体现,也是他为何将文章取名"危险旅行"的原因:它既是一场机遇,也是一个危险和陷阱。

  关于"元诗"以及与此相关的"绝对暗喻""纯诗"观念，张枣甚至在更早的论述中即有保留意见，在1991年给保罗·策兰写的引介语里，张枣说："只不过，纯诗也好，绝对的暗喻也好，可能永远只是一个伟大的谣言，一场不妨一试的误入歧途。"①张枣的态度是耐人寻味的，一方面是"不妨一试"，另一方面是"误入歧途"：他既处于潮流之中，又在潮流之外反思这个潮流。围绕着"词是/不是物"这一命题，张枣在九十年代展开过激烈的自我争辩。一方面，他多次强调"词即物"；另一方面，在1994年发表的诗《跟茨维塔耶娃的对话》中，又赫然有这样的断语："词，不是物，这点必须搞清楚，/因为首先得生活有趣的生活"（第224页）。张枣为何急于"搞清楚"这么一个与自己的诗学明显背离的想法呢？如果"词即物"，那么，这意味着"命名的权力"和书写的自由，但若说"词不是物"，则等于承认生活与艺术之间的那条裂缝，并把"命名的权力"至少部分地让渡给"生活"。就像诗人沃尔科特那句著名的断语一样："要改变语言，必须首先改变你的生活。"（《遗嘱附言》）在《跟茨维塔耶娃的对话》中，张枣实际上既在实践"元诗"诗学，也在展示它的困境。他在茨维塔耶娃这位诗人的生活与写作中看到更多的是人被现实逼得退无可退、逃无可逃的那种幽闭与绝望，这显然是从张枣自身生活中投射出的：

  人周围的事物，人并不能解释；

---

① 张枣译：《保尔·泽兰诗八首》，《今天》，1991年第2期，第50页。

> 为何可见的刀片会夺走魂灵?
> 两者有何关系?绳索,鹅卵石,
> 自己,每件小东西,皆能索命,
> 人造的世界,是个纯粹的敌人,
> ……
>
> (第 224 页)

这里的"对话"与多多那首《手艺》恰好构成意味深长的对称与反差。如果说多多那首诗在把外部世界对诗歌的动作命名为"辞退"的同时,也断然"辞退"了外部世界的话,那么这首诗则是在幽闭的人造世界感到了恐怖和"死"本身,自我在自我的围墙中无路可逃,"我"真正怕的是:"无根的电梯,谁上下玩弄着按钮?/我最怕自己是自己唯一的出口。"(《跟茨维塔耶娃的对话》)当代"元诗"写作从政治笼罩一切的时代的"广场恐怖症"到九十年代迅速转变为"幽闭恐怖症"。"流亡",就张枣的理解而言是要"从根本上推动抒情诗的发展",其方式是"对自我陌生化的执迷"。[①] 但在这条自我陌生化的路的尽头,并没有什么美妙仙境,而是没有"出口"的"自己",以致诗人不得不掉过头来重新"搞清楚"这个问题:"首先得生活有趣的生活"。

问题在于,身居异域的张枣如何找回母语的"语义环境",并与"他人"建立语言上的"关系"呢?在他九十年代至新世纪初的作品中,有一系列写自己亲人的作品可以为这个问题找

---

① 张枣:《现代性的追寻:论 1919 年以来的中国新诗》,亚思明译,四川文艺出版社,2020 年版,第 263—264 页。

到部分答案,包括《祖母》《祖父》《父亲》《云》(写给儿子)等。与亲人相关的内容是既有的"事实",能供词语"发明"的空间并不大。但正是在这些作品中,张枣重构了"母语"的亲切氛围,并在写作中获得了一种可以称之为"语言的确定性"的东西,与他同时期的那种自我怀疑的、松弛的写作明显区别开来。比如《祖母》(第一章):

> 她的清晨,我在西边正憋着午夜。
> 她起床,叠好被子,去堤岸练仙鹤拳。
> 迷雾的翅膀激荡,河像一根傲骨
> 于冰封中收敛起一切不可见的仪典。
> "空",她冲天一唉,"而不止是
> 肉身,贯满了这些姿势";她蓦地收功,
> 原型般凝定于一点,一个被发明的中心。
>
> (第241页)

这里,张枣不再执着于追问语言本体和自我的表达,而是沉浸于对象(祖母)的表现之中,他从祖母练拳这一生活细节中获得了语言的兴奋。在这首诗里,正如传统的道家思想所表达的那样,自然景观与身体动作有了微妙的共振与相互的"命名":"激荡""收敛"两个动词恰如其分地暗示了身体与自然的这种"共鸣",词语与意象的安排既精确,又出人意表,张枣从这幅既有传统的影子又有生活气息的景象中感到莫名地振奋,它似乎让"我"发现了事物之间的新联系。在第二章中,诗人开始思索事物之间的"共鸣",并追索这一切之中的"冥冥浩渺者":

> 给那一切不可见的，注射一支共鸣剂，
> 以便地球上的窗户一齐敞开。
>
> 以便我端坐不倦，眼睛凑近
> 显微镜，逼视一个细胞里的众说纷纭
> 和它的螺旋体，那里面，谁正在头戴矿灯，
> 一层层挖向莫名的尽头。星星，
> 太空的胎儿，汇聚在耳鸣中，以便
>
> 物，膨胀，排他，又被眼睛切分成
> 原子，夸克和无穷尽？
> 　　　　　　　以便这一幕本身
> 也演变成一个细胞，地球似的细胞，
> 搏动在那冥冥浩渺者的显微镜下：一个
> 母性的，湿腻的，被分泌的"O"；……
>
> 　　　　　　　　　　　　（第241—242页）

"我"发现自然与身体、个体与世界、微观与宏观之间的"共鸣"和相互转化。不过，与祖母练拳那一幕相比，此处"我"用显微镜逼视细胞的书写方式显得有点焦虑和说教化，语言上的"制造"成分较明显。余旸在其中觉察到"强烈的文化政治的含义"，即传统与现代（西方）的冲突："'传统—祖母'，形象饱满、意蕴确定，显得从容笃定、无比自信。相比之下，对应西方文化的'我'的形象就显得困惑重重、举步维艰，其狼

走出语言自造的神话

狼狈不堪的样子完全可以对应于陷入困境的西方现代国家的形象。"[1]确实,第二章中的陈述显得困惑重重,但这是否能够引申到文化政治的冲突则是大可商榷的:评论者似乎忽视了开首两行的点题之语,即注射"共鸣剂",而第一章的景象其实正是人与物、身体与景象的"共鸣"。到第二章中,当张枣脱离实景进入玄思与"幻境"中想要寻找这种"共鸣"时,却发觉自身之焦虑与荒诞。与其说这里展现出的是"文化政治"的冲突,不如说是不同的写作路径与语言发生方式的区别:是去观看具体对象,还是去浮想联翩向内挖掘?在全诗第三章中,张枣似乎发现了完满的解决办法:"忍着嬉笑的小偷翻窗而入,/去偷她的桃木匣子;他闯祸,以便与我们/对称成三个点,协调在某个突破之中。/圆。"这里"小偷"的出现令人忍俊不禁,这个一般令人不悦的景象居然陡然也具有了"诗意",而且带有几分"语言的享乐"的意味。[2]当抽象的玄思回到具体的生活事件,张枣似乎找到了一种审美主义的巧妙和谐,发现了他一直渴求的"有趣的生活"。

这些语言细节提醒我们,当张枣不那么执着于诗学观念的直接表达和自我的挖掘,而是投入"现象"本身的观照时,他的语言反而变得更有韧性、精确性和表现力,他的措辞和构思也变得更有同情心和理解力,这一点在他的后期名作《父亲》

---

[1] 余旸:《重释伟大传统的可能与危险》,《新诗评论》,2011年第1辑,第93页。
[2] 李海鹏认为:"'破窗而入'这一动作的身体显然不是驯顺的身体,或者说这个动作是一个'严重违纪'的动作。也正因为这样的语言姿势,'小偷'的身体才否定了权势的控制,走向了语言的享乐。"(《意外的身体与语言"当下性"维度——重读张枣〈祖母〉》,《化欧化古的当代汉语诗艺:张枣研究集》,华文出版社,2020年版,第358页)

中也很明显。然而，进入"关系"，与他人和社会"互动"并不是一个简单的"写作姿态"的问题——没有难度的"姿态"是廉价的——它涉及写者之主体意识的调整，也涉及对现实之"事理"的一步一步的艰难认识，① 并如何在语言与现实之间的裂缝中重新确定语言的策略，这显然不是一个一蹴而就的过程。虽然在他的后期作品中，生活内容越来越丰富，但经常缺乏有效的整合，显得凌乱而破碎，只能依靠"有趣"和"幻觉的对位法"让这些现象片段勉力维持联系。比如在《大地之歌》中，张枣想要回归祖国"大地"的渴望可谓"心如暮鼓"，诗中融入大量"中国特色"的现实内容，但是后者仿佛一块（或一堆）顽冥不化的石头，难以被诗歌"手艺"所消化，"现实"与"幻觉的对位法"产生激烈的冲突，仿若马勒《第五交响曲》在演奏过程中不时响起的打麻将的嬉笑声，诗歌整体上显得既宏大又凌乱，像是一部半完成状态的宏构。显然，如何让诗歌回到"大地"是后期张枣所面临的一个难题。

不过，在《钻墙者和极端的倾听之歌》中，张枣找到了一条出路，至少是一种"出路"的可能。这首诗触及的是过去张枣熟悉的对象，即"自我的陌生化"，但写的是"自我"是如何走出"自我"的围墙的。机缘巧合，却也自有深意——这个"自我"是被装修工人的钻机给"钻"透的。装修（尤其是噪音）是当代中国人再熟悉不过的"风景"。诗歌要么不触及它，要是触及的话，它的"在场感"和"当下性"是无可置疑的，

---

① "事理"是借用自张枣《销魂》的一个说法："落实和复原到生命实在的事理"，参见《张枣随笔集》，东方出版中心，2018年版，第6页。

只是其中的"有趣"需要耐心才能发现。诗的一开头就迅速进入"狂飙"状态，钻墙的噪音铺天盖地而来，不可阻挡："钻机的狂飚，启动新世纪的冲锋姿态，/在墙的另一边：/呜，嗷，呜嗷！/阵痛横溢桌面，退闪，直到它的细胞/被瓦解，被洞穿，被逼迫聚成窗外/浮云般的涣散的暗淡。"正如每个人面对这种噪音的第一反应那样，"我"被它逼得痛不欲生、精神涣散，直至精神分裂，产生幻觉："他钻入的那个确实的一点/变成墙的另一面的/ 猜疑，残碎，绝望，和/凌乱的腥风。"但是很快，事情正在起变化，"钻机"居然开始散发奇妙的魅力："这些筋骨，意志，喧旋的欲望，使每个/方向都逆转成某个前方。/机油的芬芳仿佛前方有个贝多芬。"语言开始变得兴奋，机油的"<u>芬芳</u>"与"贝多<u>芬</u>"产生谐音与共振，钻机的前进意志与贝多芬《第五交响曲》的"非如此不可！"的强力意志相互应和。张枣态度的转变或许与他本人的装修经历也有关系，他回国后不仅亲自参与装修，还经常住在装修房里——令人惋惜的是，他的肺癌或许与此有直接关系——因此他对于装修之喜悦并不是不能感同身受。甚至，他在钻头的旋转中感受到某种"时代精神"，那种不顾一切冲向前方的欲望不也是每个"装修癖"潜意识的流露？虽然他与这位"钻墙者"并未谋面，但他由衷生发出对他的工作甚至他本人的喜爱：

> 他爱虚随着工具箱的那只黄鹂鸟，
> 伶俐而三维的活泼，
> 颤鸣晚啼，似乎仍有一个真实的外景，
> 有一角未经剪贴的现实，他爱

>   钻头逼完逆境之逆的那一瞬突然
>
>   陷入的虚幻，慌乱的余力，
>
> 　　　踏空的马蹄，在
>
>   墙的另一面，那阴影摆设的峭壁上。
>
> （第276页）

张枣在这首诗中展现出他后期写作中少有的耐心，就像毕肖普在她著名的《在渔房》一诗中所展现的那样，不急不躁，细细观察，步步推进。若没有这种"喜爱"，这种耐心是不可能的。语言被"喜爱"所驱动，钻入细节之深处、根处，紧紧尾随每一个动作并将其转化为诗意。对于习惯了"语言的本体论式追问"和"自我的陌生化"的诗人而言，要迎纳这种诗意，他的主体意识乃至语言意识必须做相应的调整。在这首诗里，他也在暗示他的调整："让它进来，/带着它的心脏，/一切异质的悖反的跳荡。/消化它。爱它。爱你恨的。/一切化合的，/错的。腾空你的内部，搬迁同时代的/家具，设想这间房/在任何异地而因地制宜。"诗中的节奏如滔滔江水，一气贯注，来自"现实"的力量奏出的交响曲竟也如此宏伟，逼迫主体去"因地制宜"，去"消化"异质性的因素，去"爱"那些"异己"之物事。

　　在切实的生活事件中去爱身边的人和事，并从这种"爱"中找到新的语言能量和运作方式，不正是张枣在九十年代一直苦苦寻找的"关系"吗？也正是因为夹带着"元诗"意义上的考量，他甚至在钻墙者的噪音中觉察到了"拯救力量"："……这么多鹰鹜和/历史的闪失：/这就是每克噪音内蕴的真谛。/'是你，既发明喧嚣，又骑着喧嚣来/救我？……'""这就是每克噪音内蕴的真谛"一句说得斩钉截铁、掷地有声，语词的表面仿佛散发出金属光泽。如果不从张枣诗学发展的内部脉络来看，便很难理解一个日常事件为何对他有如此大的震撼，整首诗却显得有点滑稽和"促狭"。这里的"噪音"是一个带有元诗意味的隐喻，它来自现实，钻机所"钻"固然是实体之墙，却也是"自我"这堵"墙"，工人在向里钻"墙"的同时，诗人也在用语言拼命往外"钻"，临水的纳蕤思打碎了水中的倒影，仿佛蝴蝶破茧而出。他在这个自我与"现实"（他人）对话的过程中，发现了某种"机遇"：

> 我听见你在听。
> 你关掉你衣裳兜里的小收音机，
> 贝多芬的提琴曲戛然而止，
> 如梯子被抽走。
> 我听见你换钻头，
> 　　　　它失手坠地，而空白
> 激昂地回荡而四溅！
> 我听见你换好了钻头，而危机
> 半含机遇，负面多神奇，我，几乎是你——

（第 279 页）

在这种耐心的、充满"喜爱"的谛听中，一个封闭的、室内的"主体"冲破了他自设的围墙，想要拥抱近在咫尺的"他人"，甚至成为他，这里的"机遇"其实也正是诗歌写作的机遇："钻"出自我的世界，去消化那些"异己"之物，并用诗歌之

"爱"去把握事物的"质地"与人间的"事理","信赖它"。

可惜的是,由于诗人的早逝,他的创作并没有彻底完成这个转变的过程。这里或许也有他一以贯之的趣味主义(或说"审美主义")的因素影响。因为诗歌中的审美主义,所关心的主要是诗人能否"诗意"地命名这个世界,发掘"有趣的生活",实现语言上的"享乐"。当诗人仅仅关注生活的"有趣"时,其实在无意中还是"自我设限"了,它的残酷、阴暗、惨烈、温暖等面向都在无意中被过滤掉了。这种"趣味主义"的认知态度终归还是将认知的主体放在第一位,而把对象的特质放在第二位。简言之,在搞清楚"首先得生活有趣的生活"之前,或许需要弄清楚:"如何生活?"

五、结　语

在《朝向语言风景的危险旅行》一文的开首,张枣引用了一句诺瓦利斯的话点题:"正是语言沉浸于语言自身的那个特质,才不为人所知。/这就是为何语言是一个奇妙而硕果累累的秘密。"(第74页)经过包括张枣在内的当代先锋诗人的深入探索,语言被确证是一个"奇妙而硕果累累的秘密",它对于诗歌的核心意义现在已经无人否定。然而从张枣写作的内在发展与困境之中又可以发现,语言并不仅仅是一个关于它"自身"的秘密,它涉及写作主体自身的经验和定位、自我与他人的"关系"、语言和"生活"的联系等,因此它也不是一个仅仅通过挖掘诗人的内部世界就可以完全呈现的"秘密",一旦陷入写作的

"内卷"运动,语言的运作就有空洞乃至枯竭的危险。海德格尔颇有深意地指出:"诗人学会弃绝是要弃绝他从前所抱的关于词与物的关系的看法。"① 就此而言,走出语言"自"造的神话就很有必要,但"弃绝"往往是痛苦而艰难的。张枣是当代中国诗歌"语言神话"(或"语言本体论")的缔造者之一,但同时也是它的困境的证实者之一。从他世纪之交的艰难转型中可以看到,让语言时刻处于一种与"生活"的张力对话关系中是必要的。虽然,他的后期写作也并没有彻底完成进入"关系"的写作转型,他的那种"趣味主义"的认知态度也不太许可这种转型,但是他的可贵之处在于他对于自身写作的矛盾和有限性有清醒的认知。张枣正是在这些矛盾的痛苦纠缠中展现出当代诗歌的伟大之处:它潜入词语内部,它抗拒丑陋的现实,它在自我的世界里殊死挣扎,毁墙找路,碰得头破血流。虽然在张枣的诗歌中可以看到进入"生活"和"关系"的迫切的必要性,但是也要意识到,纯粹地去"反映"现实,或者卷入"政治",不在语言与现实之间永恒存在的张力中找到语言更新的新起点,也不去"生活"的根处寻找其矛盾、困顿之处,诗歌终归也不能证实其真正为"诗歌"之处,而仅仅是换一种方式的平庸而已。因为,一种杰出的写作正是在自身的困境与矛盾之中获得真正的动力,并且预示着新的写作范式的可能性。这正是"危险旅行"的应有之义。

(原刊《文艺研究》2021 年第 6 期)

---

① 海德格尔:《在通向语言的途中》,孙周兴译,商务印书馆,1997 年版,第 136 页。

从"刺客"到人群

——关于当代先锋诗歌写作的"个体"与"群体"问题

一

对于对整个现代诗的发展趋势这个议题感兴趣的读者来说,诗人奥登的《〈牛津轻体诗选〉导言》是一篇颇值得一读的文章。这篇文章看上去是在说"轻体诗"("轻松诗")这一特殊的英语文体的问题,实际上却对现代诗歌(诗人)与社会的关系有宏观的把握:"当诗人和观众们在兴趣和见闻上非常一致,而这些观众又很具有普遍性,他就不会觉得自己与众不同,他的语言会很直接并接近普通的表达。在另一种情况下,当他的兴趣和感受不易被社会接受,或者他的观众是一个很特殊的群体(也许是诗人同行们),他就会敏锐地感受到自己是个诗人,他的表达方式会和正常的社会语言大相径庭。"① 奥登认识到,

---

① 威·休·奥登:《〈牛津轻体诗选〉导言》,《读诗的艺术》,王敖译,南京大学出版社,2010年版,第126页。

诗人群体与读者和大众的分裂是一个在近代以来的西方就普遍面临的问题,他们变成一群被社会所疏离的观察者和批判者,虽然他们的观察是敏锐的,但是他们慢慢无法用社会通用的语言方式说话,而只能缩入个人领域:

> 私人的世界是一个相对缺少开发的领域,诗人在这里发展出新的技艺跟工业领域里的技术发明同样伟大。可是兴奋过后,随之而来的就是失落感。因为,对艺术家来说,跟社群联系得越紧密就越难超然地观察,但同样成立的是,当他过于孤立的时候,尽管他可以观察得足够清楚,他观察到的东西在数量和重要性上都会减小。他"对越来越少的东西知道得越来越多"①。

奥登认识到,这才是现代诗歌为何变得越来越晦涩,也越来越难以与读者沟通的原因。如果我们对比奥登的观察与中国当代先锋诗歌的发展历程,不难发现一些有趣的相似之处。在七八十年代的起步阶段,以"今天派"诗人为代表的一些诗人开始是以一种反叛者的形象出现的,他们的诗歌其实也主要是就公共议题发言,不过他们想要做的是在公共文化背景下强调"个人"(这颇为悖论,却是一个有诗性生产力的悖论)。但是到了八十年代中期以后,包括"第三代诗人"和"朦胧诗人"本身都相继转入"私人的世界",他们的措辞慢慢地与大众拉开了距

---

① 威·休·奥登:《〈牛津轻体诗选〉导言》,《读诗的艺术》,王敖译,南京大学出版社,2010年版,第131页。

离(哪怕是强调"口语写作"的诗人),一个显而易见的总体趋势是,当代先锋诗歌也变得"对越来越少的东西知道得越来越多",似乎走向了一个怪圈,要么写得晦涩而困难(即奥登所谓的"困难的诗"),那么写得像汪国真、席慕蓉那样通俗而大众,虽然赢得了读者的数量,却丧失诗歌本身应有的高度和丰富性,此中的问题值得深思。

在新诗的研究者当中,奚密教授是较早地对新诗的这种"边缘化"的社会定位和自我认同做出系统反思的学者,① 她指出:"20世纪特殊的历史语境造成现代汉诗的边缘化,为诗人带来强烈的(传统地位的)失落感和(与社会中心话语的)疏离感。"② 这里,"边缘化"的意义指向是双重的,"它既意味着诗歌传统中心地位的丧失,暗示潜在的认同危机,同时也象征新的空间的获得,使诗得以与主话语展开批判性的对话"③。相对而言,奚密更强调新诗这种边缘化的疏离定位的正面意义,它既是一种"语言艺术",也是一种"意识形态的策略",因此也有着强大而且持久的诗意生产力。在"边缘化"之外,不妨补充一个概念,就是双重的"外在化",即诗人外在于社会(乃至普遍意义上的"他人")的核心要素,而社会也外在于诗人(诗歌)的核心要素,诗歌写作与社会在相互"放逐"。相对于古典诗歌曾经享有的核心地位而言,现代诗歌的社会接受度和

---

① 奚密的"边缘化"理论最早见诸其主编的英文版《现代汉诗选》导言(Michelle Yeh ed., *Anthology of Modern Chinese Poetry*, New Haven: Yale University Press, 1992),其中译文收入奚密:《从边缘出发》,广东人民出版社,2000年版。
② 奚密:《从边缘出发》,广东人民出版社,2000年版,第52页。
③ 同上,第1页。

影响力的缩小是一个难以逆转的大趋势。因此，与其期待诗歌去阻止一场战争，还不如期待一场足球比赛或者电影来做这一类的事情——甚至还不乏成功的例子。想让现代汉诗变得像电影或者流行歌曲那样广受大众欢迎和社会关注是一件几乎不可能的事——即便偶有成功的案例，其中起作用的也并非诗歌本身的因素。进一步说，诗歌的读者数量也不应该是严肃的诗歌写作者和批评家所关心的主要问题。我们更感兴趣的议题是，在这场诗歌与社会的相互"放逐"和对峙过程中，诗歌写作本身是否或多或少地受到某种损害与削弱？反思这个问题自然不是为了扩大诗歌的大众接受度——对于严肃的诗歌写作而言，这几乎是一种徒劳的努力——而是基于诗歌本身的内在发展的考量。一方面，从某种意义上来说，诗歌的"边缘化"与"外在化"几乎是现代社会（不独中国）中难以避免的趋势，而且它本身已经成为诗歌写作的一个重要的母题与语言的"驱动力"。另一方面，这种长期的边缘化乃至妖魔化的社会定位是否也会造成一种畸形的文体定位乃至自我认知？尤其是，若诗歌只有旁观者式的（外在）批判，它的领域是否过于拘囿了，是否有变成诸如古典乐或者昆曲那样的曲高和寡艺术门类的风险？

当代学者已经开始意识到这些问题。在姜涛看来，当代先锋诗歌形成了一种较顽固的"自我"与"现实"的对峙，其背后是一种"现代主体的经典构造"，"一边是真纯、无辜又独创之自我，另一边是'滥情套语'的世界，需要克服或转化的糟糕现实，两相对峙，反复循环"。[①] 这种"自我"与"现实"的

---

① 姜涛：《在催眠的世界中不断醒来》，华东师范大学出版社，2020年版，第282页。

简单二元对立在写作上的困难在于"怎样立足本地的繁琐政治，建立一种与他人、社会联动之关系"，基于此，他对当代诗歌展开了颇为尖锐而深入的反省。[1] 当然，姜涛所言之"自我"与"现实"的对峙，未必完全是所谓现代主体意识的延伸。如果从七十年代以来的先锋诗人的成长语境来说，这种对于现实的决绝抵触，恰好是在那个高度集体化的社会中确立自身的方式——或许还是唯一的方式。无处不在的"他人"的目光与社会的控制让很多诗人都形成了一种类似柏林所言之"广场恐怖症"的心理，即便日后时过境迁，这种拒绝外界影响的心理防御机制也在顽强地起着作用，这种或隐或显的反体系心理也成了当代先锋诗不断向"内"转的根源：他们自觉（也自愿）做一个系统外的边缘人，一个不参与社会棋局的批评者，他们的存在本身就是对时代的否定，这变成了当代先锋诗歌的一个优良的传统和基本母题，也在很大程度上决定了其语言与风格底色，形成了所谓"反抗传统"。进一步地说，当代先锋诗歌在几十年的发展中，不仅诗人之"我"与社会变得越来越对抗性地疏离，而且还逐渐形成了一种写作伦理上的"自我中心主义"，这两个现象几乎是相辅相成的。这种"自我中心主义"既是个人性格和心理意义上的，更是一种对诗歌的社会定位与文体的"自我认知"。

---

[1] 姜涛：《在催眠的世界中不断醒来》，华东师范大学出版社，2020年版，第289页。

二

说到"自我中心主义",我们首先想到的就是当代诗歌中两个著名的典型:顾城与海子,在他们身上不仅可以看到前者的一些典型特征,也可以看到一些文化与历史的根由。顾城在其名作《我是一个任性的孩子》中直言不讳地宣称:"我是一个孩子/一个被幻想妈妈宠坏的孩子/我任性。"这种"任性"很长时间都被视作"一代人"敢于寻找"光明"、寻找"幻想"的代名词,直到其杀妻并自杀之后,才有人醒悟,"任性"就是"任性",它可以用来寻找"光明",也可以用来制造"黑暗"。就像顾城本人《英儿》这篇小说中的夫子自道:"他是疯子、是魔鬼,却在人间巧妙地找一件诗人的衣服。"① 实际上,顾城甚至还形成了一套关于"任性"的"自然哲学",在这套哲学里,有一条看起来没什么联系,却在顾城眼里有机地联系在一起的线索:"他〔孙悟空〕是一切秩序的破坏者,也是生命意志的实现者。他作恶也行善,杀人也救人,不是因为道德——他不属人世,而纯粹由于兴趣使然。孙悟空这个象征是中国哲学无不为意识的体现。"②顾城似乎混淆了神话与政治的区别,还把庄子中的反社会、反权力建制的理念简单地等同于一种齐天大圣式的

---

① 顾城、雷米:《英儿》,作家出版社,1993 年版,第 119 页。
② 顾城:《顾城哲思录》,重庆出版社,2015 年版,第 191 页。

肆意妄为。① 但他在其中发现的"联系"却准确地解释了他本人的"任性"哲学，这种哲学可以概括为："天不怕地不怕"，即"无不为"，这正是五六十年代出生的人经常具有的潜意识或者"显意识"。麦芒也注意到顾城的这种"无不为"的"自然哲学"，他指出："当我们面对顾城关于'无不为'和'无法无天'的'自然哲学'或诗学时，也不应该将之轻视为某种难以理喻的走火入魔，而必须牢记这一'自然哲学'最直接的来源其实是历史而非自然。"在他看来，这种"自然哲学"实际上导向的是"反人类主义和虚无主义"。② 这种意识可以在特定的语境下被理解为反叛意识或个性主义（比如八十年代初期），不过，它最终导向的并不是尊重自我同时也尊重他人的现代主体意识，而是推翻"如来老儿"自己当"齐天大圣"的权力意识，因此，它对于已有的历史与权力结构而言依然是同义反复。

在顾城身上，可以看到"自我中心主义"的一些令人不忍直视的阴暗面。对于顾城的杀妻自杀，有研究者解释："当他曾自以为'太阳'般照耀过和改造过灵魂的谢烨真实地裸露在他面前时，顾城感到的应该是被背叛的耻辱和愤怒。顾城的举斧杀妻，更像是对背叛者的惩罚，而他的自杀，也更像是亡国者的自我了断。"③ 顾城在激流岛进行的一夫二妻实验最后以谢烨和英儿的相继"背叛"告终，这本是合理的人情，而顾城的心

---

① 附带说一句，《西游记》中的孙悟空只是看起来肆意妄为、无所畏惧，其实在他的"肆无忌惮"中也经常夹带着精明乃至"世故"的因素，这正是《西游记》的微妙处。
② 麦芒：《"鬼进城"：顾城在新世界里的变形记》，《新诗评论》，2008年第2辑，第144—145页。
③ 郭帅：《太阳的诱惑——理解顾城的精神世界》，《当代作家评论》，2020年第6期。

态和行动却令人大跌眼镜。不过,上面引用的分析倒是很符合顾城本人的心理状态(虽然它恐怕会让很多读者毛骨悚然)。确实,谢烨与英儿的"背叛"完全是对顾城的贾宝玉式王国的毁灭性打击,是对他所设立的内在权力结构的赤裸裸的侮辱。说到贾宝玉,无独有偶,海子也曾经自比贾宝玉:"太平洋上:粮食用绳子捆好/贾宝玉坐在粮食上//美好而破碎的世界/坐在食物和酒上/美好而破碎的世界,你口含宝石/只有这些美好的少女,美好而破碎的世界,旧世界"(《太平洋上的贾宝玉》)①。他也和顾城一样"任性",有时坦率地宣布:"今夜我不关心人类,我只想你"(《日记》)②。海子的野心甚至比顾城更大:"万人都要从我刀口走过 去建筑祖国的语言"③。建设祖国的语言固然是伟大的,可是,为什么要举起一把刀让"万人"都"从我刀口走过"呢?读者或许会觉得这只是表达雄心壮志的比喻性说法,不必深究;但是,难道其中没有主宰欲望与权力意识的流露吗?不过,与顾城有别的是,海子并没有年少成名,因此也很少让自己的权力意志变成一种现实结构(而顾城至少在他的生活中小范围地、短暂地实现了)。相对而言,海子诗中表现得更多的是其宏大愿望无法实现的反差与反讽,因此也更深刻一些。自然,将海子诗学的诸种宏大构想简化为"权力意志"是偏颇的,不过,这些构想其实依然是以"自我"或者"主体"

---

① 海子:《海子诗全集》,西川编,作家出版社,2009年版,第542页。
② 同上,第488页。
③ 同上,第434页。

为中心的。① 问题在于，很多当代诗人的宏大的主体意识与自我期许显然无法得到社会的认同，其"权力意志"也无法调整到能与社会相适应的程度，从而与后者产生了激烈的碰撞，因此也只能做"边缘人""反叛者"，或者"疯狂天才"。这些自我定位确实产生了当代文学中最杰出，也最引人注目的一批作品。但是，也恰好是最"自我中心"的一批作品。

对于八九十年代的相当一部分先锋诗人而言，他们更乐于去做一个在诗歌与艺术世界里开疆拓土的"鲁滨逊"，朝着现实挥舞大棒、大闹天宫的"齐天大圣"，或者主宰人类语言的诗歌之"王"，抑或张枣式的"刺客"，自外于"大家的历史"，而不是将自身认定为一个缠绕于种种社会和伦理关系网之中的"社会人"。他们普遍对于自身的语言创造能力和感受力充满了自信，也乐于去强调诗歌在这些方面的价值。一方面，他们信赖诗歌（语言）与自我之力量，比如在张枣看来："一个表达别人/只为表达自己的人，是病人；/一个表达别人/就像在表达自己的人，是诗人"（《虹》）②。而另一方面，他们也觉察到"世界"并不对他们的自信那么宽容："真的，语言就是世界，而世界/并不用语言来宽恕"[张枣（《德国士兵雪曼斯基的死刑》）]③。因此，合适的选择只能是在艺术世界中对抗并疏离现实："是我的裸体/骑上时间绿色的群马/冲向语言在时间中的

---

① 进一步说，在海子的诗歌中，基本上是看不到活生生的、形象饱满的"他人"，而仅仅是"自我"的无数化身，海子写过尼采、维特根斯坦、叶赛宁、荷尔德林、贾宝玉等五花八门的人物，但这些诗歌几乎无一例外都是在写海子本人，表达他本人的情绪或者主张，有的诗甚至和书写的对象没有任何事实联系。
② 张枣：《张枣的诗》，颜炼军编，人民文学出版社，2017年版，第105页。
③ 同上，第127页。

饥饿和犯罪/那个人躲在山谷里研究刑法"（海子《盲目》）①。诗人表达了一种勇往直前的主体姿态和自觉边缘化的社会定位，两者之间颇为反讽，一厢是勇猛地"冲向语言在时间中的饥饿和犯罪"，另一厢是无奈地"躲在山谷里研究刑法"，这倒是恰当地象征了先锋诗歌的社会定位与文体的自我定位，"边缘化"与"外在化"成了当代诗人难逃的劫数。

当然，也有必要回过头来补充一点。艺术毕竟不是道德法则，也不是人际关系能够评判的领域，在伦理或者社会法则里颇成问题的心理状况也未必不会促成杰出的作品，对艺术简单地进行道德审判本身就是一件很危险的事，上面的分析也不能否定这些诗人的杰出之处。进一步说，在不同的程度上，艺术的创造都会涉及一种"强力"乃至"暴力"，其中"主体性"与权力意志所起的作用也并非全是负面的。希尼曾经这样评价叶芝："如果说艺术家心灵的行为有爱的行为具备的所有强度和欲望，以及所有潜伏的侵略性，那么可以说，叶芝的艺术想象力常常处于一种只能正确地用阳具崇拜来形容的状态。"②希尼并没有因此而否定叶芝，而顾城的"齐天大圣"式任性和海子的"成为太阳的一生"的热望，与叶芝的"阳具崇拜"状态不无相似之处，同样具有很高的强度与欲望，③也暗含着侵略性乃至强力因素，没有这种狂热和强制力，他们的很多作品就无法成为

---

① 海子：《海子诗全集》，西川编，作家出版社，2009年版，第374页。
② 谢默斯·希尼：《希尼三十年文选》，黄灿然译，浙江文艺出版社，2018年版，第124—125页。
③ 比如，在前引《盲目》一诗中，就有这样的句子："多欲的父亲 在我们身上 如此使我们恼火//（挺矛而上的哲学家/是一个赤裸裸的人）"（《海子诗全集》，第374页）这里涉及的是创作主体的"欲望"及其"不满"。

可能，很多同时代的"浪漫型"诗人也大抵如此。

只是其中的困境在于个人世界与公共世界之间的分野。一个诗人无论在自己的世界里如何"称王称霸"，其实都只是他个人的自由而已，哪怕他有人格上的种种不成熟的缺陷，往往并无碍于他的艺术表达（有时甚至促进了它），可一旦这些理念试图运用到他人乃至整个社会上，就是一个值得商榷的问题了。海子在史诗写作上遭遇困境，其实一定程度上是混淆了个体与集体、自我与社会的区别所致，因为对于人与人之间的关系的表达，以至于整个群体的表现，是一个超于"自我"的领域，并不是仅仅依靠语言上的才能、自我的想象力和热望就能实现的领域，其中包含的"事理"乃至于想象他人的方式，都与他擅长的抒情性的表达有很大的区别。进而言之，包括海子在内的很多当代"叙事诗"或者"长诗"写作更像是从抒情诗或者自我表达这棵树上强拧下来的半生不熟的果子。一旦涉及他人、社会乃至历史的表达，先锋诗人身上"自我中心主义"的特性就开始显出其捉襟见肘之处，一些杰出诗人的有限性也正是和他们的局限性紧密地联系在一起的。

在九十年代以来的诗歌讨论中，"历史的个人化"也经常成为诗人所津津乐道的一种方法，然而，当代诗歌的诸种"历史"叙事作品却存在着种种不如人意之处。此中的困境之一是，公共领域或者"历史"，并不是仅仅依靠语言才能、个人想象就能很好地"重构"的对象，它不仅需要耐心的观察与钻研，也需要长久的思考和自身体验的深度参与，还需要那么一点"专业"的态度。然而在部分诗人那里，似乎获得了一种特权，即以一种游戏式的批判者姿态去"戏说"历史，却不用为自己的任何观察与主张负起严肃的责任。因此，与其说他们在"书写"历史，不如说是在"打扮"历史。这种游戏式的超然态度，依然是很多"先锋诗人"根深蒂固的"自我中心"视野的一种外化形式。比如，在《薄暮时分的雪》中，张枣流露出一种对历史的超然和否定：

> 真的，大家的历史
> 看上去都是一个人医疗另一个人
> 没有谁例外，亦无哪天不同①

这几句诗被不少批评家正面或者反面地引用。张枣在这里似乎找到了一条超越"大家的历史"的道路，一条时代的"刺客"之路。这个"刺客"并不对此类"疗救"性的庸俗历史感兴趣，他手中的剑与其说刺向具体的人，不如说刺向的是整体的"历史"："历史的墙上挂着矛和盾/另一张脸在下面走动"（张枣《刺客之歌》）。② 正在德国留学的诗人刺客似乎看透了历史的把戏，发现了一条解脱之路，一条指向"语言"或者"诗"本身的"元诗"之路。然而，容我们稍微申述一句：所谓"逃离"历史或许也是历史本身的诡计之一。这种自外于历史的姿态依然像是过去"广场恐怖症"的变相的延续，当他把"历史"命名为"大家的历史"，实际上把"大家"都一股脑关进一个"笼子"里。从旁人的视角来看，难道把"大家"都关进一个笼

---

① 张枣：《张枣的诗》，颜炼军编，人民文学出版社，2017年版，第75页。
② 张枣：《张枣的诗》，颜炼军编，人民文学出版社，2017年版，第68页。

子其实不更像是把自己关进另一个笼子？无怪乎我们读他八九十年代的海外诗作时，都有一种强烈的幽闭感，流亡海外的诗人果如布罗茨基所言，将自己封闭在一个叫作"语言"的密封舱里，母语是他唯一的能抓住的东西。① 然而，先锋诗人对"语言自主性的过分依赖"，"由于缺少重新检讨诗歌自主性诉求的历史维度，在变化的社会语境中，对语言自身生成性也即创造性的迷信，就会丧失与历史间的辩驳张力，对'可能性'的追求反会流于一种常识的表达"。② 张枣在《朝向语言风景的危险旅行》开篇征引了诗人诺瓦利斯的话，指出语言是一个"奇妙而硕果累累的秘密"③。但是语言的"秘密"并非仅仅依靠挖掘它自身或者诗人"主体"就能完全呈现，排除了与"历史""现实"的紧张对话，语言的创造极有可能走入僵化的"内卷"。④

张枣逝世后，诗人朱朱在悼念张枣的一首诗里，对这种敛翅于国外的屋宇下做着"万古愁"之梦的状态表达了隐晦却又尖锐的批判：

> 中国在变！我们全都在惨烈的迁徙中
> 视回忆为退化，视怀旧为绝症，
> 我们蜥蜴般仓促地爬行，恐惧着掉队，

---

① 约瑟夫·布罗茨基：《悲伤与理智》，刘文飞译，上海译文出版社，2015年版，第33页。
② 余旸：《从"历史的个人化"到新诗的"可能性"》，《新诗评论》，2015年（总第19辑），第48页。
③ 张枣：《朝向语言风景的危险旅行——中国当代诗歌的元诗结构和写作姿态》，《上海文学》，2001年第1期。
④ 关于张枣的"元诗"以及"语言神话"，笔者已在另文讨论，此不赘述，参见本书中的《走出语言自造的神话——从张枣的"元诗"说到当代新诗的"语言神话"》。

只为所过之处尽皆裂为深渊……而
你敛翅于欧洲那静滞的屋檐，梦着
万古愁，错失了这部离乱的史诗。①

  "刺客"之所刺，是一种本体论式的历史，其实也是虚化的、没有实质内容的历史，这样的"历史"与写作主体并无太多切身的联系，是"别人的"历史。如果说当代的诸如"元诗""历史个人化"一类的诗学有什么问题的话，那么可以说它们在伦理上（进而也表现在感受性上）过于强调自我的力量，也简化了自我与他人的关系，即过于"我是而他非"，也简化乃至"错失"了现实。殊不知"他人"即另外之"自我"，而"现实"与"历史"是一群"自我"自选之牢笼。"自我"从来不是一个那么不证自明的力量之源、语言之光，其本身也是欲念杂生、权力错综交杂的领域。"历史"或权力的作用，正如"毛细血管"一般无孔不入，并非一个简单的"姿态"就可以拒之于门外。②就当代诗歌而言，它原本所赖以确立自身的反抗姿态早已不那么光彩熠熠，而它与权势和资本暗中或者明面的媾和却触目惊心。换言之，"姿态"早已廉价，也容易变成套现的资本。

---

① 朱朱：《隐形人——悼张枣》，《故事》，上海人民出版社，2011年版，第45页。
② 王汎森：《权力的毛细管作用：清代的思想、学术与心态》，北京大学出版社，2015年版。

三

当然，写作并不是伦理说教，更不是道德楷模的传声筒，机械地宣扬某种道德的写作和批评也极易变成一种欺诈。如果一种更成熟、更深厚的伦理认知没有转换成为写作的语言势能和新的感性形态的话，那也是枉然。在新诗史中，穆旦是较早地认识到"自我"所蕴含的巨大的复杂性与不完美之处的诗人，在他那里，几乎带着点"自虐"的严苛和残酷，自我之"内面"那些不光彩的锈迹斑斑，自我与现实不那么美妙的媾和以一种激烈的语言势能爆发出来：

> 这是死。历史的矛盾压着我们，
> 平衡，毒戕我们每一个冲动。
> 那些盲目的会发泄他们所想的，
> 而智慧使我们懦弱无能。①
>
> ——《控诉》

较之三十年代侧重自我抒发、自我表达的纯诗写作路线而言，穆旦的写作在指向自我的同时也指向社会，它们较好地融合了个人视镜与历史视野，并且在其中包含了形而上的质问。在他的诗歌中，甚至出现了汉语诗歌中少见的末世论景观：

---

① 穆旦：《穆旦诗文集》（第1册），人民文学出版社，2006年版，第67页。

> 一个圆,多少年的人工,
> 我们的绝望将使它完整。
> 毁坏它,朋友!让我们自己
> 就是它的残缺,比平庸更坏:
> 闪电和雨,新的气温和泥土
> 才会来骚扰,也许更寒冷,
> 因为我们已是被围的一群,
> 我们消失,乃有一片"无人地带"。①
>
> ——《被围者》

> 历史已把他们用完:
> 它的夸张和说谎和政治的伟业
> 终于沉入使自己也惊惶的风景。②
>
> ——《荒村》

这些诗歌表明一种对于世界的震惊体验,对于历史之恶的深切感知。希尼说:"早在战后欧洲寓言诗风行之前,奥登就已经抵达一种调式,充满了对某种可怕事物的不祥预感,并且有能力用严格的诗学手段表达这些不祥预感。"③我们也完全可以说,穆旦也曾抵达一种虽然与奥登有所区别,但在本质上不无相似之

---

① 穆旦:《穆旦诗文集》(第1册),人民文学出版社,2006年版,第100页。
② 穆旦:《穆旦诗文集》(第1册),人民文学出版社,2006年版,第250页。
③ 谢默斯·希尼:《希尼三十年文选》,黄灿然译,浙江文艺出版社,2018年版,第264页。

处的诗歌"调式"。实际上,穆旦留下一个好传统,即将自我放置在与群体的联系之中冷静地审视的传统,这是一个在很长时间内被当代诗歌遗忘的传统。不过,在半个多世纪之后,这种"调式"在汉语诗歌中又可以被听到:

> 你自比蚯蚓,与众多的中国蚯蚓
> 在奇怪的建筑物中拱来拱去
> 没有土壤,依然试图扎根
> 空气管道的根裸露
> 也没有迷官理论能够解释为什么
> 你迷失在一段洋葱的旅行中
> 故事里没有主人,但细菌还在滋生
> 可怜的过客,情操还没有楼高
> 你应该快乐一些
> 即使头是你的尾巴,尾巴是你的第三只脚
> 你全认了
> 在雾都每个人都是孤儿,等待被重新认领。①
> ——森子《新雾都怪行录》

"雾都"与"孤儿"的重新相连让此诗并非是一个"孤儿",相反是非常"社会"的写作。这里的在"雾"里盲目爬动的"蚯蚓"般的人,并非仅仅指向环境污染问题,而是代指涉全社会规模上的盲目与无助状态,这种写作表达了一种重新创造诗与

---

① 森子:《新雾都怪行录》,《十月》,2017年第2期。

社会的新关系、新意识的努力。

在姜涛看来,"扬弃了修齐治平的传统以后,如何在启蒙、自由、革命一类抽象系统的作用之外,将被发现的'脱域'个体,重新安置于历史的、现实的、伦理的、感觉的脉络中,在生机活络的在地联动中激发活力,本身就是 20 世纪一个未竟的课题"①。确实,这是八十年代以来的先锋诗歌没有很好地处理的一个领域,也是当下诗歌写作大有可为之处。森子的"雾都孤儿"就是一个非常"在地"的诗歌形象,而韩博的《注册讨债师之死》则进一步与当代社会、经济,乃至伦理上的诸种问题脉络内在相连,也发出了深刻的质问:

哪儿去了,多余的田?
哪儿去了,多余的甜?

肩扛麻袋的堂弟比水稻
长势更快,他攒足四个姐姐,
弟弟却死于尿毒症,他反对弯腰
或父亲式的劳动,不赞成火山岩板上
灌水的薄薄土层陈设脚趾畸形秀的蓝紫,
他从未听说《青少年哪吒》或前辈周处,
撂下麻袋——计划分配的命运,他跳上
开往警匪片的慢车驶入首都,他就任
市场委派的分母,一个纯粹的人,

---

① 姜涛:《从催眠的世界中不断醒来》,华东师范大学出版社,2020 年版,第 289 页。

一个脱离了低级的个性的人,分母
入戏且日深,以车房妻子为恒业,直至
某夜,跳涧失真,六楼倒叙平地,袖手的
月光松脱逼围的警察,哪吒满地,发福。

哪儿去了,多余的田?
哪儿去了,多余的甜?①

几乎不动神色,韩博以快照式的速写,勾勒了一个不甘于做"泥腿子""扛麻袋",而进城去做"讨债师"(黑社会混混)的"堂弟"的一生,他做了"市场委派的分母",而入戏日深,最后跳楼身亡。"计划分配""分母"这些非常"在地"的词语暗示了当代社会诸多根处的问题,也引发了对夹缝之中的农民命运的思考。"以车房妻子为恒业"寄托了无数"凤凰男"的梦想,而"攒足四个姐姐"的"攒足"是一个尤其鲜活的反讽,却是悲哀的反讽:计划生育时代,农民为了"传宗接代"拼命生育直到生出男孩为止,于是乎一个男孩"攒足"了四个姐姐。而诸如"计划生育"一类影响了几乎每一个当代人的社会现象,在先锋诗歌里几乎完全是缺席的,(试问这是为什么?)也正因为如此,"攒足"这个词的力量才凸显了出来。尽管这首诗写的是一个在"成功学"上失败的农村"凤凰男"的故事,但是,家中独子跳楼身亡这一事实,却指向了沉痛的伦理问题。与此形成对比的是这首的简洁——乃至过分简洁——而轻盈的笔调,

---

① 韩博:《注册讨债师之死》,《飞地》丛刊,第11辑。

最后"讨债师"跳楼的那一幕,甚至显得优雅而富有"诗意":"直至/某夜,跳涧失真,六楼倒叙平地,袖手的/月光松脱逼围的警察,哪吒满地,发福。"这几句以《月光奏鸣曲》的舒缓节奏叙述出来的惨烈现实是令人震惊的,此间语调与内容之间的反差是一种无声的抗议,它指向的问题既是社会的,又是伦理的,或许还是诗学的:"哪儿去了,多余的田?/哪儿去了,多余的甜?"是的,去哪儿了呢?在如此多农村"打工人""凤凰男"向着城市惨烈地迁徙之后,再也无法那么轻易地谈论"乡愁"或者"怀乡"了。对比之下,很多"朦胧诗人""后朦胧诗人"经常在诗歌里书写的"土地""麦子""马""村庄"等乡村意象更像是一种"诗意召唤策略",诗性的"自动生成"方法(比如海子、顾城、舒婷),他们更多地是表达一种个人的情绪以及对城市与世俗的抗拒,至于在乡野里真正发生的故事,却很少得到清晰地书写。

需要说明的是,这里想要展望的诗学路线并不是过去那种简单地让诗歌"反映社会"或者"服务社会"一类的主张,实际上,后者经常以损伤诗歌的诗质活力为代价。我们的着眼点更多地聚焦于诗歌本身,即如何让诗歌从过于自我中心的定位中调整过来,从而包容更广大的、超于个人的"他人"或者"群体"现象,并成为有效激发想象力和语言创造的领域。而在韩博那首诗中,就很好地把握了语言的创造、想象力与现实之间的张力关系。这里还需要提到经常以"成为他人"为目标的诗人朱朱:"是的,成为他人,自从多年前写下《我是弗朗索瓦·维庸》之后,这已经成了我的顽念,并且作为方法论式的存在,一直延续到我现在的创作中,它帮助我走出狭隘的自我中心主义,走出一时一地,乃至走出一种趋于僵滞的文化内部。"①朱朱的写作同样脱胎于八九十年代的先锋诗歌。不过,在最近二十年的写作中,他更着迷于在与他人的日常交往中,挖掘自身的不完美,在对这种不完美的冷酷且克制的表现中,发掘出"伦理之美":

  道别之后,我跟随她走上楼梯,
  听见钥匙在包里和她的手捉迷藏。
  门开了。灯,以一个爆破音
  同时叫出家具的名字,它们醒来,
  以反光拥抱她,热情甚至溢出了窗。
  空洞的镜子,忙于张挂她的肖像。
  椅背上几件裙子,抽搐成一团,
  仍然陷入未能出门的委屈。

  坐在那块小地毯上,背靠着沙发,
  然后前倾,将挣脱了一个吻的
  下巴埋进蜷起的膝盖,松弛了,
  裙边那些凌乱的情欲的褶皱
  也在垂悬中平复,自己的气味
  围拢于呼吸,但是在某处,
  在木质猫头鹰的尖喙,在暗沉的
  墙角,俨然泛起了我荷尔蒙的碎沫。

---

① 朱朱:《候鸟》,《钟山》,2017年第6期。

她陷入思考,墙上一幅画就开始虚焦。
扑闪的睫毛像秒针脱离了生物钟,
一缕长发沿耳垂散落到脚背,以S形
撩拨我此刻的全能视角——
但我不能就此伸出一只爱抚的手,
那多么像恐怖片!我站着,站成了
虚空里的一个拥抱;我数次
进入她,但并非以生理的方式。

不仅因为对我说出的那个"不"
仍然滞留在她的唇边,像一块
需要更大的耐心才能溶化的冰;
还因为在我的圣经里,那个"不"
就是十字架,每一次面对抉择时,
似乎它都将我引向了一个更好的我——
只有等我再次走下楼梯,才会又
不顾一切地坠回到对她身体的情欲。①

——《道别之后》

这里的"我"不再把自己当成"太平洋上的贾宝玉"(海子),不再迷恋自己的"孔雀肺"(张枣),更不是"任性的孩子"(顾城),抒情的主体在表现出"欲求"时也在审视其"欲求"。这

---

① 朱朱:《五大道的冬天》,华东师范大学出版社,2017年版,第89—90页。

里在欲望骚动的边缘对自己说出的"不",与其说是在暗示自己的"绅士风度",不如说是震惊于,也迷惑于欲望本身的恐怖。他观察他人的同时也观察自身,发现在悬崖的边缘勒马居然也有一种别样的美。这个在倒数第五行说出的"不",不仅是一个行为准则,而且是一个内在于这首诗的写作原则。就写作而言,这个将抒情主体及时"勒"住的"不"字让朱朱的写作(尤其是语言)包含了更大的耐心,因而深入"对象"之中。请看这幅维米尔式的精确细描:

> 她陷入思考,墙上一幅画就开始虚焦。
> 扑闪的睫毛像秒针脱离了生物钟,
> 一缕长发沿耳垂散落到脚背,以 S 形
> 撩拨我此刻的全能视角——

显然,"我"并没有"以生理的方式""进入她",却以写作(观看)的方式占有了"她"。这种写作是对"他人"的一个深情而克制的注视,是"虚空里的一个拥抱",如果没有对于"对象"的尊重,这种注视也很难成为可能。换言之,书写"对象"也"像一块需要更大的耐心才能溶化的冰",如果写作主体过于迷恋自身想象和意志的表达,那么就只能做"表达别人/就像在表达自己的人"(张枣)了。朱朱实际上逐渐成为一个偏离当代汉诗的自我中心——抒情传统路径最远的诗人,他不再像过去的诗歌那样沉迷于自我的塑形,而更多地是在"自我"与"他人"的互动乃至"互文"中——这也意味着这里的"他人"更包括过去文本中的"他人"——获得一种"交往"的伦理和"交互"

的美学。

诗人陈东东曾经颇为高瞻远瞩地把当代汉诗比喻为"大陆上的鲁滨逊",确实,"鲁滨逊"这个隐喻在很大程度上喻示了现代汉诗的自我认同、文体本质和社会定位:被抛到陌生陆地上的鲁滨逊,没有任何文明、制度、社会可以依赖,只能自己照料自己、自己管理自己,甚至做自己王国的"王"。这种高度的"自律"与"自主"一直是先锋诗歌的优秀素质[①]。它对于现代汉诗而言,至今依然是一个富有生命力和创造性的隐喻。但是至少可以说,现代汉诗不应仅仅满足于去做开天辟地、自立法则的鲁滨逊,在某种时刻,也要学会做一个社会语境中的"社会人"和伦理语境中的"伦理人",现代汉诗不应仅仅满足于与社会的相互"外在化"——这倒不是在强调诗歌的"社会功能",而是从诗歌艺术发展的内部要求来说的。换言之,鲁滨逊虽然被抛到荒岛(或者新大陆),并不意味着他应该满足于这片荒野。因此,鲁滨逊的故事确实只被先锋诗歌讲到一半,而当代诗歌写作或许要继续讲另一半:"等造好了大船,他(鲁滨逊)终于要像奥德修(Odysseus,更古老的鲁滨逊)那样踏上返乡之旅,去找回和融入伟大和悠久。"[②]

(原载《文学评论》2022 年第 1 期)

[①] 陈东东:《大陆上的鲁滨逊》,《新诗评论》,2008 年第 2 辑,第 71—80 页。
[②] 陈东东:《大陆上的鲁滨逊》,《新诗评论》,2008 年第 2 辑,第 80 页。

成为他人

——朱朱与当代诗歌的写作伦理和语言意识问题

一

最近几年,朱朱在不同的场合反复提起的一句话总是萦绕在我心里:"在自己的家中没有舒适自在之感,这就是道德的一部分。"[①] 这句援引自阿多诺的话一直让我好奇,对于朱朱诗歌而言,它意味着什么?它给朱朱诗歌带来什么样的写作伦理?

"伦理"是最近在有关朱朱诗歌的评论中被经常使用的一个词。越是简单的词,其中的问题就越复杂。不管"伦理"指的是人对待他人的行为准则,还是如同近来一些学者在使用"叙事伦理"一类的词所暗示的那种从个人经历的叙述中捕捉关于生命感觉的问题,提出具体的道德关怀和伦理诉求。[②] 我想,至

[①] 朱朱:《候鸟》,《钟山》,2017年第6期,第102页。
[②] 参见刘小枫:《沉重的肉身》,华夏出版社,2007年版。

少可以回到"伦理"的底线（基线），当我们说到"伦理"一词时，不管它指什么，它最基本的前提应该是对"他人"之存在的承认——如果你生活在一个无人荒岛上，是不存在"伦理"问题的——列维纳斯说："《圣经》中的人是能够让他人从我面前经过的人。"就是这种意识，让《圣经》中的人成为"伦理的人"。对他人之存在的认可，如果说这在写作中意味着什么的话，这首先意味着尊重读者，尊重读者的理解力和感受力，在表达的时候不要像在自己家里一样过于"自在"，为所欲为，也不刻意显露自己的才华与情绪，而是时时注意分寸与尺度——这正是朱朱的优点之一，就像他所称道的博尔赫斯的一句话一样，"一种被谦逊地隐藏起来的复杂性"[1]。

关于朱朱诗歌的意义，姜涛在一篇敏锐而有趣的文章中观察到，"当代先锋诗，兴起于'文革'之后'我不相信'一类精神气场，大家争先恐后，比赛着甩脱'文革'时期的大结构、大叙事。无论'朦胧'还是'后朦胧'，即便祛除了原来的意识形态内涵，20世纪革命年代的精神传统仍深刻在场，暗中决定了不止一代人的惯习、癖好和姿态。譬如，当代诗人普遍信奉一种语言机会主义，认为即兴发挥，才能歪打正着，不断地把握语言的奇迹瞬间。这样的'无政府'态度，距离20世纪的革命豪情，其实并不遥远"[2]。在姜涛看来，朱朱最近二十年写作所体现的理性的强大规划，恰好与这种"跳来跳去"的语言机会主义针锋相对，这是犀利而贴切的观察。我们想补充的是，

---

[1] 朱朱：《候鸟》，《钟山》，2017年第6期，第102页。
[2] 姜涛：《当代诗中的"维米尔"》，《文艺争鸣》，2018年第2期，第92页。

先锋诗人普遍信奉的"语言机会主义"其实也是写作上的"自我中心主义"的征兆。从一开始的"我不相信",突出的就是写作的主体——这固然是有重大意义的——但是在主语"我"后面的"不"字,又以强大的语势表达了对外部世界的否定,也有意无意地取消了"他人",使其弱化为类似于舞台背景的角色,而在舞台的中心,是"我",语言是其表演的魔术。所谓"跳来跳去"——我将其理解为一个中性词——无论"跳"得好坏,其最终效果只能是让读者(观众)把注意力放到"跳"者身上去,因此就成了"我跳故我在",这仿佛是叶芝所说的"我们怎么能区分舞蹈与舞者"(《在学童中间》)的当代演绎,亦可以视作抒情诗的一个反讽性的定义。[①] 这种自我中心与抒情倾向,与七十年代以来的"反抗传统",共同决定了当代汉语诗歌的基本面貌——虽然例外总是不断地产生。[②] 与此相伴的一个现

[①] 当我们说到"抒情诗"(lyrics)时,不要简单地把它与抒发感情等同起来。"抒情诗"(lyrics)在词源上主要是一种音乐形式,而"抒情"更多的是一个译名产生的误会,当然"抒情诗"确实也可以"抒情"。作为"抒情传统"概念的提出者,陈世骧在给它定义时最强调的是两点:一是"言辞乐章"(word-music)所具备的形式结构;二是内容或意向上表现出来的主体性和自抒胸臆(self-expression)。见陈世骧:《中国文学的抒情传统》,张晖编,生活·读书·新知三联书店,2015年版,第5页。换言之,"抒情诗"的核心在于它的书写与自我的直接相关性,以及与音乐之间的密切联系。

[②] 二十世纪七十年代末期以来,以"《今天》诗人群"为代表的一批诗人为当代先锋诗歌奠定了基本的范式,但是他们的一些内在缺陷也普遍地在当代诗歌写作中"在场",尤其是"反抗传统",这既是其诗歌力量的核心质素,也是他们给当代诗歌写作所带来的一些思维惯性和局限的根源。"《今天》诗人群"那种对抗性的自我中心倾向产生于六七十年代这个特殊的历史时期,它既与当时的意识形态和文化规制激烈地对抗,又在无意中与它所对抗的东西形成奇怪的"镜面对称",仿佛是后者的一个反方向的阴影。比如,在对"自我"(主体性)力量的信任、对抒情(尤其是宏伟的抒情)的依赖上,他们与……郭沫若提倡的"革命浪漫主义"并没有那么大的差

象是,当代诗人普遍珍视自己的"诗人"身份——有的是诗歌"斗士",有的则是诗歌"王子",或者"疯狂天才",有的则低调点,边缘人或者零余者——而将语言视作一种超乎理性控制的诗人专属巫术。此一进路隐隐地呼应着欧洲浪漫主义-象征主义以降的自我中心脉络,即对越来越小的领域——自我(以及相应的语言形式)——钻研得越来越深。① 与此同时,诗歌作为一种伦理探索的容器,作为一种干涉公共生活的方式,到了八十年代中期之后,被很多当代诗人视作言不及义,甚至等而下之的诗歌路径。在这样的背景下,朱朱的写作伦理与方式就显得有点格格不入了:

> 噢,他必须收起鲁滨逊的傲慢,
> 在异化的环境里重新定调。
> 他必须振作精神,不扮演文明的遗老,
> 不做词语的幽灵,不卖弄苦难,

别。后来,以"他们"为代表的"第三代诗人"虽然进一步抹除了"《今天》诗人"身上那种"宏大叙事"和"大词"习性,然而后者那种以反抗和"对立面"树立自身的倾向依然被承续了过去,自我中心也是萦绕不散,只是换了一种姿态。当然,这都不意味着一定是缺陷(作为一种写作路径无可厚非),但是,它们也不能理所当然地被视作杰作的"通行证"。实际上,宇文所安在那篇颇具争议的《什么是世界诗歌》一文中,对于北岛的批评也主要集中于夸张的对抗性和不加考量的浪漫主义习性,而其中包含的文学(国际)政治问题倒是其次——可惜大部分汉语诗人、学者更感兴趣的是后者。这里想重申的一个观点是,对抗传统固然有力,但是它的问题在于"它过多地依赖'对立面'的存在,倚赖具体的历史语境和文化语境"。(李章斌:《在语言之内航行:论新诗韵律及其他》,人民文学出版社,2014年版)

① 埃德蒙·威尔逊的《阿克瑟尔的城堡》(黄念欣译,江苏教育出版社,2006年版)与胡戈·弗里德里希的《现代诗歌的结构》(李双志译,译林出版社,2010年版)都是对此脉络的精彩论述,尽管它们的描述是片面的,远非欧洲诗歌的全貌。

而只是澄清生命的原址——
　　以它为一种比例尺，重新丈量大陆，[①]

——《海岛》

这几句以苏轼名义说出的话更像是朱朱自己的诗学理念，其中提到的三个"不"——"不扮演文明的遗老，不做词语的幽灵，不卖弄苦难"——恰恰是三种典型的当代"诗人病"，或者中性地说，"诗人习性"。这并不是说，朱朱不关心文明、不注重词语，或者不关注苦难，而是这三种诗人习性或多或少地都存在一些诗歌伦理上的可疑之处，它们都过于突出写作背后的"我"，而导致书写本身失真，或者模糊不清。"鲁滨逊的傲慢"让我们想起文章开首那句阿多诺的话，即不要在自己的世界里过于"舒适自在"。朱朱的书写伦理和方法与"三不"恰好相反，他更愿意隐藏到镜头背后，用镜头对准世界，精确地对焦，在恰当的时候按下快门，细致地捕捉光影声色，就像他所钟爱的维米尔的画作一样，"澄清生命的原址"。

　　因此，首要的原则是"看"，不仅要看清楚，而且要"看"进事物的内里去。"看"不仅是诗歌写作对象或者手法问题，至少在朱朱这里，它同时也潜含了一种诗的伦理——正如"我不相信"也隐含了一种伦理态度——"看"意味着不再将诗歌的重心和焦点放在抒发者身上，而是对象与"他人"的存在上——"他人"的存在，是"伦理"的开始。朱朱的诗歌还向我们展示，要"看"清世界，不仅要重新调整自我的位置，也

[①] 朱朱：《故事》，上海人民出版社，2011年版，第20页。

要对诗歌方法本身做根本性的调整。为此，朱朱不惜动用包括绘画、摄影、戏剧乃至艺术评论等"看"的艺术手段，甚至连这些"手段"本身也要细细地看。而且，我们应该注意到，朱朱本身就是一个"看家（行家）"，他的另一重身份是艺术评论家和策展人，而他近二十年诗歌的转变与他进入艺术界几乎是同时进行的。① 很有趣的是，朱朱在一次访谈中提到，他受马克·斯特兰德的画论《寂静的深度》激发，本来想写一篇评论，结果却写成了一组诗歌。② 这种在艺术评论与诗歌两个文体之间的滑翔在朱朱这里非常常见，对于大部分当代诗歌而言却较为罕见。在朱朱诗歌中出现了一种对于当代汉语诗歌来说是崭新的语体，它不仅仅出现于朱朱的评画诗中，而是无孔不入，比如《清河县》第一部中的《郓哥，快跑》：

> 他要跑到一个小矮人那里去，
> 带去一个消息。凡是延缓了他的脚步的人
> 都在他的脑海里得到了不好的下场。
> 他跑得那么快，像一枝很轻的箭杆。
>
> 我们密切地关注他的奔跑，
> 就像观看着一长串镜头的闪回。

---

① 我们认为，朱朱诗歌的真正转折点，即转向"视觉"和"叙事"，发生于世纪之交，而他恰好也是在这段时间进入艺术评论界的，参见《朱朱创作年表》，《寻找话语的森林：朱朱研究集》，张桃洲编，华文出版社，2019 年版，第 299—300 页。
② 朱朱、胡桑：《我生来从未见过静物》（访谈），https://www.douban.com/note/687300518/.

> 我们是守口如瓶的茶肆，我们是
> 来不及将结局告知他的观众；
> 他的奔跑有一种断了头的激情。①

细腻的"观看"、老到的观察，像是剧评人在评剧，或者画评人在品画，但是更富于想象力与反讽性，并且很圆融地化入叙事之中，润物细无声。这种介于分析性语言与感性语言的滑翔是朱朱诗歌的一个重要的动力机制，它表明诗歌不仅可以向小说、戏剧、摄影、电影等艺术"索要领地"②，它甚至可以向学术文字索要领地——因为，至少在知识分子那里，学术语言是二十世纪最有势力的语言之一。需要说明的是，这种语体并不同于中国古代饱受诟病的"玄言诗"，而更接近英诗中的"玄学诗"（metaphysical poetry），它并不在诗歌中进行哲学说教，而是给诗歌的"观看"带入"智性"的因素。"智性"的进入并不是让诗歌更玄奥，而是令其更为立体。就像绘画中透视法则的存在一样，"智性"也是诗歌叙述中的透视法则，它让诗的"观看"更为立体、清晰。确如姜涛所言，朱朱的诗歌展现出"理性的强大规划"与丰富的"视觉想象力"。③ 这种"规划"首先体现于他的构图与诗歌结构之精细、微妙，比如《威信》这首诗对"清河县"的描绘：

---

① 朱朱：《朱朱专辑：野长城》，《新诗》丛刊，第 21 辑，第 33—34 页。
② 朱朱、木朵：《杜鹃的啼哭已经够久了：朱朱访谈录》，《诗探索》，2004 年秋冬卷，第 213 页。
③ 姜涛：《当代诗中的"维米尔"》，《文艺争鸣》，2018 年第 2 期，第 92—93 页。

> 东京像悬崖
>
> 但清河县更可怕是一座吞噬不已的深渊，
>
> 它的每一座住宅都是灵柩
>
> 堆挤在一处，居住者
>
> 活着都像从上空摔死过一次，
>
> 叫喊刚发出就沉淀。①

生存的恐怖如斯。最后两行所包含的动与静之间的张力，让我们想起了荷兰画家勃鲁盖尔的名画《伊卡洛斯的坠落》(*Landscape with the fall of Icarus*) 里那个从空中坠落的男孩，也想起了奥登的评画诗《美术馆》："那华贵而精巧的船必曾看见／一件怪事，从天上掉下一个男童，／但它有某地要去，仍静静地航行。"② 甚至在主题上，两者也有相通之处，即书写一种死寂般冷漠的生存，当然《清河县》的画面更阴暗一些。朱朱和奥登

---

① 朱朱：《朱朱专辑：野长城》，《新诗》丛刊，第 21 辑，第 51 页。
② 穆旦：《穆旦译文集》（第四卷），人民文学出版社，2005 年版，第 463 页。

都擅长"临床医生式的分析与静观"①。进一步地说,朱朱不仅在描摹这些画面,甚至他让画面的生成过程也成为"画"的一部分。借用朱朱在一次策展文案中的话来说,他"像一个外科大夫一样对这些照片做起了手术"②,他是一位景象的手术师。《青烟》这首名作就是对旧上海一幅香烟广告招贴画的一次"手术",而且它把手术过程也变成了图像,或者说"元图像"(关于图像的图像),这是非常有趣的一个过程:

> 一辆电车在黄包车铃声里掣过。她
> 想起冠生园软软的座垫,想着自己
> 不够浑圆的屁股,在上边翘得和黑女人一样高。
> 这时她忘记了自己被画着,往常般吸一口烟,
>
> 烟圈徐徐被吐出。
> 被挡在画架后面的什么哐啷地一声。
> 画家黑黝黝的眼窝再次对准了她,吓了
> 她一跳。她低下头扯平
> 已经往上翻卷到大腿根的旗袍。
> 这一天过得快多了。③
>
> ——《青烟》

---

① 斯皮尔斯指出,在早期奥登的想象世界里,"诗人像临床医生一样超然,诊断社会的疾患及其组成部分的个人,诗歌作为一种治疗,发挥了一种类似于心理分析的功能,是奥登作品的基本特色"。(Monroe K. Spears, *The Poetry of W. H. Auden*, New York: Oxford University Press, 1963, p7.)
② 朱朱:《造像术:蔡东东个展》,https://www.mei-shu.com/exhibition/2781.html。
③ 朱朱:《朱朱专辑:野长城》,《新诗》丛刊,第21辑,第17页。

画家的观看是一个欲望的隐喻,"黑黝黝……对准了她"与"吓了她一跳"暗示着这个隐喻在看与被看者之间的传递。结果是,被看者(妓女模特)也对于"看"产生了欲望。于是在这种不言而喻的下意识中,"这一天过得快多了"。观看与欲望,本来就是一体之两面,或者说,观看就是欲望。《金瓶梅》在写到西门庆的性事时几乎每次都要提到的一句话是:"观其出入之势",而时下也有小说家言:"有些人的眼睛能扒皮,有些人的眼睛会射精。"① 与这些稍显简单粗暴的"观欲"书写相比,朱朱的书写要优雅、细腻得多,他耐心地描绘"观欲"的弥漫过程,欲望的客体慢慢变成了主体:

> 她坐在那里,好像套着一层
> 表情的模壳,薄薄的,和那件青花旗袍一样。
> 在模壳的里边——
> 她已经在逛街,已经
> 懒洋洋地躺在一张长榻上分开了双腿
> 大声的打呵欠,已经
> 奔跑在天边映黄了溪流的油菜田里。②
>
> ——《青烟》

在朱朱的诗歌里我们可以找到当代诗歌中最优美的欲望书写,就像在王小波那里我们可以找到当代小说最生动的欲望书写一

---

① 毕飞宇:《相爱的日子》,《北京文学·中篇小说月报》,2008年第4期,第120页。
② 朱朱:《朱朱专辑:野长城》,《新诗》丛刊,第21辑,第17—18页。

样。无独有偶,两者都擅长弹奏欲望与观看之间的那根细弦,欲望书写看似简单,实则最考验作家的功底,因为它最容易陷入俗套。与很多当代作家那种动辄"丰乳肥臀"式的性特征展示相比,朱朱的书写要有创造力得多,他让我们想起了李商隐那些艳情诗,比如"碧城十二曲阑干,犀辟尘埃玉辟寒。/阆苑有书多附鹤,女床无树不栖鸾"(《碧城三首》);或者穆旦那首著名的《春》,"抗着土地,花朵伸出来,/当暖风吹来烦恼,或者欢乐。/如果你是醒了,推开窗子,看这满园的欲望多么美丽"①。全是风景与观看,又尽得风流。

正如在穆旦的《春》那里,欲望不仅是男女情欲,而且也包含着一种写作的形而上学(即言说主体想要进入万物的渴求),② 实际上,《青烟》同样也可以视作一个关于艺术创作的隐喻,其中包含着写作的伦理。在上面这首《青烟》的最后,故事突起急转,忽然——却又合理地——反转为对艺术本身的观照:

> 她开始跑出那个模壳,
> 站到画家身边打量那幅画:
> 画中人既像她又不像她,
> 他在她的面颊上涂了太多的胭脂,
> 夹烟的手画得过于纤细,

---

① 穆旦:《穆旦诗集(1939—1945)》,作者自印,1947年版,第81页。
② 李章斌:《"在言语所能照明的世界里":穆旦诗歌的修辞与历史意识》,《文艺争鸣》,2018年第11期,第84页。

> 他画的乳房是躲在绸衣背后而不是从那里鼓胀,
> ……
> 她还发现这个画家
> 其实早就画完了这幅画,
> 在后来很长的一段时间里,每天
> 他只是在不停地涂抹那缕烟。①

对于这幅画而言,那缕青烟是一处需要巨大的耐心来完成的点睛之笔——谁叫它是香烟广告呢?——而对于这首"元图像"诗作而言,结尾之处也是一划惊艳的点睛之笔,它既是一个性的暗示,也是一个关于艺术作品的隐喻。这里,画家对于"青烟"的耐心与朱朱对于这幅广告招贴画的耐心构成了微妙的共振:从画家/摄影师"临看"模特,到模特"反看"画作和画家,再到朱朱"翻看"招贴画而成诗,在这"看"的循环中未尝没有对世界的深情注视。

如此深切的"观看"意味着什么?如果放在当代诗歌史的语境下看,它首先意味着走出"自我中心"与"抒情",进入与"他人"的互动中,去做一个世界风景的"记者",而不是站在世界中心纵情歌唱。朱朱的诗歌不满足于个人经验,而去更多的"他人"那里寻求领地。在朱朱那里,对"他人"的注视同样是充满深情的,有时就是"成为他人"的过程。在《拉萨路》这首诗的开头,他写道:

---

① 朱朱:《朱朱专辑:野长城》,《新诗》丛刊,第21辑,第18—19页。

> 这条路以一个漫长的斜坡
> 述说你的过去，除了几道坑洼
> 和一处被圈起后正在浚通的窨井
> 你几乎没有障碍地滑行到今天……
> 三十七岁，你猛然地刹车，
> 抛脱了正常的全部辎重，
>
> 来寻找一脚踏空的感觉——
> 在斜坡旁那条静脉曲张的巷子中，
> 在脏盘子般摞叠在一起的旧公寓楼的
> 底层小院里，生活仿佛从零开始：
> ……①

这里朱朱以一幅街景图来述说一位刚离婚的友人的"故事"。这种全以视觉来写内心的方法，被宋琳恰切地称为"具相方法"[②]，它充满暗示，又不动声色。这里所书写的离婚后那种"失重感"，让我们感叹一条路上有一个人漫长的一生。朱朱对"故事"的述说带着反讽又不失同情，两者都控制在适当的尺度，反讽过度容易显得恶毒，而同情过度则容易显得矫情，这两者都不符合朱朱的写作伦理。比如，在写到年轻姑娘重新"接管"这个单身汉的后半夜时：

---

① 朱朱：《故事》，上海人民出版社，2011年版，第78—79页。
② 宋琳：《朱朱诗歌的具相方法》，《当代作家评论》，2009年第6期。

> 那些年轻、滚烫的躯体在床上重新出场
> 骄傲地、不留缝隙地将你掩埋，然后
> 就像那只时常到窗外的枇杷树下蜷伏的
> 野猫般蜷伏在你的孤独之上，想要
> 确认这里就是她们未来的窝——
>
> 于是你感觉自己刚赎回的自由
> 又像积雪被泼出去的残茶化开了
> 一个越来越深的脓口，一个洞
> 重新显露出恶性循环的深渊……①
>
> ——《拉萨路》

两幅画面惟妙惟肖地写出了一个单身汉对于稳定关系的恐惧和矛盾。朱朱的写作总是"看图说话"，不急于去给对象做评判。不过，在这种冷静的叙述背后，也有着同情乃至爱的隐隐在场。朱朱说："唯有爱是一种真正令人激动的节奏，一切可以作为动机，但只有爱能够引导你合上节拍，启动真正的激情和想象。"②这句话同样也适用于这首诗，当我们读到开头的"三十七岁，你猛然地刹车"时，就有这种"合上节拍"的感觉，它缓慢、温和地滑行，令人动容，到了这首诗歌的结尾，它以细腻的手法拨动一根名叫"命运"的琴弦：

---

① 朱朱：《故事》，上海人民出版社，2011年版，第79—80页。
② 朱朱、木朵：《杜鹃的啼哭已经够久了——朱朱访谈录》，《诗探索》，2004年秋冬卷，第216页。

> 你想要向它伸出援手，却
> 无法克服自幼年起就对所有
> 毛茸茸的动物怀有的恐惧，是的，
> 你向我们展示每个人活在命运给他的故事
> 和他想要给自己的故事之间的落差
> 这落差才是真正的故事，此外都是俗套……①

从"是的"开始，这首时时保持克制与谨慎的诗歌终于开始了它的纵身一跃，它跃向的东西可以称之为"无限"。布罗茨基说："爱情本质而言就是无穷对于有穷的一种态度。对这一态度的颠倒便构成了信仰或诗歌。"② 进一步说，一切爱（包括友爱）都是无限对于有限的态度，而反过来，诗歌则是有限对于无限的态度。在这首诗歌中，朱朱以有限的人之生活触及无限，由此对人的有限产生了可以称为"诗之爱"的情感。这些诗句所包含的"爱"的伦理与七十年代以来当代中国的"反抗诗学"中那种"怨"或者"憎"的伦理有很大区别——当然，后者有其深刻的根源，也有其不可抹杀的诗学意义——它的宽容与谦逊让我们想到米沃什的一些诗句，比如，"在这个没有荣誉和权杖的世界，/在像帐篷卷起的一片天空下，/人们给了我们一些怜悯，一些仁慈/以及，简单地说，体贴，亲爱的 Y. Z."（《Y.

---

① 朱朱：《故事》，上海人民出版社，2011年版，第82页。
② 约瑟夫·布罗茨基：《文明的孩子——布罗茨基论诗和诗人》，刘文飞等译，中央编译出版社，2007年版，第109页。

Z. 的哀歌》)①

朱朱的语风让我们想起谢默斯·希尼赞誉拉金的话:"衣着干净的词语在有文化的谈吐中这类意义上的明亮感。"② 这句话用在朱朱身上也是恰当的,他措辞谨慎、克制,仿佛把每个词都在秤上称过一遍,因此极其妥帖,各得其所。这种"衣着干净"的感觉,在于他有意无意地抑制书写过程中的自我膨胀,甚少在很多诗人中常见的玩弄词语巫术时的任性妄为,他极少让他的词语变成空转的修辞机器。词的伦理,在他这里意味着一种教养和尺度感,这倒不是说其他汉语诗人"缺乏教养"和尺度;而是说,朱朱自觉地偏离当代诗歌那种对抗性的自我中心主义习性,他是一个让诗歌的谈吐与发声面向一个有文化的知识群体的诗人,或者简单地说,面向"文明"的诗人。

二

近二十年来,朱朱在不同性质的文字中反复提到"自我放逐"和"成为他人",③ 他对于自我中心的批判是自觉的。他把他过去关于诗歌的一些修养、习性放下,或者说忍住,而全身心地去"观摩"他人,于是便有了"视觉诗"与"叙事诗",

---

① 切·米沃什:《切·米沃什诗选》,张曙光译,河北教育出版社,2002 年版,第 219 页。
② 谢默斯·希尼:《心灵的诸英格兰》,《希尼三十年文选》,黄灿然译,浙江文艺出版社,2018 年版,第 113 页。
③ 比如诗歌《读〈米格尔大街〉》《夜访》,访谈《杜鹃的啼哭已经够久了——朱朱访谈录》,创作谈《候鸟》,等等。

它们不仅仅是一个写作技巧的变化问题,也是写作伦理的变化。① 因此,"叙事"对于他的写作来说是一个合理而且自然的结果——相比之下,很多当代的叙事诗或者"长诗"更像是从抒情诗,以及自我中心写作这棵树上强扭下来的半生不熟的果子——这解释了为何他的叙事诗《清河县》成为一个具有分水岭意义的突破,因为他完全为此做好了准备。朱朱说:"是的,成为他人,自从多年前写下《我是弗朗索瓦·维庸》之后,这已经成了我的顽念,并且作为方法论式的存在,一直延续到我现在的创作中,它帮助我走出狭隘的自我中心主义,走出一时一地,乃至走出一种趋于僵滞的文化内部。"② 他的名作《清河县》就是一个试图"成为他人",甚至进一步解剖文化的标志。

《清河县》第一部与第二部的写作相隔十五年,它所涉及的《金瓶梅》和《水浒传》中的故事,是汉语世界中关于欲望与道德的经久不衰的母题,这也是朱朱尤其感兴趣的题材。当"道德"遭遇到"欲望",或许是它们都感到最不"自在"的一刻,这对两者都可以是引爆的雷管,在文化的根处引爆,并让我们窥见人性的深渊。正如马小盐在她那篇有趣且有才的评论中所指出的那样,《清河县》第一部的结构是如下所示的"环形剧场"结构(图引自马小盐文章):

---

① 之所以用"伦理"这个词,是因为这种转变的背后正是自我与他人关系的改变。这里的"他人"包含两层意义:一是作为写作内容的"他人",即如何写"他人";二是作为诗歌文本读者的"他人",即如何写给"他人"看。在前文所谓的"自我中心主义"写作那里,这两类意义上的"他人"都是背景——当然,这并不意味着是缺陷,只是写作路径的区别。
② 朱朱:《候鸟》,《钟山》,2017年第6期,第103页。

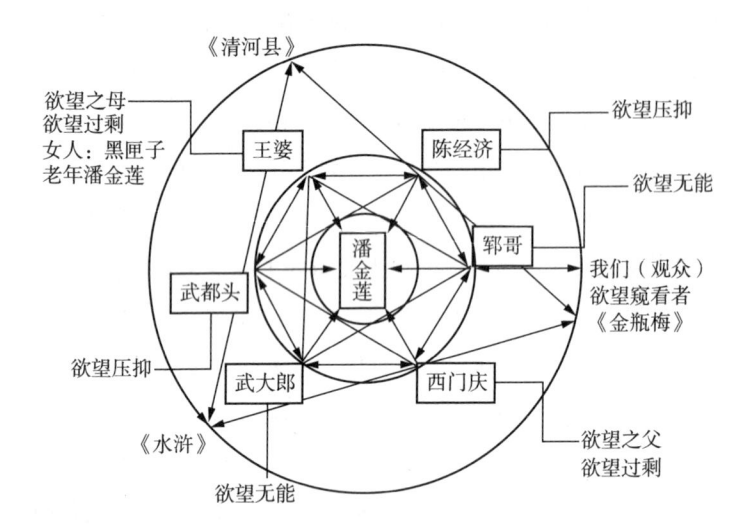

```
                    《清河县》
   欲望之母                                欲望压抑
   欲望过剩    ┌────┐   ┌────┐
   女人:黑匣子 │ 王婆 │   │陈经济│
   老年潘金莲  └────┘   └────┘         欲望无能
                   ┌──────┐
                   │ 潘金莲 │         郓哥
              ┌────┐      ┌────┐      我们(观众)
              │武都头│      │      │      欲望窥看者
              └────┘      └────┘     《金瓶梅》
   欲望压抑    ┌────┐   ┌────┐
              │武大郎│   │西门庆│
              └────┘   └────┘
      《水浒》                         欲望之父
      欲望无能                         欲望过剩
```

她观察到,"这首诗的结构,具有建筑学方面的雄心。它所要构筑的是一个古罗马竞技场般环型剧场:一个双重观看的剧场,一个历史循环的剧场,一个中国人无法逃离的宿命剧场"①。马小盐观察到《清河县》第一部中各人物在本质上的内在联系和"循环"关系,位于中心的是一直处于"被看"状态的潘金莲。在这场大型"观欲"盛宴中,潘金莲却在主体视角中缺席了(上图中的双向箭头,其实应该改为单向箭头)。那么她"看"其他人又是何种境况呢?仿佛是为了回答这个问题,《清河县》第二部变成了与第一部恰好相反的放射状结构,即以潘金莲为中心向四周"看"。结果,她看到的东西并不仅仅是"欲望波"的统一场,而是:

---

① 马小盐:《〈清河县〉——朱朱所构筑的诗歌环型剧场》,《延河》,2011年第2期,第142—143页。

>   那群狞视我的背在井边围成圈,
>   捣衣杵一声声响过了衙役们
>   手中的棍棒,夹带着阵阵
>   咒骂和哄笑像鸦雀在我的太阳穴筑巢
>
>   当我端着脸盆走近,沉寂
>   汹涌成泥石流而棍棒挥得更卖力,
>   背和背挤紧,像这条街上
>   彼此咬噬的屋顶,不容一丝缝隙。①
>
>   ——《浣溪沙》

这首以词牌《浣溪沙》取名的诗仿佛是朱朱对唐宋词,以及《金瓶梅"词话"》开的一个玩笑,它写的既不是唐宋词中的闺情与相思,也不是《金瓶梅》中的词所传递的活色生香的肉欲,而是洗衣妇人们"狞视的背"!读者或许会和我一样发问:潘金莲是如何变成《狂人日记》中的"某君昆仲"的?这个处处感觉到敌意的女狂人和《金瓶梅》中那个淫荡、狠毒的妇人潘金莲是一个人吗?细读整首诗可以发现,她既不完全是潘金莲又可以是潘金莲,或者说,是她本应该是的样子(之一)。朱朱想要展示,一个出身卑微、命运坎坷却心气高傲的女人是如走向深渊,如何变成不仅是"欲望之母"甚至还是"恶之母"的。谁说因被大户调戏未遂而记恨,进而被发配给一个无能的侏儒

---

① 朱朱:《清河县》(第二部),《五大道的冬天》,华东师范大学出版社,2017 年版,第 138 页。

对于这个自视颇高的女人而言不是一个惨剧呢？实际上，当我们把视角转换为从潘金莲的眼睛向外看时，整个世界的伦理地平线都倒转过来了。她看到了整个世俗世界的恶，那些"咒骂和哄笑"和"洗衣的女人们浓痰般的目光"让我们在日常生活中看到一个深渊，让我们看见"恶"不仅来自王婆和薛婆这些"恶之母"，而且来自每一个平凡的人。它甚至能被清清楚楚地"听见"：那比衙役的棍棒还要凶猛的捣衣杵的声音向我们昭显这种日常之恶，这似乎是现代汉诗很少触及的话题。

  布罗茨基说，"有关恶的最有趣的事情莫过于它完全是人性的"，"世上最容易里面朝外反过来穿的，莫过于我们有关社会公义、公民良心、美好未来之类的概念"①。这提醒我们不要把善恶问题仅仅看作一个道德法则、律令的问题；真正到了现实生活中，善恶问题变得极其复杂且多面，而且恶几乎是无孔不入的。因此，一种文化中的潘金莲或许是另一种文化中的包法利夫人或者安娜·卡列尼娜，而且，甚至可以说，一个人的潘金莲是另一个人的安娜·卡列尼娜，反过来说同样适当。当我们如同朱朱一样把潘金莲这件"衣服"穿在身上时，我们会发现她并不比安娜·卡列尼娜更不值得同情。因此，如若真正获得一种深厚的道德感，第一步便是"成为他人"。来看，潘金莲嫁入西门府的那一天：

    轿帘掀起的那一刻，

---

① 约瑟夫·布罗茨基：《毕业典礼致词》，《小于一》，黄灿然译，浙江文艺出版社，2014年版，第333—334页。

> 我像野猫终于溜进了
> 一望无际的花园，秃鹫
> 返航，云停泊在蓝天——
> ……
> 我入迷地抚摸，噙着
> 惊叹号寻觅，绕过廊柱间
> 陡然有一阵酸楚升起——
> 那颗忧郁了我整个童年的
>
> 被卖货郎的担子挑走的糖，
> 仅仅是二手的、被别人舔剩的
> 甜。我喝止了眼眶里的泪滴，
> 因它廉价，会将罗帕变成抹布。①
>
> ——《围墙》

这里朱朱把《金瓶梅》没有很好地处理的心理细节勾勒出来了，而原作耽于肉欲描摹和道德说教忽略了这些心理细节。若我们仔细研究潘金莲的"档案"，会发现是一个底层女子的血泪史，而像这样的女人《金瓶梅》中还有一长串。如果说底层男性（如《水浒传》中的阮氏三雄）尚可以通过揭竿而起、打家劫舍而迅猛地改变命运的话——至少在民间想象中可以——那么像潘金莲这样的"凤凰女"，便只能通过婚配换取转机了——可惜

---

① 朱朱：《清河县》（第二部），《五大道的冬天》，华东师范大学出版社，2017年版，第150—151页。

大户的"低价甩卖"一次性地毁了这种可能性,只要武大郎还活着,她便只能终日洗那"蛆虫般不散的面粉味"。摆在她面前的唯一出路便是杀夫——休夫对于古代女人来说,并不是一个可选项。当她终于辗转将自己送进西门府时,那种野猫潜入大家宅院的感觉可想而知:这是"二手"婚姻换来的"二手的甜",虽然"忧郁了我整个童年"却只是"被别人舔剩的"廉价幸福。最后一声无声的"喝止"显示出潘金莲的高傲与心气,使她免于被视作进大观园的刘姥姥。"溜进""舔剩""喝止",这些普通的词语在朱朱这里散发出水晶般剔透的光芒,二十多行诗写尽了潘金莲心中的酸楚与五味杂陈。

朱朱笔下的《清河县》显然不只是一个放荡女子的悲剧史,而且包含了更大的文化野心和伦理深度。他说:"我尤其要将王婆这样的人称之为我们民族的原型之一,迄今为止,我的感受是,每一条街上都住着一个王婆。"[1] 朱朱笔下的潘金莲相比两部古典小说中潘金莲的形象而言,带有了更强的力量与意志,她让我们想起了《江南共和国》一诗中的柳如是,"有一种深邃无法被征服,它就像/一种阴道,反过来吞噬最为强悍的男人"[2]。《清河县》第二部中的潘金莲可以说是这种母性力量的极致体现。潘金莲身上那种甚至比西门庆还要凶猛的兽性欲望,让夏志清这样富有同情心的批评家也感到诧异和反感,[3]《金瓶梅》中所写的西门庆之死,既是一个低俗的性爱故事,又是一

---

[1] 朱朱、木朵:《杜鹃的啼哭已经够久了——朱朱访谈录》,《诗探索》,2004年秋冬卷,第211页。
[2] 朱朱:《故事》,上海人民出版社,2011年版,第8页。
[3] 夏志清:《中国古典小说》,江苏文艺出版社,2008年版,第192—193页。

次颇有形而上学意义的事件。而到了朱朱笔下,她变成一股柔韧却有力的泥石流般的力量,这股力量甚至让武松这样的强悍英雄也显得虚弱和软弱:

> ……叔叔,
> 你的道德从不痉挛吗?十根手指
> 永远攥成一对拳头,除了你认为是人的
> 其他都是老虎?且让我幼稚地发问:
> 倘若那天不喝醉你敢在景阳岗打虎吗?
> 哦,对不起,我的意思是,至少你需要酒……
>
> 和我这淫贱之人喝一杯如何?
> 高跷我且替你收着,斗笠上的风尘
> 且让我用腌臜一百倍的手掸净,
> 你那根始终勃起的哨棒儿,以往的静夜里
> 我曾经多少次以发烫的面颊紧紧依偎——
>
> ——《对饮》

这首诗表面上写的是潘金莲挑逗武松,实际上却剑拔弩张,她那句不经意间说出的"你的道德从不痉挛吗?"像一把利刃刺向作为道德化身的武松,而后面并不幼稚的"幼稚的发问"则又补了一刀。这里的潘金莲游"刃"有余,表面上她被拒绝了,实际上她却取得了压倒性的胜利,欲望压抑的武松在潘金莲面前几乎显得像一只纸老虎,而他的"道德"是唯一能让他免于崩溃的救命稻草。这里,朱朱展现出对于《水浒传》所代表的

道德律令乃至社会结构的强烈的批判。我们可以进一步发问：难道武松为了兄弟义气而杀人与潘金莲为了欲望而杀人——真有那么大区别吗？应当注意的是，在《水浒传》所展现的社会权力结构中，"兄弟义气"本来就是维护男性权力与统治地位的核心途径，是一种典型的"男义治理"的方式。夏志清曾对《水浒传》中明显的虐杀与厌女倾向提出尖锐的批评："《水浒传》中的妇女并不仅仅因为心毒和不贞而遭严惩，归根结底，她们受难受罚就因为她们是女人，是供人泄欲的冤屈无告的生灵。心理上的隔阂使严于律己的好汉们与她们格格不入。正是由于他们的禁欲主义，这些英雄下意识地仇视女性，视女性为大敌，是对他们那违反自然的英雄式自我满足的嘲笑。"[①] 夏志清敏锐地把握到水浒英雄叙事中的"潜意识"。确实，在《水浒传》中我们看到的是女性的完全无力，她们除了偶尔反抗一下，几乎如同肉猪一样被任意屠杀。在"血溅鸳鸯楼"这场闻名文学史的血案中，武松不仅手刃了张都监、张团练、蒋门神等陷害他的三个男人（这也包含着利益争夺的意味），而且连亲随、唱曲儿的、使女、仆妇等也一并屠杀，数量甚至要远多于男性（见《水浒传》第31回）。

因此，朱朱在诗中尖锐地发问："除了你认为是人的/其他都是老虎？"《清河县》的写作带有比《金瓶梅》还要强烈的对水浒式价值观的反噬倾向，后者那里象征着正义与力量的哨棒到了朱朱这里变成了"始终勃起的哨棒儿"，这既带有性隐喻的意味，又潜含着一点嘲弄与反讽。在《清河县》第一部中的

[①] 夏志清：《中国古典小说》，江苏文艺出版社，2008年版，第101页。

《武都头》中,武松看见"整个住宅像一只中午时沸腾的大锅,/所有物品徒然地//漂浮着,/她的身体就是一锅甜蜜的汁液/金属丝般扭动,/要把我吞咽"①。面对着如此盛大的欲望景观,武松几乎显得像一个初次遗精的小男孩,在欲望的深渊之前毫无招架之力,只能落荒而逃,"我必须远去而不成为同谋,/让蠢男人们来做这件事。让哨棒和朴刀仍然做英雄的道具吧,还有一顶很久没有抬过的轿子"。这个可笑的自我安慰让武松的英雄之路看起来像一个自我逃避的鲁莽少年,而他"只搏杀过一只老虎的投影"(《武都头》)。

正如《金瓶梅》在某种意义上可以视作对《水浒传》的"改写"甚至"反写"一样,《清河县》也可以视作对前二者的再次改写;当然,这种改写依然根植于原作的土壤中。实际上,在《金瓶梅》中与潘金莲一样出身卑微的女性还有很多,比如春梅、来旺儿家的、如意儿等,她们大都与"大官人"进行着一些皮肉交易,凭着自己那"不值钱的身子"做些小本生意,期盼着有朝一日翻身做主,偶尔竟也能美梦成真,摇身一变成为大妇(如春梅);在最坏的情况下,也不过被卖入娼门,进行另一番皮肉生意,仿若在欲望与金钱的大工业生产线上各司其职。与那些卑微女子相比,潘金莲倒是一个不折不扣的"女强人",她的侍女春梅说她"要强",倒是体己的评价。她敢于对拦在她面前的任何人"动刀子",逆天改命,而最后自己也死于非命。她不仅在欲望上,在各种"妇德"上都是一个反传统的女子。她的"强"表面上是欲望之强,而背后则是强盛的生命

---

① 朱朱:《朱朱专辑:野长城》,《新诗》丛刊,第21辑,第43—44页。

意志。朱朱在《清河县》中敏锐地把握到《金瓶梅》这条若隐若现,又被一些情节给破坏掉的线索,并发挥到极致。他笔下的潘金莲并不是原作中那样被售卖给武松进而被宰杀身亡的(原作这一情节安排多少显得有点草率,精明如潘金莲怎么会甘于被售卖给仇人任其宰割呢?),而是极其主动地迎接自己的毁灭,从一开始就是如此:

> 我就要离开这个家了。未来难料。
> 窗外,蝉鸣正从盛夏的绿荫里将我汇入
> 一场瀑布般的大合唱。我就要脱壳了,
> 我就要从一本书走进另一本书,
> 我仍然会使用我的原名,其不会
> 走远,你看,我仅仅是穿过了这面薄薄的墙,
> 你还有复仇的机会,一直都会有——
> 叔叔,"杀了我,否则我就是你杀死的"。①

"从一本书(《水浒传》)走进另一本书(《金瓶梅》)"这句带有很强"元叙事"的飞来之笔让我们神思恍惚,分不清戏里戏外,这里的告白既像是潘金莲对"叔叔"武松说的,又像是朱朱对《水浒传》和《金瓶梅》的作者说的,这里的语言几乎每一句都有这种"双重对话"的性质。在某种意义上,《清河县》是当代诗歌中最富有"互文性"的文本,而且是名副其实的

---

① 朱朱:《清河县》(第二部),《五大道的冬天》,华东师范大学出版社,2017年版,第149—159页。

"互文性",他的写作仿佛是一次次与经典亲密对话的结果。这里的"脱壳"甚至可以进一步理解为由《金瓶梅》的潘金莲"脱壳"为《清河县》的潘金莲,她由一个好斗善妒、纵欲无度、刻薄寡恩的妇人蜕变为一个尼采式的超人,她依然生活在《金瓶梅》的世界中,但是像一个哲人一样感受到存在的虚无:

> 我学会小口地啜吸,
> 慵懒地勾脸,用半个白天
> 探看马厩里配种的烙铁,
> 用偏头痛做诱饵,钓出
>
> 那根名叫存在的刺。
> 当锦鲤们悠游于池塘,
> 当斗争只发生在棋盘,
> 虚无的水位不断在上涨——①
>
> ——《围墙》

朱朱从《金瓶梅》中那些对于衣服首饰、饮食交际、房事细节的不厌其烦的"物恋"式书写中,准确地引申出一个词:虚无。欲望的力量虽然强大,但敌不过虚无。正是这种虚无感反过来让她只能耽于兽性般的欲望,甚至产生了那种毁坏一切的意识。当然,这同样也与古代女子那囚禁般的家庭生活不无关系:有

---

① 朱朱:《清河县》(第二部),《五大道的冬天》,华东师范大学出版社,2017年版,第151—152页。

多少大家宅院,就有多少"阁楼上的疯女人"。潘金莲最后在床上以性爱的方式害死西门庆,也与后者整天在外花天酒地颇有关联。表面上,他还能不停地寻得新欢,而实际上早已虚弱不堪,只能靠春药和工具来让他的女人得到满足,而最后他也死于春药和潘金莲对于性的丧失理智的索取。在《围墙》中,朱朱写道:"我(潘金莲)是/嗜睡的、失眠的、每到黄昏就心悸的/贵妇。我是整日站在门帘下的妓女。"接着他笔锋一转:

> 我有母马的臀部,足以碾死
> 每个不餍足的男人,哦,我是多么
> 小心地用岩层般的裙摺掩盖这件事——
> 我是死火山,活火山和休眠火山。①

这里朱朱用他一向优美的笔法刻画了这个女人的欲望的恐怖力量,这种优美与恐怖构成奇妙的反讽,夹带死亡意志的欲望正是这个反讽的来源。《金瓶梅》中一个难以索解的谜题就是,潘金莲为何要折磨死西门庆这个唯一的依靠(甚至不无蓄意的成分),而且是她之前用谋杀亲夫的方式换来的"依靠"?考虑到西门庆一死,她以及其余妾妇很快就被月娘"摆上货架"这一点,她这个做法几乎等于自杀。《金瓶梅》既是一篇包含着诸多自相矛盾的、未完成的小说,又可以说是一座包含着纷繁复杂的"曲径"的文本迷宫,是一座"天然的富矿",很容易招引博

---

① 朱朱:《清河县》(第二部),《五大道的冬天》,华东师范大学出版社,2017 年版,第 146—147 页。

尔赫斯式的对现有文本的"再次写作"。而朱朱也给《金瓶梅》中诸多难以索解的谜题之一,指引了一条"理解"的通道:它由"西门庆之死"这件形而上学事件看到了潘金莲的欲望的深渊般的力量,它超于精明的算计和自我保护,有时甚至直接引向自我毁灭:

> 我想要死得像一座悬崖,
> 即使倒塌也骑跨深渊里的一切!
> 我想要一种最辗转的生活:
> 凌迟!每一刀都将剜除的疼
>
> 和恐惧还给我的血肉,
> 将点燃的引信还给心跳,将
> 僵冷的标本还给最后那个瞬间
> 它沿无数个方向的奔跑——①
>
> ——《围墙》

与《水浒传》和《金瓶梅》中潘金莲的死法相比,这几乎是她所能享有的最好的死法了。在初次读到这些诗句时,我几乎被这些豪迈、辉煌的诗句吓了一跳,这是朱朱的写法吗?朱朱的文笔一向温和、克制,批评界也乐于给他贴上"江南 style"的标签。上面这样的文笔极少在朱朱的诗歌中出现,在我们的印

---

① 朱朱:《清河县》(第二部),《五大道的冬天》,华东师范大学出版社,2017 年版,第 153 页。

象中，只有在《月亮上的新泽西》偶尔一见："无人赋予使命，深夜/我梦见自己一脚跨过太平洋，/重回烈火浓烟的疆场，/填放着弓弩，继续射杀那些毒太阳。"[①] 即便如此，他也不忘提醒一下这是"梦见"，仿佛怕自己的豪言壮语冒犯了读者一样。《清河县》里这个"要死得像一座悬崖"的潘金莲可以说是朱朱偶尔"梦见"之"我"的进一步实现。

一向奉行"克制"和"自我放逐"的朱朱居然在潘金莲这个"他人"之"自我"身上弹出了最强音，这是一个有趣的反讽，又是一个合理的事实。朱朱说："成为他者，无疑是我们永生的渴求之一，文学中'我'的使用即一种出自单方意愿的双向运动，在他者的面孔上激起一个属于我的涟漪，自我的意识因而得以净化。"[②]这个他者面孔上的"涟漪"并非是简单的自我"镜像"，而是自我"经过"他人时激发出来的新的东西，这既包括新的心理内容，也包括新的语言因素和造语方式。一个很明显的现象是，在朱朱那些叙事诗中，出现了很多他一般不会使用的词汇和语气。有时甚至连节奏感也有所不同，比如《浣溪沙》，其中的节奏就明显较为急促，多用重复与排比，与朱朱诗歌常见的那种优雅、从容的语速相比明显加快。因此，"成为他人"作为一种写作伦理既是一种心理状态，也是一种语言状态，至少对写作而言，"成为他人"意味着更多的丰度与可能性，抵达"自我"原本所不愿意到达之处。

---

① 朱朱：《清河县》（第二部），《五大道的冬天》，华东师范大学出版社，2017年版，第58页。
② 朱朱、木朵：《杜鹃的啼哭已经够久了——朱朱访谈录》，《诗探索》，2004年秋冬卷，第212页。

三

　　这也使得朱朱实际上成为一个偏离当代汉诗的"自我中心——抒情传统"路径最远的诗人。虽然，自兰波以来，就有"我是他人"的宣言，但是这并没有将现代诗的主流引向伦理与语言意义上的"他人"，只是更深地潜入"自我"的另一种说法。莎士比亚与弥尔顿时代那种大容量、宏大的剧诗与史诗时代仿佛一去不复返了，现代诗歌放弃叙事以及戏剧功能也是一种显而易见的潮流，当然，其中还有社会变迁以及文体关系变化等多方面的因素，非本文所能详述。[①] 虽然，最近二十年的当代汉诗的一个显而易见的倾向就是转向"叙事"，也确实出现了一批颇有特色的文本。但是，不得不承认的是，在这些诗歌中，那种促狭的文人趣味以及自我中心依然阴魂不散。朱朱意识到此中的危险与陷阱："也许你戴上他人的面具时，反而要多出一重困难，那就是你在语调上必须成为他人，你的理解力、想象力和情感必须与之交融，而非简单地折射你自己。"[②] 这些话对于十九世纪以来的小说家、戏剧家而言本来是常识，不过当代汉语诗人却很少实现这一点，语言与心理意识上的"个性"本来是他们安身立命的东西，放弃起来也就显得格外困难。在一

[①] 在这个问题上，爱伦·坡的《诗歌原理》和奥登的《〈牛津轻体诗选〉导言》是两篇非常有启发价值的文章。
[②] 朱朱、木朵：《杜鹃的啼哭已经够久了——朱朱访谈录》，《诗探索》，2004年秋冬卷，第212页。

定程度上，丰富、大体量的"叙事"不可避免地要求诗人对自己的"个性"进行巨大的牺牲，乃至"施暴"。然而，它又不完全是彻底抹除"自我"，它只是在"自我"的"在"与"不在"之间滑翔：

> 在所有的路线中我发展了
> 自我放逐，那多么不够，
> 还需要回来，一次次地回来——
> 确曾在某个春日或者夏日的午后，
> 当一阵风吹动整条街的窗帘，
> 我看见过生活的全部色彩。①
>
> ——《读〈米格尔大街〉》

有意思的是，朱朱的"回到自我"的念头正是在一首与"他人"对话的"互文性"写作中产生的。看来，在"成为他人"与"成为自己"之间有一种内在的共生关系。任何写作，包括朱朱的写作，自我始终是一个无法摆脱的起点。若无法牢牢占据自我，也无法充分地"成为他人"，就像艾略特在《传统与个人才能》中所说的那句颇为吊诡又不无道理的话一样："诗不是放纵感情，而是逃避感情，不是表现个性，而是逃避个性。自然，只有有个性和感情的人才知道要逃避这种东西是什么意义。"②

---

① 朱朱：《清河县》（第二部），《五大道的冬天》，华东师范大学出版社，2017 年版，第 31 页。
② T. S. 艾略特：《传统与个人才能》（卞之琳译），《艾略特诗学文集》，王恩衷编译，国际文化出版公司，1989 年版，第 8 页。

"成为他人"之所以是必要的,是因为自我的表达(抒情)不管如何地具有"个性",如何微妙与精细,它的广度与容量总归是有限的;尤其在心理与语言上,它容易陷入一种模式化的状态,很多成功的当代诗人在写作后期多少都会遭遇到这个瓶颈。另外,过于满足自我的经验也让诗的语言丧失与已有的经典充分"对话"的机会,因而失去了一种扩张自我的可能性。而朱朱的《鲁滨逊》《清河县》《马可·波罗眼中的中国》等诗的成功也在于此,它们在伦理和语言上都更为克制(自我)和宽容(他人),能容纳更多的他人经验和相应的表达式,并形成有趣的反讽性和丰富的张力。概言之,朱朱这样的"跨界"写作是一个给当代汉诗做"加法"的突破。从汉语诗歌史的语境来看,这种对自我的"施暴"也可以看作当代汉诗对自身的一次"施暴",在"成为他人"的过程中实现了更饱满的质地和更丰富的可能性,由此进一步引发的内在裂变是可以展望的。

[原刊《诗探索》(理论卷)2020年第1辑]

颠倒的时间神话

——从朱朱《月亮上的新泽西》说起

熟悉《西游记》的读者都知道,神仙在天上的一天,相当于地上的一年。这个时间神话既凸显了"天上"与"人间"的巨大差异,也彰显出天堂相对于人间的优越性,还流露出一种隐秘的对于永恒的渴求。若非如此,历代何以有这么多渴求"登仙"的皇帝,嫦娥又何以偷药而奔月呢?这一类时间想象在古代还有很多。比如《幽明录》中相传刘晨、阮肇入山采药,遇见两个女子邀至其家,逗留半年后回到外间,不知人间已过百年,再欲寻访仙女又不得。《述异记》中王质去山中砍柴,忽遇仙人对弈,逗留片刻,陡然间发现自己砍柴的斧头已经腐烂,回到人间已是沧海桑田,无人认得自己。在这些志怪故事中,我们又隐隐感觉到一种对时间本身的深刻恐慌。①

在朱朱的诗歌写作中,他对时间与历史的态度是一个耐人

---

① 朱朱在《给来世的散文》中也暗用了王质烂柯的神话,将其时间之恐惧感写出:"冥冥中/犯下的错,就像少年时贪看/山中的棋摊,回家后发现父母不在,/兄弟已老,砍柴的斧头已烂⋯⋯/该怎样相信神话中有过自己的位置?"(《五大道的冬天》,华东师范大学出版社,2017年版,第81页)

寻味的问题,只是他很少直陈"立场",而更多地是以寓言的方式道出。下面这首《月亮上的新泽西》不妨视作一个现代版的"奔月"故事,里面也包含了一个"时间神话",不过是"一个在现实中被颠倒的时间神话":

《月亮上的新泽西》
　　　　　　　　　　　　　　　——致 L. Z.

这是你的树,河流,草地,
你的大房子,你的美国,
这是你在另一颗星球上的生活,
你放慢车速引我穿行在山麓间,
就像在宽银幕上播放私生活的纪录片。

大客厅的墙头挂着印象派的复制品,
地板上堆满你女儿的玩具,
白天,当丈夫去了曼哈顿,
孩子去了幼儿园,街区里静得
只剩吸尘器和割草机的交谈,
你就在跑步机上,像那列玩具火车
在它的环形跑道上,一圈又一圈地旋转……

这里我惊讶于某种异化,
并非因为你已经改换国籍
或者成为了别人的妻子,我

惊讶于你的流浪这么快就到达了终点——
我们年轻时梦想的乐土
已经被简化成一座舒适的囚笼，
并且，在厚厚的丝绒软垫上，
只要谈论起中国，你的嘴角就泛起冷嘲的微笑。

我还悲哀于你错失了一场史诗般的变迁，
一个在现实中被颠倒的时间神话：
你在这里的每一年，
是我们在故乡度过的每一天。
傍晚，我回到皇后区的小旅馆里，
将外套搭在椅背上，眼前飘过
当年那个狂野的女孩，爱
自由胜过梅里美笔下的卡门，走在
游行的队列中，就像德拉克洛瓦画中的女神。

……记忆徒留风筝的线轴，
我知道我已经无法带你回家了，
甚至连祝福也显得多余。
无人赋予使命，深夜
我梦见自己一脚跨过太平洋，
重回烈火浓烟的疆场，
填放着弓弩，继续射杀那些毒太阳。[1]

---

[1] 朱朱：《朱朱专辑：野长城》，《新诗》丛刊，第21辑，第99—100页。

诗中的"我"来到美国拜访旧友，实则被置入一种类似入山遇仙的场景，体验到不同的"时间"。诗中提到旧友（L. Z.）离开中国到美国定居，过上了安稳，甚至还颇为"幸福"的中产阶级生活，在多少中国人眼里，这不就是现实版的"登仙"或者"奔月"吗？来看这种"月亮上"的生活："这是你的树，河流，草地，/你的大房子，你的美国，/这是你在另一颗星球上的生活，/你放慢车速引我穿行在山麓间，/就像在宽银幕上播放私生活的纪录片。"没错，这是某种意义上的人间仙境。可是美则美矣，不觉得缺失了点什么吗？让我们再来细品一下：

……街区里静得
只剩吸尘器和割草机的交谈，
你就在跑步机上，像那列玩具火车
在它的环形跑道上，一圈又一圈地旋转……

现在大概明白了，这里缺失的东西可以称为"时间的重量"——这正是所有神仙世界里共有的特征——进一步说，缺失了"历史"。想一想这个 L. Z. 女士，过去不仅有过非凡的梦想，而且年轻时也是"走在游行的队列中，就像德拉克洛瓦画中的女神"一般的人物，而现在呢？现在自觉地把自己囚在"舒适的囚笼"中，过上循环往复、安稳幸福的家庭生活；而且"在厚厚的丝绒软垫上，/只要谈论起中国，你的嘴角就泛起冷嘲的微笑"。这简直是求仙神话中仙女对于俗世的那种冷漠和高傲。在她眼中，中国的事情已经是"别人的时间"和"别人的历史"。或许，美国的事情对于她而言也同样如此。这还是那个

"爱/自由胜过梅里美笔下的卡门"的"你"吗？因此，"我"才会如此惊讶于"你的流浪这么快就到达了终点"。对于现在的她而言，"时间"终止了，"历史"也终结了，或者说，等于不存在了。一方面，这确实很接近一种神仙状态（即时间的停滞与生活内容的无限重复），但这是令人向往的神仙生活吗？面对这个仿佛住在"月亮"上的人，朱朱恐怕多少有点李商隐写下"嫦娥应悔偷灵药，碧海青天夜夜心"（《嫦娥》）时的心思。

但是，与其说朱朱这首诗是在批判华人移民那种安稳的、不问世事的生活（我相信朱朱不至于在伦理上如此狭隘），不如说痛感到在这样的生活中，时间感的"轻"；或者进一步说，痛感到两种不同的"时间"的巨大落差，这本身就是一个悲哀的故事。当"你"在美国的大房子里过着"另一个星球"上的生活时，你可知道故国发生了什么？故国的过往虽然比不上你如诗如画般的、"私人纪录片"般的生活，但是也正因为如此，"你"错过了一场"史诗般的变迁"。"你"的生活虽然美好，但是失重，轻得虚无缥缈，因此"你在这里的每一年，/是我们在故乡度过的每一天"。这是痛苦的告白："我们"虽然丧失了安稳与美好，但获得了重量。是的，"你"度年如日，"我们"度日如年。究竟是谁的悲哀，还是都是一种悲哀？

显然，重遇故交不仅让朱朱想起了当年旧事，也想起了近几十年来中国历史的巨大变迁，这些历史通常以寓言的方式来书写，朱朱这首诗也是一个寓言。就像采药遇仙故事其实是一个双面写满文字的时间神话一样（它们既有对"仙境"的强烈渴求，也有对人世之贫瘠狭隘之强烈不满），这个"月亮上的"的遭遇也是另一重意义上的双面时间神话。对于这个"错失"，朱朱与其说是指责，不如说是惋惜和悲哀，这种悲哀还包括对历史、对自身生活的悲哀。

没人可以指责他人的自由选择，而重要的仅仅是自己的选择而已。在这个故事的末尾，朱朱道出了自己的选择："我梦见自己一脚跨过太平洋，/重回烈火浓烟的疆场，/填放着弓弩，继续射杀那些毒太阳。"在这个时间神话的刺激之下，一向克制、内敛的朱朱忽然让语言进行反方向的高旋——是的，嫦娥自奔月，后羿自射日，这就是故事的结局。如果要说"我""重回"了什么的话，那么不妨说是"重回"这部"离乱的史诗"，承受时间的重量。

我们想说的是，在这个时间神话中，问题的关键并不在于是否迁居海外和是否关心故国，而在于是否找回了现实感，恢复对此时此地的经验的敏感。其实，这个问题不仅存在于海外的移居者中，也存在于国内的写作者中，朱朱曾经尖锐地批评当代诗歌流行的那种廉价的"乡愁"写作：

> 对于1980年代开始陆续将自己孤悬海外的那群诗人们而言，情况同样如此，在他们写下的这类诗篇中，乡愁或与本土的创伤体验结合在一起，或与倾听者的缺席及知音传统的感怀结合在一起，或通过对古老的东方哲学文本的沉浸来移近彼岸的距离，然而，这种内嵌于诗歌史的抒情模板，如今已日渐演变为一条廉价的国内生产线，那些产品充满前现代的呻吟和失守于农耕社会的哀嚎，在事实上沦为了无力处理此时此地的经验的证据，……①

---

① 朱朱：《候鸟》，《钟山》，2017年第6期，第102页。

这些显然暗含了一种批评,如果说这些乡愁式写作缺失了什么的话,那么它们真正缺失的就是朱朱所说的"此时此地的经验",没有严肃地触及正在发生的事情的真正本质。前面所说的"你错失了史诗般的变迁"一语,其实在朱朱悼念张枣的诗歌《隐形人》中也出现过:"错失了这部离乱的史诗"。对于张枣这个长期移居海外的诗人,朱朱也在他的身上痛感到现实感的缺失和时间感的错置:

> ……
> 视回忆为退化,视怀旧为绝症,
> 我们蜥蜴般仓促地爬行,恐惧着掉队,
> 只为所过之处尽皆裂为深渊……而
> 你敛翅于欧洲那静滞的屋檐,梦着
> 万古愁,错失了这部离乱的史诗①

但是,如果我们仅仅把这首诗理解为一种对张枣的审视,那么这显然有点过于自我正确了,过于"我"是而"他"非了——一向善于自我怀疑的朱朱显然不会轻易地滑入这个结论。不管对于张枣还是对于前面说的那个时间神话,朱朱都怀有更复杂而隐秘的情感。与其说朱朱在"批判"这个诗人身上时间感的错置,不如说是通过这种可悲的错置,来反衬出现实"时间"本身的悲哀:"我们全都在惨烈的迁徙中/视回忆为退化,视怀旧为绝症,/我们蜥蜴般仓促地爬行,恐惧着掉队,/只为所过

---

① 朱朱:《朱朱专辑:野长城》,《新诗》丛刊,第21辑,第77页。

之处尽皆裂为深渊……"这与穆旦曾经感受到的不无相似:"而在每一刻的崩溃上,要建造自己的家,/枉然的挚爱和守卫,只有跟着向下碎落,/没有钢铁和巨石不在它[时间]的手里化为纤粉。"① 这种在崩溃的悬崖边缘仓皇爬行的感觉让我们每个人都沦为无家可归者,要么在崩溃的深渊之上仓促爬行,要么自外于这一切,"适彼乐土",变成一个异域里的"隐形人",也同样荒诞:

> 琴弦得不到友谊的调校、家园的回声,
> 演奏,就是一个招魂的动作,
> 焦灼如走出冥府的俄耳甫斯,不能确证
> 在他背后真爱是否紧紧跟随?那里,
> 自由的救济金无法兑换每天的面包,
> 假释的大门外,兀立K和他的成排城堡。②

由于脱离母语的语境,写作变成了"招魂"。现在看来,这个诗人出走家园的故事也是一部时间的荒诞剧,是一个比刘晨、阮肇入山采药和王质烂柯更为悲惨的"回到人间"的故事,它并没有后两者那样的童话般的前半部分,却有着比后两者还要悲凉的后半部分:当流寓海外的诗人回到祖国,没有受到他所期待的"国士般的礼遇",反而已是换了天地的人间,没有多少人还记得他,历史的列车已经开到了下一站。这个仿佛来自上个世纪的"你",

---

① 穆旦:《三十诞辰有感》,《文学杂志》,第2卷第4期,1947年9月,第78页。
② 朱朱:《朱朱专辑:野长城》,《新诗》丛刊,第21辑,第76页。

像"夜巡时走错了纬度的更夫",只能再度成为"隐形人":

> 你归来,像夜巡时走错了纬度的更夫,
> 白日梦里的狄奥根尼,打着灯笼,
> 苦苦地寻觅……空气中不再有
> 言说的芬芳,钟子期们的听力已经涣散,
> 欢笑如多年前荒郊燃放的一场烟火;
> 只有你固执地铺展上一个年代的地图,
>
> 直到闪现的匕首让你成为自己的刺客,
> 心碎于乌有,于是归来变成了再次隐形,
> 落脚于一根教鞭,一张酒桌,
> 一座自造的文字狱;宁愿失声,
> 在喧哗的背面崩断琴弦,
> 不愿盘桓修辞的政坛,饶舌的舞台。①

"走错了纬度的更夫"与"仓促地爬行"的"蜥蜴",究竟哪一个更悲哀、更可笑呢?在这部颠倒的"时间神话"与"离乱的史诗"中,似乎每一个人都是走错了片场的荒诞剧演员,"错失"是不幸,"遭遇"亦是不幸。看起来,唯一合适的舞台动作是:"宁愿失声,/在喧哗的背面崩断琴弦"。

(原载《扬子江文学评论》2021年第1期)

---

① 朱朱:《朱朱专辑:野长城》,《新诗》丛刊,第21辑,第77—78页。

第三辑

在抵制声音的公共性、整一性的同时,"声音"的个人性与独特性也不断地被当代诗人所强调和实践,这种"韵"之离散的趋势背后不乏"声音的伦理""声音的政治",乃至"声音中的世界意识"。

"韵"之离散

——关于当代中国诗歌韵律的一种观察

一

在古希腊的神话中,诗与音乐的共同女神(缪斯)之母是记忆女神,这对于诗歌而言是一个耐人寻味的隐喻。布罗茨基也谈到了这个神话,他接着说:"一首诗只有被记忆后方能留存于世。"① 实际上,诗歌韵律的核心功能,就是增加诗句的可铭记性。反过来说,那些很容易被铭记的诗作,大都是有韵律的。以新诗为例,那些广为流传的"名句",其实大都在使用重复、对称这些最基本的韵律原则,比如:

"轻轻的我走了,正如我轻轻的来;我轻轻的招手,作

---

① 约瑟夫·布罗茨基:《文明的孩子——布罗茨基论诗和诗人》,刘文飞等译,中央编译出版社,2007年版,第81页。

别西天的云彩。"（徐志摩）

"黑夜给了我黑色的眼睛，我却用它寻找光明"（顾城）

"卑鄙是卑鄙者的通行证，高尚是高尚者的墓志铭"

（北岛）

还有一些名句的韵律方式则近似于古典诗歌的韵律原则，比如海子那句广为人知的"面朝大海，春暖花开"，这里不仅"大（da）海（hai）"与"花（hua）开（kai）"叠韵，而且"面朝大海"四字的平仄与"春暖花开"四字恰好相反，诗句读起来抑扬顿挫，与传统的律诗的声响非常相似，无怪乎这个诗句甚至成了很多房地产广告的标语。每一个写诗的人都渴望自己的作品能够流传于世，尤其是被口耳传诵，所以也需要好好考虑诗句的韵律与可铭记性问题。

但是，一个不容否认的事实是，总体上说，九十年代以来的当代中国诗歌的可铭记性不是很强，而且像上面这些诗句这样讲究重复、对称等韵律原则的写法也并不受到欢迎，像一个烫手山芋一样让很多诗人避之唯恐不及。读者或许会问：前面这样好记好背的诗句为什么不多写一些呢？是当代诗人创作力下降了吗？这里面有深层次的原因，恐怕不是简单的集体"缺陷"问题。从整个文化的角度来看，诗歌形式的流变与整个文化的状态有着深刻的联系，尤其是某些韵律的"模子"的流行与一个文化共同体的集体认知密切相关。这里最令人深思的是上面顾城和北岛的这两个名句的流行，它们之所以能在八十年代不胫而走、广为传播，除了历史方面的原因以外，恐怕也是因为这种二元对立、辩证转换的思维方式本身就是八十年代初期人们非常熟悉的思维与语言方式,谁叫当时的中国人都是所谓"辩证法"的孩子呢?所以,韵律的同一性背后有着认知同一性,或者集体记忆的阴影。然而,当代新诗不仅诞生于一个充满着集体记忆与公共语式的时代;而且,对于某些集体记忆(或者意识形态)的抵抗,是当代新诗持久且根深蒂固的"母题"之一。要明了当代诗歌与"韵律"以及背后的同一性的复杂纠葛,先得思考所谓"韵律"究竟是什么,它与整个社会和文化的结构有什么联系;还有,它在1949年以来的当代中国历史中究竟发生了什么。

二

过去所理解的"韵律"大体离不开"押韵",而且经常被当作诗歌与散文之间的一个分界线。早在魏晋,就有所谓"文笔之辨",《文心雕龙·总术》言:"今之常言,有文有笔,以为无韵者笔也,有韵者文也。"① 刘勰提到当时的一般看法是把"韵"理解为"文"与"笔"的区别,这是后来所谓"韵文"与"散文"之分别的先声。不过他对此提出了疑问,认为"笔"只是"言"(口语)之书面化表达。问题集中在:刘勰所谓的"韵"所指到底是什么?因为我们都知道,当时被当作"文"的很多体裁其实并不怎么押韵,比如《文选》所选之"文",包括部分赋、论、序、述等,很多都是不怎么押韵的,尤其是骈体文字,

---

① 刘勰:《文心雕龙注》,范文澜注,人民文学出版社,1962年版,第655页。

基本上不押韵，这做何解释呢？清末的阮元在其《文韵说》中认为"韵"之所指并不限于韵脚："梁时恒言所谓韵者，固指押脚韵，亦兼谓章句中之音韵，即古人所言之宫羽，今人所言之平仄也。""是以声韵流变而成四六，亦只论章句中之平仄不复有押脚韵也，四六乃有韵文之极致，不得谓之为无韵之文也。昭明所选不押韵脚之文，本皆奇偶相生有声音者，所谓韵也。"①阮元这里触及的其实是广义的"韵"或者"韵律"概念的问题，在他看来，不押韵的骈文是"韵文"之极致；他还提到其实在沈约那里，"韵"就有兼指声律的用法。②

阮氏的看法又在清末民初引发了一波有关骈散之争的讨论，刘师培、黄侃、章太炎等亦对此有所申说，其中各家对于"文""笔"以及"韵"的定义和认识亦有区别，有学者已经阐述翔实，此不赘述。③阮氏之说的一个明显问题是，平仄对仗乃齐梁后起之说，用来绳齐梁之前之"文"显然不妥，包括赋在内的许多"文"体都难以涵盖在他所谓"文"的范围内。刘师培的看法是："偶语韵词谓之文，凡非偶语韵词，概谓之笔。盖文以韵词为主，无韵而偶，亦得称文。"④他指出凡是"偶语"（排偶或对偶）便可称"文"，"偶语"又与"韵"有什么关系呢？刘师培没有回答这个问题，而且后期他似乎又回到较保守的看法上去了，即刘勰所谓"韵"专指韵脚，这样骈文又只能归入

---

① 阮元：《揅经室集》，邓经元点校，中华书局，1993年版，第1064—1065页。
② 阮元：《揅经室集》，邓经元点校，中华书局，1993年版，第1064页。
③ 参见成玮："韵"字重释与文学观念的流转——六朝文笔之辨在晚清民国，《文学评论》，2019年第5期。
④ 刘师培：《刘申叔遗书补遗》，万仕国辑校，广陵书社，2008年版，第1309页。

"笔"的范畴,整个学说显得颇为龃龉。① 在笔者看来,这些问题看似互不相关,实则有内在的统一性。《文心雕龙·声律》有一句颇有意味的话:"异音相从谓之和,同声相应谓之韵。韵气一定,故余声易遣;和体抑扬,故遗响难契。"② 刘勰这里的"韵"与"和"显然是一组相对相成的概念,如果"韵"专指押韵,那这里所谓"和体抑扬"和接着的"选和至难"就不好与"韵"放在一起解释了,不同声音之间的"和"又能与押韵扯上多大关系呢?实际上,英国哲学家怀特海倒是有一句话可以与刘勰的观点相互阐发:"韵律的本质在于同一性和差异性的融合……单纯的重复和单纯的不同事物的混合一样,都会扼杀韵律。一个晶体是没有韵律的,因为它有太多的模式(pattern);而一片雾同样是没有韵律的,因为它的细节部分的混合并没有模式。"③怀特海认识到韵律的关键是同一性与差异性之间的结合,这与《文心雕龙》所言不谋而合。刘勰所谓的"韵"可以理解为语言中的同一性因素的契合,而"和"则可以指语言中差异性因素的参与,两者的关系与音乐中的和声(harmony)、对位(counterpoint)的关系类似。因此"韵"之所指显然不仅包括押尾韵(其本质无非是句尾音节的同一,只是"同音"的形式之一而已),也可以指双声叠韵(而刘勰恰好在谈"和""韵"之前就谈到了双声叠韵)。我们甚至还可以从刘勰所认知

---

① 成玮:《"韵"字重释与文学观念的流转——六朝文笔之辨在晚清民国》,《文学评论》,2019年第5期。
② 刘勰:《文心雕龙注》,范文澜注,人民文学出版社,1962年版,第553页。
③ Alfred North Whitehead, *An Enquiry Concerning the Principles of Natural Knowledge*. Cambridge: Cambridge University Press, 1919, p. 198.

到的原则进一步引申出广义的"韵"之含义,即包括其他一切声响上的同一性机制,比如偶句、排比、复沓等,而这种普遍的同一性原则,与差异性因素结合在一起("奇偶相生"是对此原则的部分认知),便是我们现在所谓"韵律"的核心。

这里特别要提到的就是"偶句"与"韵(律)"的关系问题,因为"偶句"涉及的不仅仅是——或者主要不是——声音问题,更多的是意义与句法逻辑问题。偶句在楚辞和汉赋之中就非常普遍,它首先要求句式的相同,比如"魂逾佚而不反兮,形枯槁而独居。言我朝往而暮来兮,饮食乐而忘人。心慊移而不省故兮,交得意而相亲"。(司马相如《长门赋》)① "⋯⋯而⋯⋯兮,⋯⋯而⋯⋯"这种句式的反复使用,带来节奏感上的同一性。其次,偶句往往也要求词语之间能够成"对",比若"绿水"对"蓝山",是自然意象对自然意象,颜色对颜色;"惊鸿"与"游龙"也是如此,动物对动物。概言之,能够"相对"成偶的词语意象,必然要求他们属于同一个范畴,而范畴,在康德看来,正好是认知同一性的一种体现:"一切感性直观都从属于范畴,只有在这些范畴的条件下感性直观的杂多才能聚集到一个意识中来。"② 因此,在传统汉语文学这种对对称性的强烈渴求背后,是一种将万事万物视为一个有韵律有节奏之整体的世界意识,即一种有机的同一性世界的意识,而这正是推动具体的诗律形成的动力。关于偶语与声律的关系,朱光潜观察到,讲求意义的排偶在讲求声音的对仗之前,"我们可以推测

---

① 萧统编:《文选》,李善注,上海古籍出版社,1986年版,第713页。
② 康德:《纯粹理性批判》,邓晓芒译,杨祖陶校,人民出版社,2004年版,第95页。

声音的对仗实以意义的排偶为模范。词赋家先在意义排偶中见出前后对称的原则，然后才把它推行到声音方面去"①。声音对仗是否直接源于意义排偶或可商榷，但两者都是对称原则的体现是显而易见的，而对称，无非是同一性原则的一种变体，或者说，是加入了少许差异性的同一性。也正是如此，偶句才可以成为"韵律"的成分，而且是非常重要的成分。关于语言的音乐性，帕斯捷尔纳克提醒我们："语言的音乐性绝不是声学现象，也不表现在零散的母音和辅音的和谐，而是表现在言语意义和发音的相互关系中。"②实际上，汉语中的排偶与对仗就是这种音与义的"相互关系"的一个典型，它们最后合二为一成了"对偶"，即既讲意义对称又讲声音对仗，则是汉语声律发展到巅峰的标志之一，它们成为律诗与骈文的核心成分。

如果我们放宽视野，不难发现以同一性为基础的韵律原则（或者按刘勰的术语称为"韵气"）在汉语文学之中是无孔不入的。有时它并不明显，所以只能以"藻采"这种模糊的形容词来概括。比如诸葛亮《出师表》："然侍卫之臣不懈于内，忠志之士亡身于外者，盖追先帝之遇，欲报之于陛下也。"③ 这里虽不押韵，但同样也有同一性原则的支配：两两对举，言"内"之后必言"外"，说完"先帝"必言"陛下"，"侍卫之臣"与"忠志之士"也相对。因此，可以说宽泛意义上的"偶语"几乎是充盈整个汉语文章体式的"韵律结构"，不仅造成语言内在的

---

① 朱光潜：《诗论》，北京出版社，2005年版，第251页。
② 帕斯捷尔纳克：《空中之路》，转引自瓦·叶·哈利泽夫：《文学学导论》，周启超等译，北京大学出版社，2006年版，第291页。
③ 萧统编：《文选》，李善注，上海古籍出版社，1986年版，第1671页。

对称感与平衡感,也是文章气势的来源。当然,写作中更突出的问题主要不在于让语言成"偶"(这只是入门技巧),而更多地是如何在高度同一性的语言中游刃有余,而且能在细微的差异性对比转换中发出弦外之音,显出匠心之独到。当然,"有韵(律)"与"无韵(律)"之间的区别并不是那么绝对。比如《管子》中的"仓廪实则知礼节,衣食足则知荣辱"就是典型的偶句,而这样的句子在史书、诸子著述中也不少见。因此,"有韵"与"无韵"在各体文字中只有程度上的区别,并没有绝对的"有"与"无"的泾渭之别,要硬性地给"文"与"笔"或者"诗歌"与"散文"之间划出一条截然的界限是不可能的,也无必要,两者之间应该是一个渐变的五色光谱,存在多样的组合和中间地带。

我们更应该思考的是这种高密度的同一性原则在汉语文学中的渗透意味着什么。从现在的视角来看,"五四"以来的新诗革命所针对的首先便是这种高度同一性的韵律体系。胡适最为激烈地反对的两种体裁——律诗与骈文——恰好是这个庞大体系顶端的两个标志,也是最具同一性的两种文体,而且两者都讲求对偶和声响上的整一。对于胡适而言,最为迫切的是让逻辑关系明确的现代语言用文学的方式"催生"出来,而传统文学中那种普遍性的对称和韵律原则显然对一门现代语言是极大的束缚。他优先考虑的显然是如何让现代汉语在诗歌写作中"立足",而不是建设诗歌的韵律形式。新文学运动的另一先锋钱玄同在其为胡适《尝试集》写的序言中说,败坏白话文章的"文妖"有二:一是六朝骈文,因其"满纸堆砌词藻……删割他人的名号去就他文章的骈偶"①。他注意到为了实现"骈偶"往往意味着堆砌词藻，而且为了实现整一的节奏感（它要求词语"时长"的相同或者对称），必须要对语词进行缩减或者扩展。第二个"文妖"是宋以降的"古文"，因其只会学前人的"句调间架"，"无论作什么文章，都有一定的腔调"。②这实际上也是因为过于重视模式导致节奏僵化，所以钱云其病在"卖弄他那些可笑的义法，无谓的格律"③。连本来以"说理"为要务的"古文"都变成以"格律"为准绳，这恐怕是一个非常严重的问题。这个问题也体现在"八股文"上，因为所谓"八股"，无非就是八组对偶，在朱自清看来，"但它的格律，却是从'四六'演化的"④。这同样也是一种过度追求韵律的结果。钱所谓中国文章之"文妖化"若以一个中性的名词来说，其实就是"韵律化"，即对称同一原则在各式文体中的普遍、强有力的渗透，这个趋势在汉代以后是非常明显的。它当然是中国文学的一个非常重要的特点，但这一特点不是没有代价的，它经常与逻辑思维的构建冲突，而且也会妨碍长篇叙述的展开。"五四"一代人的观点虽然现在看起来颇为激进偏颇，但是他们对传统诗文的痼疾有着非常深刻的感知，否则他们的变革措施不会直击传统文学的要害，也不会有长久的影响。⑤胡适等人的新诗革命把押

---

① 钱玄同：《〈尝试集〉序》，《尝试集》，安徽教育出版社，2006年版，第4页。着重号为笔者所加。
② 同上，第4页。
③ 同上，第5页。
④ 朱自清：《经典常谈》，上海古籍出版社，1999年版，第108页。
⑤ 关于这一点我已在另文详细讨论，详见：《帕斯〈弓与琴〉中的韵律学问题，兼及中国新诗节奏理论的建设》，《外国文学研究》，2018年第2期。

韵、对仗，乃至句子的整齐等传统诗学的支柱逐一推倒了，较激进地走向了一条逃离同一性的道路，这也给新诗这个文体带来深刻的内在危机，虽然，重建的努力也不断地出现。

三

从社会与文化的角度来看，某些韵律原则、节奏构建方法的兴起与流行往往与一个文化共同体的集体认知密切相关，或者说，它们本身就是集体记忆的化身。古典诗歌的创作与阅读群体——"士"，即知识者与官僚群体——天然就是这样一个同质性的文化群体，而且，诗歌不仅是文人之间交往酬唱的必要途径，也是科举考试的考察形式，所以在他们之中逐渐形成一些公共的韵律规则没有太大问题。可以看到，包括传统诗歌中五、七言体式的形成，平仄、对偶的普遍使用，都与文人群体的风尚乃至宫廷文化密切相关。但是，正如奚密所观察到的那样，现代中国的社会机构和教育制度都发生了巨大的变化，不仅知识分子在一定程度上被边缘化，而且诗歌本身也被边缘化，过去诗人与读者之间那种同质性的文化群体已不复存在，诗歌写作在很大程度上变成了一种私人性、个人化的写作行为，这导致的直接后果就是公共性的诗歌成规的消失。[①] 这也是现代中国诗歌韵律的作用在不断削弱的社会与文化根源。

---

① 奚密：《现代汉诗：1917年以来的理论与实践》，奚密、宋炳辉译，上海三联书店，2008年版，第4页，第10—13页。

在不同文化中,韵律都有两个基本作用:一是便于沟通,二是便于记忆。便于记忆的功用前已详述。而"沟通"不仅仅是一个"雅俗共赏"的问题,也涉及诗人与诗人、诗人与读者之间如何建立一个公共的渠道,以便于在这个渠道中磨炼某些精妙的技艺,传达种种微妙的体验的问题。诗人 W. H. 奥登说,"在任何创造性的艺术家的作品背后,都有三个主要的愿望:制造某种东西的愿望;感知某种东西的愿望(在理性的外部世界里,或是在感觉的内部世界里);还有跟别人交流这些感知的愿望"①。韵律以及韵律学的重心与其说是关于"如何写/评价一首好诗",不如说是关于诗人与读者、诗人与诗人之间是如何"交流"的,它更多涉及的是奥登所说的第三种"愿望"。无论古今,有韵律或者韵律感强的作品从来不意味着它们就是杰作(反之亦然),韵律与韵律学更多的是关于诗歌给读者传达的东西究竟在哪些方面——是公共性的或者可以共享的,它在不同的诗人之间也建立了一个可以相互比较和传承的共同通道。对于当代中国诗歌而言这个问题或许更为迫切,因为"韵"之离散的背后是诗歌"交流"的公共渠道的消失,这是自由诗所面临的最本质的文体问题,而可诵读性与可记忆性的削弱只是这个大趋势的两个表征。因此,我们必须反思诗歌与读者的沟通渠道在当代遭遇了何种危机,才可以去思索如何创造性地重建的问题。

如果我们把目光转到当代诗歌史,不难发现最强调诗歌之

---

① 威·休·奥登:《〈牛津轻体诗选〉导言》,收入《读诗的艺术》,王敖译,南京大学出版社,2010年版,第125页。

韵律感的时期是五十至七十年代,这正是整个文化与社会生活最具有"公共性"和"同质性"的时期,但耐人寻味的是,它显然不是现代诗歌写作的高峰时期。这一时期形成了两类较明显的诗歌体式,一是带有民歌体,二是政治抒情诗。民歌体与正统文化对于传统诗歌和民间歌谣形式的倡导密切相关,它也确实从后二者身上吸取了不少养分,比如贺敬之的《桂林山水歌》:

> 云中的神啊,雾中的仙,
> 神姿仙态桂林的山!
>
> 情一样深啊,梦一样美,
> 如情似梦漓江的水!
>
> 水几重啊,山几重?
> 水绕山环桂林城……①

先云"云"再言"雾",前有"神"而后有"仙",然后又复叠为"神姿仙态",这种对称以及复叠手法与传统辞赋几乎如出一辙,比如:"妾在巫山之阳,高丘之阻,旦为朝云,暮为行雨。朝朝暮暮,阳台之下。"(宋玉《高唐赋》)② 诸如"信天游"这样的民间歌谣形式也被频繁使用:"手抓黄土我不放,/紧紧贴

---

① 贺敬之:《贺敬之诗选》,山东文艺出版社,1984年版,第361页。
② 萧统编:《文选》,李善注,上海古籍出版社,1986年版,第876页。

在心窝上。//……几回回梦里回延安，/双手搂定宝塔山。"
《回延安》）[1] 这里也实现了一种节奏上的整一性，即后三字为一整体（且押韵），前四五字为一整体。这种悉数以三字顿结尾的节奏方式曾经被卞之琳称为"吟调"[2]，相对于一般节奏而言更有歌唱性，几乎可以如快板一样演唱出来，而且其写作缘起本来就是为了拿到联欢晚会上表演。可见，五十至七十年代的诗歌写作在某种意义上接近中国诗歌的"古典时期"，即它的写作很大程度上是为了在公众之间口耳传颂，这种形态在抗战期间曾以"朗诵诗"的形式短暂存在过一段时间，而在五十至七十年代又曾流行过三十年，这两个时期，都是要求作家将某些公共理念以公共的方式传播开去，因此写作也是高度同质性的，其形式上的韵律感和同一性是其外化形式。而曾盛行一时的政治抒情诗更是如此：

南方的甘蔗林哪，南方的甘蔗林！
你为什么这样香甜，又为什么那样严峻？
北方的青纱帐啊，北方的青纱帐！
你为什么那样遥远，又为什么这样亲近？

我们的青纱帐哟，跟甘蔗林一样地布满浓阴，
那随风摆动的长叶啊，也一样地鸣奏嘹亮的琴音；
我们的青纱帐哟，跟甘蔗林一样地脉脉情深，

---

[1] 贺敬之：《贺敬之诗选》，山东文艺出版社，1984年版，第218页。
[2] 卞之琳：《哼唱型节奏（吟调）和说话型节奏（诵调）》，收入《人与诗：忆旧说新》，生活·读书·新知三联书店，1984年版，第141页。

那载着阳光的露珠啊,也一样地照亮大地的清晨。

肃杀的秋天毕竟过去了,繁华的夏日已经来临,
这香甜的甘蔗林哟,哪还有青纱帐里的艰辛!
时光象泉水一般涌啊,生活象海浪一般推进,
那遥远的青纱帐哟,哪曾有甘蔗林的芳芬!

——郭小川《甘蔗林——青纱帐》①

观察这几节诗句,会发现它们的韵律结构几乎是一样的:就是每节的第一句与第三句、第二句与第四句均构成重复或对称,而且句式也大体一样,同时还押韵:比如"南方的甘蔗林哪,南方的甘蔗林!"对"北方的青纱帐啊,北方的青纱帐!""你为什么这样香甜,又为什么那样严峻?"对"你为什么那样遥远,又为什么这样亲近?"等等。诗句内部也充满了对称,比如"这样香甜"对"那样严峻";"肃杀的秋天"对"繁华的夏日";"泉水一般涌"对"海浪一般推进"等等。这几乎是骈文或者赋里的偶句的翻版。因此,这些诗句毫无疑问是具备高度同一性的。当然,这种写法的缺点也很明显,就是它的几乎每一句都是可以期待的(这在诵读活动中当然未必是一个缺点,因为在朗诵时听众接受不了太多信息和"惊喜"),但若放于案头阅读,就毫无余味了。在"政治抒情诗"之后出现——又对其不乏承续因素——的地下诗歌写作虽然在词语、意识上做了一定

---

① 洪子城、奚密等编:《百年新诗选》(上),生活·读书·新知三联书店,2015年版,第239页。

更新，但是这种高度同一性的写法被很顽固地继承了下来，而且据后来的回忆，也跟前者一样非常适合口耳相传和记诵，尤其是这些早期作品：

> 当蜘蛛网无情地查封了我的炉台，
> 当灰烬的余烟叹息着贫困的悲哀，
> 我依然固执地铺平失望的灰烬，
> 用美丽的雪花写下：相信未来。
>
> 当我的紫葡萄化为深秋的露水，
> 当我的鲜花依偎在别人的情怀，
> 我依然固执地用凝露的枯藤，
> 在凄凉的大地上写下：相信未来。
>
> 我要用手指那涌向天边的排浪，
> 我要用手掌那托住太阳的大海，
> 摇曳着曙光那枝温暖漂亮的笔杆，
> 用孩子的笔体写下：相信未来。
>
> ——食指《相信未来》①

这里每节诗也是同样的结构：一、二行是一组复叠（且押韵），最后一行都是一个句式，且反复呼告"相信未来"。北岛的早期作品也经常使用这种对称与同一结构："如果海洋注定要决

---

① 食指：《相信未来》，漓江出版社，1988年版，第26页。

堤，/就让所有的苦水都注入我心中，/如果陆地注定要上升，/就让人类重新选择生存的峰顶。"(《回答》)无怪乎早期"朦胧诗"甫一出现就抓住了听众的耳朵，因为这些耳朵早就被郭小川、贺敬之、艾青们的作品塑形了。前面说过，在传统汉语文学对于对称和同一性韵律形式的强烈渴求背后，是一种将万事万物视为一个有节奏、有韵律之同一性整体的意识，这种世界意识在现代社会中很大程度上已经崩解了，但是五十至七十年代的中国是一个较特殊的"例外时代"，尽管其主导的意识形态和世界观已经与传统中国有巨大差异，在"同一性"这一点上却有着令人意外的相似之处。这种意识甚至也遗留在这三十年间成长起来的先锋诗人的意识深处。

这恰恰是肇始于七十年代的当代先锋诗歌写作一开始就面临着的症结。他们以反叛者的姿态出现，但是其思维方式与发声方式又在很大程度上是从其反叛对象身上学来的。他们渴求建立个人性，表现自身的独特个性和心理内涵，与此同时又渴望为"一代人"代言，在台上用诗歌振臂一呼引领人群（而且不少人确实这么做过），无怪乎他们那些广为人知的诗句都具有和他们的前代人那样的韵律感和公共性，虽然他们宣扬的是"个人"：

"在没有英雄的年代里，/我只想做一个人。"

(北岛《宣告》)

"卑鄙是卑鄙者的通行证，高尚是高尚者的墓志铭"

(北岛《回答》)

"与其在悬崖上展览千年/不如在爱人肩头痛哭一晚"

(舒婷《神女峰》)

"你,一会儿看我,一会儿看云。我觉得/你看我时很远,你看云时很近。"

(顾城《远和近》)

是的,二元对立、非此即彼,这不是那个时代的人最熟悉不过的历史逻辑和"叙事结构"吗?简单的重复与对称,这不是近两千年以来的汉语耳朵最熟悉的"韵律"吗?令人想起五十至六十年代涂在墙壁上的种种宣言,比如:"忘记过去就意味着背叛","高贵者最愚蠢,卑贱者最聪明!"虽然早期"朦胧诗"与"政治抒情诗"在思想上是相左的,但是两者的发声方式和韵律结构却极其相似,背后的"深层意识结构"甚至也相似。

或许正是嗅到了这种危险的连襟关系,八十年代中期以后的诗歌写作变得对这些"叙事模式"和韵律结构异常敏感,像回避高压线一样回避它们,早期朦胧诗的这种韵律结构与言说方式也变得可疑,至少对于严肃的诗歌写作而言是如此,包括朦胧诗人本身在内的写作也开始了自我调整。但是。颇为讽刺的是,它们又以另一种方式在一些"通俗诗人"身上得到了复活,比如在九十年代初曾经红极一时的汪国真,就有不少"反向朦胧诗":

"恋爱使我们欢乐/失恋使我们深刻"

(《失恋使我们深刻》)

"只要明天还在/我就不会悲哀"

(《只要明天还在》)

"我不去想未来是平坦还是泥泞/只要热爱生命/一切，都在意料中"

(《热爱生命》)

"没有比脚更长的路/没有比人更高的山"

(《山高路远》)……

这些诗句能依稀看到朦胧诗的影子，但是磨平了朦胧诗身上那些反叛的毛刺，过滤掉后者的"负能量"，让其变成温暖柔和的"心灵鸡汤"，因此既不会忤逆意识形态，又能取悦大众。但这也正是当时（1991年）经历了巨大历史创伤的先锋诗坛为何如此反感汪国真式"心灵鸡汤"的原因，相反更青睐表达很多创伤体验的海子诗歌。"海子热"正是对"汪国真热"的取而代之，而且在时间上恰好接续"汪国真热"（虽然海子去世得较早），持续时间更长，一直到今天——尽管海子诗歌同样也有通俗性的层面，韵律感也非常强。当时的严肃诗人并不是不能写汪国真式诗歌，而是不屑为之，才让汪国真之类的诗人能够去抓住这个"空白"，占有市场，收获大量的读者，这种"不屑"的背后有着深刻的历史根源和伦理意识。

四

理解这重历史背景，便不难理解为何九十年代以来的大部分当代先锋诗人像害怕"污点"一样害怕这些整齐对称的韵律结构在诗作中浮现。在抵制声音的公共性、整一性的同时，"声音"的个人性与独特性也不断地被当代诗人所强调和实践,这种"韵"之离散的趋势背后不乏"声音的伦理""声音的政治",乃至"声音中的世界意识"。当下的中国社会,是一个相对个体化、多元化的文化,过去那种大一统的世界意识与言说形态已然崩散,与此几乎同时崩散的是语言中的"韵"(韵律意识和韵律密度),当代新诗大部分的作者多少有着一种反抗公共规则(包括韵律规则)的"集体无意识",所以像"卑鄙是卑鄙者的通行证,高尚是高尚者的墓志铭"这样整齐对称的诗句,当下的诗人未必愿意去写,也未必推崇这样的形式规则。在陈超看来,"诗歌重要的不是视觉上的整饬和听觉上的旋律感、节奏感。决定诗之为诗的重要依据是诗歌肌质上的浓度与力度,诗歌对生命深层另一世界提示和呈现的能量之强弱"①。这诚然不错,不过"诗歌肌质上的浓度与力度"和"诗歌对生命深层另一世界提示和呈现的能量"具体如何显现呢?这依然是需要进一步思考和探索的问题。骆一禾在讨论"诗的音乐性"时说:

> 这是一个语言的算度与内心世界的时空感,怎样在共振中形成语言节奏的问题,这个构造纷纭叠出的意象带来秩序,使每个意象得以发挥最大的势能又在音乐节奏中互相嬗递,给全诗带来完美。这个艺术问题我认为是一个超于格律和节拍器范围的问题,可以说自由体诗是一种非格律但有节奏的诗,从形式惯例(词牌格律)到"心耳",它

---

① 陈超:《打开诗的漂流瓶:陈超现代诗论集》,河北教育出版社,2014年版,第165页。

诉诸变化但未被淘汰，而是艺术成品的核心标志之一。①

骆一禾提示自由诗的音乐性是一个"语言的算度"和"内心世界的时空感"如何"共振"的问题，换言之，如何有机地相互联系的问题；他还指出"自由体诗是一种非格律但有节奏的诗"，那么这种节奏与过去有何异同呢？

  古典韵律学的基本原则，如前文所分析，总体上是一种平衡稳定的同一性原则，而且经常以对称的方式组织起来，大体可以概括为"固定的同一性"，因此慢慢也就凝固成为不同的"格律"，就像一座座钢筋水泥结构的大厦，尽管外形和内部装潢都各自有别，其框架结构是方方正正构建的梁柱，保持相对的平衡与稳固。但是，八十年代中期以来以自由诗为主体的当代诗歌不太追求这种稳固平衡的同一性，当然，这并不意味着它们便没有任何韵律感可言，由于它们加入了非常多的变化与个人性语言因素，其"韵气"在很大程度上也离散了，所谓"离散"，是指语言中的同一性因素不仅被大量差异性、个人化的因素冲淡了，而且也指这种同一性不再是一种约定性的诗体规范。不过，在不少当代诗作中，也有一种可以称为"流动的同一性"的韵律，比如多多就有很多这样的作品。他的韵律以更隐蔽的方式流露出来，其中也不乏柔韧的力量：

  夜所盛放的过多，随水流去的又太少
  永不安宁的在撞击。在撞击中

---

① 骆一禾：《骆一禾诗全编》，上海三联书店，1997年版，第842页。

> 有一些夜晚开始而没有结束
> 一些河流闪耀而不能看清它们的颜色
> 有一些时间在强烈地反对黑夜
> 有一些时间,在黑夜才到来
> ——多多《北方的夜》[1]

这些诗句里也有很多重复的同一性元素,不少词汇与句式也是反复出现的,不过这些重复的元素不是固定的、可预测的,而是在诗句内部"流动",随诗句情绪、感觉的变化而变化。比如第一行,虽然其中也有"过多"和"太少"的比对,但比对之物不是那种"香甜"对"严峻"或者"卑鄙"对"高尚"类型的工整对称,而更多的是"随物赋形",充满着对这个世界的敏锐触觉,其韵律并不加以强行规整,仿佛如泉水一般自然涌出,充满了陈超所言之"对生命深层另一世界提示和呈现的能量"。值得一提的是,多多是"朦胧诗人"或者说"今天派诗人"的同时代人,却不属于后者。可以看到的是,他自七十年代起的作品就明显在回避"朦胧诗"经常使用的发声方式和韵律结构,因此也很少在他诗歌中看到那种"朦胧诗"式的"箴言诗句"。

这种离散的韵律,由于它没有那么强烈的"制服"特征,是比较容易为当代诗人所接受的——要考虑到读者面的缩小以及文化群体的分裂,当代严肃诗歌写作不仅不太倾向于取悦大众读者,甚至连一般的知识群体也不怎么顾及。换言之,当代诗人与诗评家群体本身是当代诗歌的首要阅读者和接受对象,

---

[1] 多多:《多多诗选》,花城出版社,2005年版,第117页。

这对于诗歌的长远发展而言当然是一把双刃剑。正是由于这种高度专业化和个体化的读者群,以及写作者对这一读者群接受心理的想象,当代诗人在声音方面显然不太重视声音之"公共性"(也即它如何被大部分读者以同一方式传播的问题),而更为强调种种精微复杂的声音表达和其心理效应,去增强诗歌声音本身的个性与表现力,让每一首诗的写作都成为"又一种新诗",如诗人陈东东所指出的那样,"把握语言的节奏和听到诗歌的音乐,靠呼吸和耳朵。这牵涉到写作中的一系列调整,语气、语调和语速,押韵、藏韵和拆韵,旋律、复沓和顿挫,折行、换行和空行……标点符号也大起作用。写诗的乐趣和困难,常常都在于此。由于现代汉诗没有一种或数种格律模式,所以它更要求诗人在语言节奏和诗歌音乐方面的灵敏天分,以使'每一首新诗'都必须去成为'又一种新诗'"①。

关于这种让每一首诗歌都成为"又一种新诗"的追求,我们想起了诗人昌耀,确切地说是八十年代中期之后的"后期昌耀"。有趣的是,从五十年代开始写作的昌耀是一位经历了完整的五十年当代中国诗歌历程的诗人,他早年其实也写过一些"政治抒情诗"(大部分已经被他自行删改或者淘汰),甚至也整理过藏族民谣,可以说他对于前三十年的两大诗歌体式是非常熟悉的。但是到了八十年代中期以后,由于"新诗潮"的冲击,也由于整个社会文化的剧变,他不仅诗风大变,也大刀阔斧地删改自己的早期作品,极其迫切地想要从过去那种发声方式中

---

① 陈东东、木朵:《诗跟内心生活的水平同等高——陈东东访谈》,《诗选刊》,2003年第10期。

挣脱出来。① 他宁愿冒着"佶屈聱牙"的风险,也要把汉语的独特发声方式给"敲打"出来,比如《斯人》:

静极——谁的叹嘘?

密西西比河此刻风雨,在那边攀缘而走。
地球这壁,一人无语独坐。②

诗歌以"静极"二字简练地开首,这两字在声音上由大至小、由高至低,颇有声响上的暗示性,暗示着万籁俱寂。"叹嘘"一词和"静极"一样,也暗示着声音的寂灭过程。若将"叹嘘"写成"嘘叹",虽然意思没变,但声音上便少了这重暗示效果。这里面对节奏的操控不是一个简单的同一性规则问题,而是帕斯所言的"具体的时间性"的操纵(《弓与琴》),③ 让语言的时间性如何"模仿"动作与场景的问题。虽然,这样的诗句未必能在大众中广为流传——大众依然对"固定同一性"的形式接受度最高——但是也可以加强诗歌声音本身的感染力,是值得寻味的。

离散的韵律显然要比过去那种整齐对称的韵律要显得薄弱,

---

① 相关讨论参见:王清学、燎原:《昌耀旧作跨年代改写之解读》,载《青海社会科学》,2008年第3期;燎原:《昌耀评传》,人民文学出版社,2008年版,第255—270页;王家新:《论昌耀诗歌的"重写"现象及"昌耀体"》,《文学评论》,2019年第2期;李章斌:《昌耀诗歌的"声音"与新诗节奏之本质》,《文艺研究》,2019年第7期。

② 昌耀:《昌耀诗文总集》(增编版),作家出版社,2010年版,第283页。

③ Octavio Paz, *The Bow and the Lyre* (1956), trans. R. L. C. Simms, Austin: University of Texas Press, 1987, p. 49.

在某些诗人那里这也意味着更多的声音模式的可能,比如台湾诗人商禽这首《无言的衣裳》:

月色一样的女子
在水湄
默默地
搥打黑硬的石头

(无人知晓她的男人飘到度位去了)

荻花一样的女子
在河边
无言地
搥打冷白的月光

(无人知晓她的男人流到度位去了)

月色一样冷的女子
荻花一样白的女子
在河边默默地搥打
无言的衣裳在水湄

(灰蒙蒙的远山总是过后才呼痛)①

---

① 商禽:《商禽诗全集》,台北印刻文学出版社,2009年版,第247—248页。

这首诗是商禽回忆他多年前回到四川故乡的见闻，虽然仅仅是在反复描刻女子在河边洗衣的这个画面，只字不提自己离开故土漂泊异乡，几十年后返乡的沧海桑田之感，但是在一唱三叹之后，别有一番沉痛在其中。实际上，这首诗的整个韵律结构可以说是以音乐的形式组织起来的。这首诗的六个诗节可以分为两类，一种是没有加括号的四行一节的诗节（1、3、5节），另一种是有括号的单独一行成节的诗节（2、4、6节）。第1、3节可以视作同一旋律的两个乐段复叠，而第5节的词汇与意象其实全都是从第1、3节拿来重新组合的，且形成一种回环，可以看作一个合奏。若以女子搥打衣裳的声音作比，第一节诗像是在"咚哒咚哒"，第三节是"啪嗒啪嗒"，第五节则是"咚哒啪嗒，咚哒啪嗒"。而带括号且较长的第2、4、6节则相当于旁白或者副旋律，这个副旋律的语气和视角又与主旋律有所不同，拉远了画面感，仿佛从一个遥远的地方遥望那幅月下洗衣的画面，别有伤痛在其中。可见，通过重复以及书面形式、标点符号的安排，可以让诗歌形成类似交响乐的多声部效果，并表达复杂的心理感受，这全然是现代诗的写法，而且离不开书面排版以及标点符号的支持，可以说是以视觉形式辅助形成的"音乐形式"，这显然又是一个有趣的悖论。这种让不同的声音（以及相应的书面形式）形成交响曲的写法其实在多多那里也有尝试，比如《手艺》《没有》（1991），我已在另文详述，此不赘述了。

五

问题在于,让每一首诗歌写作本身就是"又一种新诗"也毫无疑问面临着韵律学上的困境,前面说过,韵律与韵律学更多的是关于诗歌如何实现一种公共形态的交流的问题,韵律可以说是从个体通往共同体的一个桥梁,如果两者之间有无数桥梁,其实也就相当于没有桥梁——因为读者不知道该上哪座桥。因此个体化因素的空前加大显然也意味着交流的难题,有时这种难题不仅发生在诗人与普通读者之间,甚至也发生在诗人与诗人、诗人与批评家之间,换言之,有的诗歌声音形式甚至连专业的诗人与批评家也难以说出所以然来——当然,这也不是说古典诗歌的形式与声音就那么容易领会,它虽然有公共规则,但是最杰出的作品那些精微之处同样也可以令专业读者挠破头皮也想不明白。区别在于,由于公共规则和交流渠道的崩散,现在几乎每一首新诗都让读者面临这种困境,无怪乎它的读者市场在缩小,而且经常令读不懂的人"愤愤不平"。

然而这仅仅是当代中国新诗才面临的窘境吗?恐怕不是。首先,包括英、法、德语在内的主要语种的诗歌写作在二十世纪,甚至更早就已经进入以自由诗为主体的状态(当然自由诗并不意味着对韵律的否定),所以当代诗歌所面临的问题,其他语种的诗歌也多少同样面对着。其次,从更大的文化与社会角度来看,诗人群体与读者的分裂是一个近代以来的西方就普遍面临的问题,奥登有一篇著名的文章就谈到这个问题:

当诗人和观众们在兴趣和见闻上非常一致,而这些观众又很具有普遍性,他就不会觉得自己与众不同,他的语言会很直接并接近普通的表达。在另一种情况下,当他的兴趣和感受不易被社会接受,或者他的观众是一个很特殊的群体(也许是诗人同行们),他就会敏锐地感受到自己是个诗人,他的表达方式会和正常的社会语言大相径庭。①

虽然奥登谈的是"轻体诗"的消散的问题,但其实涉及整个诗歌发展的大势,尤其是诗歌的言说方式与社会文化发展的内在联系。实际上,如前文所言,在古典时期以及现代某些特殊时期里流行过的那些较为明确且为大众所接受的韵律体式,大都与一种同质性的社会文化以及读者群体有关,但是这也会带来种种问题,正如奥登所言:"一个社会的同质性越强,艺术家与他的时代的日常生活的关系就越密切,他就越容易传达自己感知到的东西,但他也就越难做出诚实公正的观察,难以摆脱自己时代的传统反应造成的偏见。一个社会越不稳定,艺术家与社会脱离得越厉害,他观察得就越清楚,但他向别人传达所见的难度就越大。"② 在奥登看来,十九世纪以来的英国诗歌总体上走向了他所说的第二种情况,因此诗歌也从过去那种与读者亲密无间的"轻"的状态走向了一种与读者较疏离的"困难

---

① 威·休·奥登:《〈牛津轻体诗选〉导言》,收入《读诗的艺术》,王敖译,南京大学出版社,2010年版,第126页。
② 威·休·奥登:《〈牛津轻体诗选〉导言》,收入《读诗的艺术》,王敖译,南京大学出版社,2010年版,第127页。

的诗"或者"重"的状态。在我们看来,九十年代以来的当代诗歌建立稳固的"形式"的困难,"韵律"之离散与诗歌"声音"之个体化、多元化的趋势,以及由此带来的读者接受的难题,都与社会文化的多元化、读者-作者同质性文化群体的崩散有关系。从世界范围来看,这却是一个普遍的趋势。在当下以及可见的未来,这个大趋势很难有根本性的改变。因此,也不可能强求诗人去构建一些公共的、明确的形式规则,而只能去思考在种种个体化的韵律形式背后,哪些是可以共享的,或者至少是可以"分析"和"分享"的——而不至于让读者处于一头雾水之中。换言之,或许可以实现一种最低限度的"韵律学",在一个"重"诗时代里让诗歌变得稍许"轻"一些。

(原载于《中国当代文学研究》2020 年第 3 期)

新诗律问题的再商略

——十二封谈诗书札

  题 记：自 2011 年以来，我与解志熙先生往来邮件六十余封，就穆旦诗歌的版本问题、新诗的现代性问题、新诗的音律问题等往复商略，颇得切磋之益。近日从邮件中整理出有关新诗音律问题的通信十二封，与学界同仁共享。所附注释是笔者整理时添加。

2018 年 11 月 18 日

一

解老师：

  您好！我是南大文学院的博士李章斌，我现在刚毕业，留在南大文学院任教。附上我最近发表于台湾《清华学报》的一篇长文（讨论的是新诗韵律的机制问题），[①] 请不吝赐教。

[①] 李章斌：《有名无实的音步与并非格律的韵律——新诗韵律理论的重审与再出发》，载台湾《清华学报》，2012 年第 4 期。

谢谢！并祝教安！

李章斌

2012 年 06 月 11 日

二

章斌：

  祝贺你毕业并留校工作。你的《有名无实的音步与并非格律的韵律——新诗韵律理论的重审与再出发》一文，旁征博引，辩证深入，惜乎未及林庚在 1948 年 4 月 25 日《华北日报》"文学"周刊第 17 期上发表的《新诗能建立一种近于 metre 式的诗行吗？》一文，该文廓清了诗坛学界关于中国诗里的平仄与西洋诗里的轻重音之间的常见误解。林庚认为，"中国文字上并无含有显著轻重音的复音字，而复音字的数量又少，且只限于双音字，这些都使得凭借复音字构成的 metre 式的诗行无从建立"。而既然"西洋文字之于四声，正如中国文字之于轻重，都只是极轻微的存在着。然则反过来说，西洋文字既能以它所特有的轻重构成 metre，中国文字能不能以它特有的平仄来构成 metre 呢？"对这个问题，林庚是这样回答的——

  一般人常有一个误会，这误会的普遍几乎是十人中有九人如此相信着，以为在文言诗里把平仄确会（"会"似应作"曾"——引者按）构成过诗行，这一个误会，使我们对于平仄构成 metre 抱着无穷的希望。其实平仄与诗行发生关系,历来就仅仅限于律诗,律诗以外的五七言诗,以至于更早的《诗经》《楚辞》,都没有平仄的关系,而律诗也还是五七言诗,律诗的节奏还是五七言的节奏,这些都不必等待平仄就早已成立了的。然则平仄所加于律诗的并非诗行的建立,它不过是在诗行上多加了一点花样而已。平仄的讲究,起于六朝的声病说,目的在求"流丽而花洁"("流丽而花洁"当作"陆离而花洁"——引者按),这就是一种更精致的装饰,平仄对于诗行的建立所以是帮腔作势,它从来就不曾也不能建立任何诗行。

林庚具体分析说,"平仄之不能建立诗行,因为平仄对于节拍的作用并不能单独成立,平平仄仄的形式还是依赖句逗才存在。……同样平仄的排列,在这句诗里则如此读,在另一句诗里又如彼读,嫁鸡随鸡,嫁犬随犬,它又岂能成立任何的格式"。"其实律诗里的平仄若果然有用,它的用处就正与构成 metre 的轻重音相反,……轻重的安排每个 metre,每一行都相同,平仄的安排每个拍子,每一行都相反。节奏的构成原由于规律的重叠(Pepetition[Pepetition 当作 Repetition——引者按]),轻重音构成的 metre 正所以履行这个重叠,而平仄的排列则似乎相反的正在避免重叠。设若我们有一个:平仄,平仄,平仄,平(仄)的诗行,那简直是要不得,然则我们还能希望'平仄'与'轻重音'产生同样的作用吗?"由此,林庚最后的结论是,"新诗的节奏所以必然不是 metre 式的。中国诗过去有它自己的形式,现在也还有它自己的形式"。不论中国新诗"自己的形式"到底是什么样的,但肯定不是"metre 式",这是立足于汉语实际得出的结论,所以是无可置疑的。并且应该说,林庚对平仄在中国诗中的作用的分析,也足以让那些耽迷平仄的新旧论者从迷信中清醒起来。(见拙作《林庚的洞见与执迷》)①

以上聊引旧作所述林庚之见,以报求证之忱。

专此奉答,即祝安好。

解志熙

2012 年 6 月 12 日晚

三

解老师:

谢谢您的赞许和意见!没想到您那么快就给我详尽的回复,您对资料的了解和掌握令人印象深刻,我深感钦佩。林庚关于格律的一条材料,我过去确实没有关注到,您提供的这些材料也有助于我在对林庚的评判上更加谨慎。

平仄是否构成节奏的基础的问题,我记得英国汉学家韦利(Arthur Waley, 1889—1966)就曾经主张过平仄之于格律犹如轻重音之于 meter。后来闻一多二十年代初期在清华就读前后写的《律诗底研究》(未刊稿,后收入《闻一多研究四十年》)一文中力破韦利的观点,认为平仄并不是节奏的基础,其观点与

---

① 收入解志熙:《考文叙事录》,中华书局,2009 年版。

林庚很接近。朱光潜在《诗论》中也主张旧诗韵律的基础是"顿",不是平仄上的安排,后者另有作用。不过林庚的观点与我文中的主要观点并不矛盾,也不雷同,因为我对"格律"的定义与林庚并不一样。我文中所针对的"格律"已经不是律诗的"格律"概念,而是自闻一多以来的一种对"格律"的认识和定义(它受西方音韵学的刺激而产生),它要求有相同/相近时长(duration)的节奏单位(如"顿""音尺"等)的整齐排列,这样,中国古代诗歌中的律诗和古诗都可算作"格律"(meter),因为都有"顿"/"音步"的整齐排列,而且闻一多、卞之琳等那种讲究"音尺""顿"的整齐安排的"新格律体"从理论上来说也是"格律",甚至林庚所提倡的"半逗律"也是格律,因为它同样主张每行有相近时长的节奏单位,尤其是以字数为基准考虑节奏的安排(如"九言诗")。所以,林庚虽然反对平仄为基础构成的格律,但他又主张一种"半逗律",其实际操作办法相当于把闻一多那种豆腐块式的"格律诗"在中间再切成两半,即要求每一行都是两大意群(sense group)组成,这实际上是闻一多主张的一种变体,可称之为"家族相似"。我在此文提出,这一类"格律"并没有达到它们所设想的节奏效果,因为最后呈现给读者的只是每行字数相同或相近的豆腐块诗歌而已,其内部以"意群"为标准划分的节奏单位并没有诗律学上的效果,只是一种语义划分而已,任何句子都可以划成这么一些部分。新诗的韵律探索不应该聚焦于这一类"有名无实"的节奏,应该关注一些更有效的节奏模式("非格律韵律"),即不以时长相近作为节奏基础的那些韵律,实际上这是整个韵律模式的一次根本性的变革。实际上,"时长"原则的崩溃是二十世纪整个现代诗歌（包括英法语诗歌）的一大趋势。

另外，林庚的"半逗律"是否真正地、全面地说明了古诗的节奏机制，亦是可商榷的问题，古诗主流（五、七言）确实可以在中间分成两半，但这不等于古诗的节奏就仅因此而形成，实际上，朱光潜《诗论》中对古诗的"顿"的划分和描述更能涵盖古诗的节奏机制，"半逗律"实际上是对这一机制（本质上是时长接近与重复原则）的部分描述。实际上，旧诗中的七言、词曲中常用的六言，都不尽符合所谓的"半逗律"，因为七言的顿逗往往是"2＋2＋3"，而六言则是"2＋2＋2"。英语诗歌中最常用的五音步抑扬格显然是不符合所谓"半逗律"的，真正符合的倒是法国的亚历山大体。从理论有效性的角度来说，"半逗律"不是中国古诗节奏构成的充分条件，更不是充分必要条件。所以运用到新诗写作中也没有达成他预想的效果。这一点我想另撰一文详细讨论，以后再发给您。

以上是我一些粗浅的意见，我也清楚我那篇文章的主张颠覆面太大，难免会有"矫枉过正"之处。另外，台湾《清华学报》的审稿人也给我的观点提出了一些挑战，我亦有所辩驳，一起附上供您参考。如果您有进一步的意见，请不吝赐教！

顺颂安祺！

章斌

2012年06月13日

四

解老师：

　　您好！去年出国前曾经给你寄去我的一本小书（《在语言之内航行：论新诗韵律及其他》和一篇文章的小册子），不知道您有没有收到？

　　这些年来，我的研究兴趣除了穆旦等四十年代诗人之外，还在关注新诗韵律问题，我以为这是关涉到新诗诗体的本质与前景的一个关键问题，现在适逢新诗诞生一百周年，我也想从其诞生源头重新开始讨论节奏这个问题，即重新认识和审视胡适诗论中关于新诗节奏的见解，从中挖掘一些新诗节奏理论所遇到的困境，并探讨可能的理论解决方案，草成一文，以就教于学界。① 也请您指教！

　　敬祝秋安！

章斌上
2016 年 10 月 14 日

---

① 李章斌：《胡适与新诗节奏问题的再思考》，《中国现代文学研究丛刊》，2017 年 03 期。

五

章斌兄：

大作早已收到，我是个怕写信的人，所以没有回复，歉甚。新作也看过了，分析比较深入，写得不错，此前人们对这个问题也有所研究，你似乎很少回顾。我会尽力推荐的。

祝好。

解志熙

2016 年 10 月 15 日

六

解老师：

您好！确如您所说，我这篇文章（按：即前述论胡适一文）对前人研究的回顾有所不足。我这篇文章是在国外访学期间写的，国内的文献不好查阅，所以仅大致提了一下，没有详细介绍。今天受到您的建议的启发，我也再次去收罗和思考当代学者的相关论述，并补充了部分内容在文章里面（见附件）。尤其是您 2001 年那篇关于二十年代"新形式诗学"的讨论文章，读后颇觉增广见闻，有的观点对我颇有启发。当然，由于文章篇幅和我自己的见闻所限，此文对学术史的回顾依然是不完全的，难免挂一漏万，请多多指正。

相对于前人的相关研究，我的突破（如果能够成立的话），我想在于把节奏分为两个层次,即表示语言元素的一般分布特征的广义节奏概念,和表示语言元素分布之规律性的狭义节奏概念(即韵律),只有这样清晰地区分节奏概念的层次,才能既辩护"自然音节论",又彰显其缺陷,并进一步发展其观点。胡适关注的节奏自然不自然的问题,主要是在第一层次的节奏概念上运作的,但也由此否定了传统诗学在第二层次的系统建构。而他所谓的"双声叠韵""内部组织"诸问题,则必须在第二层次的节奏概念上才能够解释清楚(而他却忽略了这个层面),即如何实现节奏的规律性上面。拙文的思路与过去提倡"格律"的论点的区别在于,不再拘泥于以所谓"音步"营造规律(格律),而从各种语言要素的重复出发,形成形态各异的"非格律韵律",胡适所提倡的诸种现象和基本理念(比如对"不整齐"的辩护),实际上都可以在这个框架内得到解释,也得到新的发展。

以上粗浅的想法,匆匆写就,期望得到您的建议与批评!

顺祝笔顺!

章斌
2016 年 10 月 15 日

七

章斌兄:

我早晨起来看了你关于胡适的文章的修订稿,你的分析扩宽了节奏的范围、区分了层次,有力地补足了胡适所忽视之处,推进了对汉语诗歌节奏韵律的理解。

上封信中提醒你注意此前学界关于这个问题的讨论，是因为作为学术论文，不能完全自说自话，理应有所回顾，当然，许多此类研究其实意义不大、鲜有推进，所以约略提提就可以了。至于我个人，因为过去确实关心过现代诗学的问题，曾经申报过一个国家项目，其中自然也涉及格律节奏问题，但后来感到精力和能力都有限，只写了几篇文章——除了你提到的《"和而不同"——新形式诗学探源》[①]，还有一篇讨论胡适等人诗学观念的文章是《汉诗现代革命的理念是为何与如何确立的——论白话—自由诗学的生成转换逻辑》[②]，加上一些诗论资料的整理，勉强结项，而将一些没有做的问题留给学生们去做了，如张松建做抒情与反抒情的问题，陈越做诗的新批评问题，刘涛做新形式诗学问题，他们后来都出了专著，我也都写了序，其中在给刘涛的书所写的序里，也顺便谈了我的一些意见，如指出"既然汉语新诗与旧诗的节奏音组本无相同，则新旧诗的节奏以至格律何以有别，而其间的差别又究竟是什么？窃以为，那差别就在于组合音组以成诗行的话语句法之不同：旧诗行的话语是以文言句法构成的，新诗行的话语必须以'散文的句法'或者说日常言语的句法来建构，这其实也就是胡适强调'自然的音节'、叶公超主张'语体节奏'或'说话的节奏'、卞之琳申说'说话型节奏'的真正原因"[③]。也因此，我比较了解新诗

[①] 解志熙：《"和而不同"：新形式诗学探源》，《文学评论》，2001年第4期。
[②] 解志熙：《汉诗现代革命的理念是为何与如何确立的——论白话—自由诗学的生成转换逻辑》，《中国现代文学研究丛刊》，2005年第2期。
[③] 刘涛：《百年汉诗形式的理论探求：20世纪现代格律诗学研究》，人民出版社，2013年版。

的节奏格律问题是多么繁难，所以很欣赏你的探索的勇气。

  此处顺便也指出你的一个问题——你在文章里说"实际上，白话中的词汇并不像文言那样，有大量可供使用的单音词，而是以长短不一的多音词为主"，你的说法似乎多少延续了一个惯常的误解，可能像许多人一直以为文言是单音节的，其实单音节的是汉字，但汉语的文言却不能笼统说是单音节的语言，现代汉语多复音词，也有许多单音词，从总体上说，不论古代汉语还是现代汉语都是以多音词为主的语言，古代汉语并非什么单音语言——世界上根本就不存在单音的语言。此意我在给刘涛书的序言里特意做了纠正。另，你的文章说到了西方的素体诗，这也让我颇有共鸣，新诗的节奏建设似可从此取法。说来可笑，前几年我曾经私下尝试写过一些类似的诗，目的之一就是偷偷试验新诗的节奏，而无以名之，姑且名之为"汉语素体诗"——当然不可能是严格的轻重抑扬格。因为自觉不像样，这些所谓诗作从未发表，也不想给人看，只收在我纪念祖父的一本书里（那书限印百本、分送师友留念而已），我手头已无存了，就传上电子校样，其中也有给刘涛书所写序言，与你的看法——包括对林庚的等音计数主义的批评，倒是不无一致之处，所以传上聊为解颐，但不必引用——你的文章自有理路，不必对我特别"客气"的，一笑。

  专此布达，即祝笔健

解志熙
2016 年 10 月 16 日上午

八

解老师：

您好！很高兴看到您的建议和批评！看到您详细的建议与深入的批评，颇觉道不远人。您提及的几个学生的著作，我也非常感兴趣（张松建的我已拜读），待买到后再细读并请教！

您关于白话/文言中的单音词的问题的看法，我细细想了一下，基本上是同意的。我想，我这句话的意思应该更确切地加以表述，其实旧诗/新诗节奏上的区别很大程度上在于词语之间组织的方式的区别，就如您所说："则新旧诗的节奏以至格律何以有别而其间的差别又究竟是什么？窃以为，那差别就在于组合音组以成诗行的话语句法之不同。"[①] 我赞同您的看法。文言、白话都有很多单音词，也主要以多音词为主。不过，重要的区别在于，白话的词语与词语之间的关系，受到欧化句法的影响，要更清晰、明确而且循序稳定。举一简单的例子："枯藤老树昏鸦"，若以白话来写，可以写成"枯藤缠着老树，老树上站着一只昏鸦"，对比之下，可以看到白话中多了很多表示相互关系的词语"缠着""站着"，还有表示特指、不特指的词语"一只"（或"一群"），这样的好处坏处都很明显，好处是意思、逻辑关系都明确了，比如，白话可以明确到底是一只还是一群乌鸦，明确乌鸦到底是站在树上还是飞在天上，等等，而原诗中这些

[①] 解志熙：《浮世草——杂文与诗集》，台北人间出版社，2015年版，第220页。

东西并不明确，属于读者自行意会的范围。但也正因为如此，白话中词语之间的顺序也特别稳定，很难像古诗词那样随意调换以便符合诗律（比如杜甫有很多这样的作品），而且，在逻辑关系的主导下，也一定程度上损害了诗歌的朦胧多义与美感（叶维廉《中国诗学》有精彩论述，我就不重复他的观点了），所以我觉得白话中实词与带有"黏附性"的虚词结合在一起，词组循序相对固定，若要写成五言、七言、九言（林庚）的诗行，难免削头去尾、削足适履，损害现代汉语的语感和习惯。我个人觉得，林庚、吴兴华的格律诗都有此毛病，卞之琳一部分写得整齐的"格律诗"也有这个毛病，其节奏甚至不如卞之琳本人那些不整齐的诗歌来得自然、优美。更关键的是，这些"整齐"的诗行在其内部，其节奏依然是不整齐的（每行并非都像五、七言古诗那样稳固的"2＋2＋3"音组结构），甚至如何划分节奏单位（比如"顿""音步"）还是一个问题，这也是我认为现代格律诗很难真正地实现他们所期望达到的目标的原因（我那篇旧文《有名无实的音步与并非格律的韵律》持此观点）。所以我觉得，新诗的诗律研究，更应该关注自由诗中那些已经实现的韵律。

　　但是长期以来，现代诗律探讨都聚焦于格律的建设，对"自由诗"的韵律很少有体系性的建设。这里原因很多，我觉得其中之一，就是长期以来，人们对"节奏"的认识都仅仅局限于格律，觉得只有通过格律营造的整齐的节奏才叫"节奏"或者"韵律"，而自由诗，由于不讲求格律，自然被有意无意地当作与韵律无关。所以，在新月派以及此后的不少理论家那里，"格律"与"韵律"（节奏）经常被当作同义词，甚至还等同于

"形式"。如果做这样的等同,自由诗当然就与"韵律"无关了,所以其节奏形式建设长期被忽视也在所难免,而学界对于自由诗,也只能求助于"内在韵律""散文节奏"一类的较空洞的、无法做文本实证分析的理论。

当然,术语的定义问题,从来就是人各一词,很难断言孰是孰非,而且在诗歌形式本身的大变革时代,术语混乱在所难免。但是,这种"格律""韵律""节奏"不分的状态,给中国现代诗律学的建构带来了极大的麻烦,往往不同论者的理论基点完全不一样,你说你的节律,我说我的节奏,他说他的格律,争来争去也争不出个所以然(罗念生也意识到此问题),① 这方面的理论梳理也变得特别繁难(正如您所说)。于是,我现在觉得有必要重新调整、理清这些不同的节奏概念的关系,目前的初步结果是一篇关于"格律""韵律"之区别的文章(见附件),② 尤其注意那些格律之外的"韵律",而"非格律韵律"的提出(这个概念在国外的诗学论著中已经较为常用了),我想是更能解释两者之间的关系。当然,我也意识到,这是一个更大的"马蜂窝",因为很多人会说,前人(古人)都是如何定义的"格律"的,你凭什么要这样来指定它们的关系呢?考虑到这些问题,我对此文也颇为踌躇(目前还没发表),暂时发给学界前辈与同仁指正,抛砖引玉吧。

顺颂教安!

章斌

2016 年 10 月 16 日

---

① 罗念生:《罗念生全集》(第八卷),上海人民出版社,2004 年版,第 315 页。
② 李章斌:《新诗韵律认知的三个"误区"》,《文艺争鸣》,2018 年第 6 期。

九

解老师：

您好！很久没有与您联系，不知道您最近怎么样？上次给您投稿的胡适与新诗节奏一文发表之后，也引起了一些反响，再次感谢您的抬爱。我最近关于新诗节奏问题写了一系列文章（见附件），① 想请您多加批评、指点。这几篇文章虽然讨论的是具体的作家，不过背后有更大的理论建构的企图，想要重新构建中国诗歌的节奏理论体系，并对过去的节奏理论重新认识，目前已见大致雏形（尤其是在所附有关卞之琳的文章中）。我想您在这方面做过很多出色的工作，必有不少见解，盼不吝赐教。

顺祝

　　教安！

章斌上
2018 年 10 月 14 日

---

① 李章斌：《自由诗的"韵律"如何成为可能？——论哈特曼的韵律理论兼谈中国新诗的韵律问题》，《文学评论》，2018 年第 2 期；《重审卞之琳诗歌与诗论中的节奏问题》，《文艺研究》，2018 年第 5 期；《帕斯〈弓与琴〉中的韵律学问题，兼及中国新诗节奏理论的建设》，《外国文学研究》，2018 年第 2 期。

十

章斌兄：

去年看过你给《丛刊》的论胡适与新诗节奏问题的文章，印象深刻，此次又看了你最近发表的几篇相关问题的文章，对你在这方面的探索及收获，有了更进一步的了解和理解。我觉得，你的这些文章有几个突出的贡献。

一是有力地纠正了过去论者对"格律"和"韵律"混沌不分的迷思，从理论上清晰地区分了诗歌语言节奏的三个层次——节奏、韵律和格律，确认"节奏是所有语言都有的特点，而在诗歌文体的发展中，以语言的鲜活节奏为基础，逐渐形成了一些较为明晰的韵律手段（比如某种节奏段落的重复、韵的使用，此即韵律），再往后则进一步形成更为稳定、约定俗成的格律体系（处于金字塔的顶端，也是最广为人知的模式，此即格律）"（《重审卞之琳诗歌与诗论中的节奏问题》），并揭示了韵律的哲学-美学基础——"实际上，从哲学上来说，大多数有'规律'或者'结构'的东西，往往包含着某些重复的（或者同一性的）因素，否则便难以成为规律和结构。因此，我们将'韵律'（rhythm & prosody）定义为语言元素在时间上的有规律的重复"，进而主张"从同一性与差异性的辩证关系来看待新诗韵律的种种结构与现象"（《胡适与新诗节奏问题的再思考》）。就我所知，这是迄今为止比较切合实际，也比较辩证通达的见解。的确，诗歌语言没有同一性的重复便不可能有韵律，但一味地追求同一性的重复，则格律化的韵律也会趋于僵化刻板，所以又有差异性以为补救。二是突破了过去论者以整齐的格律作为诗歌唯一韵律标准的误解，强调其他语言修辞手段，如复沓、对称、分行、标点等节奏手段，也可以形成诗的韵律。这就将自由体新诗也纳入诗歌韵律的分析范畴里，祛除了所谓自由诗没有韵律的惯常误解和偏见。三是你的理论思考总是配合着具体细致的诗歌文本分析，比如对卞之琳自由诗的韵律节奏成就之分析，就非常精彩，很有说服力。

我略想献疑的，一是你的"节奏、韵律和格律"的三级结构，当然在理论上是自洽的，但考虑到中文的语境，则"韵律"这个说法可能会造成某些混乱。比如，你指出一些自由诗具有"非格律的韵律"，这当然不错，可是中文（汉语）的格律诗特别强调韵和平仄，而自由诗是既无韵也不讲求平仄的，如此则称自由诗有"非格律的韵律"，就会滋生误解了。所以我建议你不妨换用"音律"或"声律"（六朝人就用"声律"），而不用"韵律"这个概念，以免发生不必要的误解。二是希望你注意一下，语言修辞手段可以造成节奏音律之美，但节奏音律与语言修辞毕竟不是一回事。其实，节奏音律本身是声学之事，就像近体诗有格律，汤头歌诀也合格律，就格律论格律，半斤八两吧，只有当格律与有意味的诗歌语言修辞相结合，才会有美的格律效果。就此而言，新诗的节奏音律原理，也没有那么复杂，不过是在采用白话的自由句法的基础上，将语言的节奏音律之幅度和手段变得更自由多样些罢了，这新的节奏音律本身无所谓美与不美，一切都要看诗人的具体运用是否得当地强化了诗的意味。旧诗词也是这样，大量的旧诗词在格律上是没有问题的，可是内容陈腐、格调陈旧，读来毫无意味和美感，我们并不会因为它们合格律，就说它们有音律或声律之美，因而对它们另眼相看。你的系列论文和专著，研讨专深、内容丰富，以上所言，只是我的一点读后感，不一定准确的，所献疑者也不一定恰当，或者有误解也未可知，这里坦率说出，聊报你的求正之忱吧。

专此奉答，即祝笔健。

解志熙
2018 年 10 月 18 日下午

十一

解老师：

您好！谢谢您对我的研究的嘉奖！我最近几年的时间基本花在了诗歌节奏研究方面，有一些收获，也有不少疑难和坎坷。您说的几个问题，都很切中要害，也是我正在思考和尝试去解决的问题。

关于您说的"韵律"容易让人产生误解的问题，我也曾意识到此中的麻烦。非格律韵律（non-metrical prosody）中的"韵律"其实是"prosody"的中译。我也曾考虑中文用"声律"或者"诗律"来称呼它。不过，这两者都统摄整个诗歌。而在我的体系中，"韵律"只是介于节奏和格律中的一个环节，所以没有用这两个词来称呼它。"韵律"一词容易让人想到"押韵"，但是它指的是一切较有同一性和规律性的声韵安排，包括押韵，但不限于押韵，押韵也只是各种重复之一种罢了。关于押韵的规则，现在一般叫"韵式"，可以与"韵律"区别开来。之所以采用"韵律"一词，一是现下一般把"prosody"翻译为"韵律"或者"韵律学"，主要是方便中外术语的对应；二是"韵律"一词在现代汉语中比"诗律"/"声律"更通行。这个问题有点像英文的 rhythm（节奏），它来源于词根 rhyme（韵脚），但后来 rhythm 所指已经不限于押韵，甚至可以不包含押韵。不过若担心"韵律"与押韵问题混淆，则必须说明它是"声韵之规律"，或者另用"声律"一词来称呼也可。

关于您谈到的节奏音律与语言修辞不是一回事的问题，这对于我也是一个重要的提醒。这个问题可以说是最近几年我所考虑的一个核心问题。就是节奏与语义、情感、意象等方面的关系问题。我现在更倾向于帕斯捷尔纳克的一个观点，就是诗歌节奏不仅是一个纯粹的声响问题，"语言的音乐性绝不是声学现象，也不只表现在零散的元音和辅音的和谐，而是表现在言语意义和发音的相互关系中"[①]。如果从纯粹声响的角度，很多问题就无法索解，比如平仄模式一样的两首诗，其节奏却是有区别的。这是因为语义、情境上的暗示也会在某种程度上影响节奏。再则有传统诗律中的"对偶"，主要并不是在声音层次上运作的，它之所以会造成一种韵律感，也是因为它是在思维上，而不是仅仅在声响上造成一种同一性。所以古人谈"格律"（含义比现在所谓"格律"要广）时，也是把对偶纳入讨论范围之内的。我个人觉得节奏与语义、情感等更像是一棵树的各个部分的关系，根、枝、叶等，有的部分是相互交叉在一起的。至于说韵律学与修辞学，其实是我们进入这棵"树"之整体的不

[①] 帕斯捷尔纳克：《空中之路》，引自瓦·叶·哈利泽夫：《文学学导论》，周启超等译，北京大学出版社，2006年版，第291页。

同的角度,韵律学从声响切入,而修辞学从语义切入,最后都会涉及整体的其他部分。另外,在有的西方修辞学体系中,韵律学甚至也被当作广义"修辞学"之一种。"五四"以来的中国韵律学,有一个很大的问题就是把诗歌节奏问题做"小"了,有点作茧自缚,把问题讨论局限在抽离出来的声响模式上,而忘记了作为诗歌整体之一部分的、活生生的诗歌节奏(当然也有例外)。西方修辞学在十九世纪之前也有这个问题,它变成了一种关于"修辞格"的分类学,而瑞恰慈在二十世纪那本《修辞哲学》中则把束缚解开了,他潜入具体的修辞现象中去,并以一种哲学关照的方式来对待它,从而变成一种"修辞哲学",这在二十世纪修辞学领域产生了重要影响,可惜这本书至今没有被翻译过来。我现在试图建立的韵律学路径颇受瑞恰慈那本书的启发,就是要构建一种"韵律哲学"或者"节奏哲学"(现在这条路径已经开始在那篇谈帕斯的文章中有所展现)。这样的方法主要不是圈定范围,而是提供一些方法和分析手段,以便去分析"活的节奏"。

当然,我依然珍视您的提醒,就是注意节奏与修辞的区别问题,我也在关于哈特曼的文章中提出这样的想法,即要警惕"韵律学"变成一门"阅读学"(现在西方的韵律学研究已经有这个苗头)。[1] 若要在韵律学与修辞学之间硬划一条界线是不太可能的,因为两者处理的都是作为整体的诗歌(尤其是自由诗)。我时时记住的原则是,诗歌节奏研究和分析一定要围绕着语言声响在时间中的绵延这一点展开,虽然节奏可能会涉及修

---

[1] 李章斌:《自由诗的"韵律"如何成为可能?——论哈特曼的韵律理论兼谈中国新诗的韵律问题》,《文学评论》,2018年第2期。

辞、语义、意境等因素，但不能完全脱离声响之绵延来谈"节奏"或者"韵律"。至于评判诗歌优劣之标准，我完全同意您说的，就是"一切都要看诗人的具体运用是否得当地强化了诗的意味"，而不是简单地以声律之有无、强弱来评判诗歌之优劣。陈世骧先生在其《中国文学的抒情传统》一书中也有类似的看法，他在《时间与律度在中国诗中之示意作用》中说，诗歌之优劣在于诗歌的声响节奏能否与诗歌之情感、意境组成紧密的、有机的整体，并让节奏产生微妙之"示意作用"。所以，我也完全同意您的观点"我们并不会因为它们合格律，就说它们有音律或声律之美，因而对它们另眼相看"。

进一步说，若是我们把"格律"之抽象范式与具体实现之"节奏"区别开来，并进一步生发陈世骧先生已经触及的一些方法和问题，那么我们不仅对于新诗节奏，甚至对于旧诗节奏也应当展开重新研究，不能仅以格律规范之有无敷衍了事，而要去面对每一行诗都具体不同的活生生的节奏问题。所以，这有可能造成学科范式的转变。

以上是我的一些粗浅之见，不成熟之处尚请多多指正、批评。

顺祝

文安！

章斌上
2018年10月31日

十二

章斌兄：

与你讨论问题，在我也是很愉快的事。诚如你所说，"非格律韵律（non-metrical prosody）中的'韵律'其实是 prosody 的中译"。这在外文中当然没有问题，只是在中文里"非格律韵律"才会产生误解，仿佛一个矛盾的概念，为了免生误解，我才建议你用"音律"或"声律"。你说："若担心'韵律'与押韵问题混淆，则必须说明它是'声韵之规律'，或者另用'声律'一词来称呼也可。"很高兴你接受这个意见，其实如我在上封信里所说，六朝人就用"声律"，有了声律的发明，才有永明体的诗歌以至近体诗啊。至于节奏音律与语言修辞当然有关系啦，我说它们毕竟不是一回事，乃是强调纯粹的音律节奏是可以脱离语言的意义和修辞而存在的，无所谓美丑，比如，我们完全可以按平平仄仄平平仄、仄仄平平仄仄平的一连串格律形式填写一首七律，平仄押韵都完全合规矩，但并没有成为一首好诗，因为诗是有感情、有意味的语言艺术作品，只有恰当地运用了语言修辞手段、使格律成为美的有意味的语言织体，那才能说格律出色当行。所以，我很赞赏你对卞之琳自由诗的声律之美的具体分析。你来信中说，"陈世骧先生在其《中国文学的抒情传统》一书中也有类似的看法，他在《时间与律度在中国诗中之示意作用》中说，诗歌之优劣在于诗歌的声响节奏能否与诗歌之情感、意境组成紧密的、有机的整体，并让节奏产生微妙之'示意作用'"。陈先生的话是很有见识的说法。说来有趣的是，我可能是大陆学界较早注意到陈世骧先生的人——那是在上世纪八十年代末的一天，我看到一个叫"陈石湘"的人在朱光潜主编的《文学杂志》上发表了一篇《唯在主义的哲学背景》的文章，一看题目即意识到"唯在主义"当是"存在主义"，细看原文果然如此，所以在我的博士论文中引用了该文，只是不知道"陈石湘"是何许人，为此曾经当面请教过卞之琳先生（那时卞先生经常约我到他家聊天），卞先生说可能是他在北大的同事陈世骧（抗战爆发后赴美留学），后来看到台湾地区出版的《陈世骧文存》，才确证"陈石湘"就是"陈世骧"。陈世骧大概是在1942年吧，在美国的《亚洲》杂志上发表了对《慰劳信集》的评论，并给予了很高评价，我前几年让陈越译出来在国内发表了。①

匆复，祝好。

解志熙

2018年11月2日上午

（原载于《文艺争鸣》2020年第1期）

---

① 陈世骧：《一个中国诗人在战时》，陈越译，《现代中文学刊》，2011年第1期。

现代汉诗的"语言问题"

——叶维廉《中国现代诗的语言问题》献疑兼谈"语言学批评"

叶维廉是旅美著名诗人、学者、翻译家,其《中国诗学》一书是比较诗学领域的一个里程碑式的成果。作为一个在海外受过系统比较文学学术训练的学者,他在这本书中展现出宏阔的视野和细致的分析方法,纵论古今中外,发人深省。尤其是他对中西诗学的异同和"模子"的汇通的探索,对古典诗歌的哲学背景以及"视镜"的分析,对翻译中所存在的语言转换的问题等方面的论述,已经成为比较诗学领域的典范,笔者也深受启发。《中国诗学》中也有不少涉及汉语新诗的内容,《中国现代诗的语言问题》是其中较引人注目的一篇。在此文中叶维廉再次重申其一贯的诗学主张,比如"水银灯"式的意象呈现方法,"以物观物"的诗学视镜,还有对分析性、演绎性语言的反对,等等。这些观点自然是有意义的诗学主张,不过作者有意无意地把他从旧诗和文言中提炼出来的美学原则和语言原则用来批评——甚至否定——某些新诗,经常暗示白话诗存在着某些固有的缺陷与"陷阱",这引起了我们的疑虑。由于叶维廉本身也是白话诗人,且身兼中国古典诗和现代诗的海外传播者的身份（此文原为其编译的《中国现代诗选》英译本绪言），这样的观点难免会让海内外读者与研究者产生误解，即白话新诗的产生本身是一个错误，它的"前途"在于矫正它一开始所倡导的某些主张，比如建立健全、完善的语法，使用现代白话语词等等，以便回到文言诗歌所达致的美学境界。文中屡屡出现"达致文言所有的境界""这和中国旧诗的表达形态和风貌距离更远"（第 334 页）一类的论述，① 这样的表述暗示着一种价值等级序列，似乎白话诗的语言本身是"有问题的"，它必须不断向文言看齐。实际上在《中国诗学》的其他文章中也屡屡出现这种暗示。某些治古典文学或者比较文学的学者对此观点也见猎心喜，引据为证明新诗相对于旧诗的某些根本"缺陷"的论据，则又令人啼笑皆非。叶维廉文中所论侧重于语言问题，那么不妨来细察其所论，看看白话诗的语言（相对于文言而言）究竟有哪些"问题"，看它们是否"成问题"，或者这本身是否是个"问题"。

一、虚词问题

叶维廉是从比较诗学视角开始他对现代诗歌的语言问题的论述的，他在《中国现代诗的语言问题》文中首先举了几首中国古典诗歌（李白《送友人》、杜甫《春望》等）翻译为英语的

---

① 本文所引叶维廉论述，均据叶维廉：《中国诗学》，人民文学出版社，2006 年版。文中所引叶维廉观点仅旁注页码，不另出注。

例子，分析其中遭遇的语言转换问题。他发现，这些诗歌翻译为英语时，往往多了几样东西：一是中文诗中往往没有人称代词的主语，在译诗中被加上去了；二是中文原诗中动词往往没有时态，而在英译中被加上了时态；三是中文诗中很少使用连接词，在英译本中往往加上了诸如"though（虽然）""yet（仍然）"之类的连接词来连接"国破"与"山河在"之间的关系。在叶维廉看来，英译诗歌中出现的种种变化实际上破坏了诗歌中的"水银灯"式"直接呈现"的效果："文言的其他特性皆有助于这种电影式的表现手法——透过水银灯而不是分析，在火花一闪中，使我们冲入具体的经验里。"（第333页）他对于汉诗英译的批评自然是有道理的，这里我们不讨论英译问题，只讨论现代汉诗本身的语言问题。

当话题转到汉语新诗时，叶维廉发现，在旧诗英译中存在的种种"问题"，居然在新诗中也统统存在：在文言诗中很少出现的人称代词回到了新诗中；指示时间的助词、副词大量出现，比如"将""着""曾""过"等；还有，文言中很少出现的连接词也大量出现在新诗中，比如"只是""依然"等。他认为，这些特征导致了语言中太多的分析性、演绎性，并且警告白话诗人不要落入这些"陷阱"（第334页）。文中所论不仅是写作方法问题，还涉及文学史的评判："相当讽刺的是，早年的白话诗人都反对侧重模式的说理意味很浓的儒家，而他们的作品竟然是叙述和演绎性的（discursive），这和中国旧诗的表达形态的风貌距离更远。"（第334页）由是，文章实际上导向了对"五四"以来的新诗变革的否定。因为他在文中所列举的白话诗的种种"问题"，恰好也是"五四"时期的诗人和理论家所明确提倡的，比如代词、助词、副词、连词的使用，时态的明晰、语法关系的严密等，这正是"五四"时期作家、学者认为包括旧诗在内的旧文学的不足之处，而力图在新诗中挽救之。这里先说助词、副词、连词问题，时态问题、人称代词的问题则稍后再论。关于虚词的使用与语法问题，鲁迅就曾直言不讳地指出：

中国的文或话，法子实在太不精密了，作文的秘诀，是在避去熟字，删掉虚字，就是好文章，讲话的时候，也时时要辞不达意，这就是话不够用，所以教员讲书，也必须借助于粉笔。这语法的不精密，就在证明思路的不精密，换一句话，就是脑筋有些胡涂。倘若永远用着胡涂话，即使读的时候，滔滔而下，但归根结蒂，所得的还是一个胡涂的影子。要医这病，我以为只好陆续吃一点苦，装进异样的句法去，古的，外省外府的，外国的，后来便可以据为己有。①

这里，鲁迅提出了要明确文字的句法，不要为了节奏上"滔滔而下"就说"糊涂话"，并坚决主张不避虚字（虚词）。比如，他举例说："'山背后太阳落下去了'，虽然不顺，也决不改作'日落山阴'，因为原意以山为主，改了就变成太阳为主了。"②若从旧诗的角度看，"日落山阴"自然是更"诗意"一些，也更有"水银灯"效果。但是鲁迅觉得其实不过是念起来很顺的"糊涂

---

① 鲁迅：《关于翻译的通信》，《鲁迅全集》（第四卷），人民文学出版社，2005年版，第391页。
② 同上，第392页。

话"而已。鲁迅明确提出这里存在强调重心的问题,句式不同重心自然不一样,这也是"山背后太阳落下去了"与"太阳落到山背后去了"的区别。胡适也有非常相近的观点,他提出:"只有欧化的白话方才能够应付新时代的新需要。欧化的白话文就是充分吸收西洋语言的细密的结构,使我们的文字能够传达复杂的思想,曲折的理论。"① 无独有偶,胡适也经常指摘旧诗文法的"不通","尤以作骈文律诗者为尤甚","夫不讲文法,是谓'不通'"。② 为此,他把"讲求文法"列为其文学改良主张的"八事"之一。③ 可以说,严密句子的语法关系,并借助虚词的使用来明确语句各部分的关联,是"五四"一代作家基本的语言要求。

从叶维廉的观点来看,"五四"一代的意图无疑是失败的,而且与他所认识到的诗学方向背道而驰,因为这给语言加入了太多的"分析性""演绎性"。比如他以杜甫"国破山河在"为例,它被刘大澄翻译成:"国家已经破碎了,只是山河依然如故",叶维廉认为:"'已经'(指示过去)和'只是''依然'这些分析性的文字将整个蒙太奇的呈现效果和直接性都毁掉,就和那些英译将戏剧转为分析一样。"(第 333—334 页)刘大澄的所谓"翻译"其实只是在用白话传释文言诗句,旨在为不通文言的初学者解释一下诗的意思罢了,其艺术效果自然不能与原

---

① 胡适:"导言",《中国新文学大系·建设理论集》,上海良友图书公司,1935 年版,第 24 页。
② 胡适:《文学改良刍议》,《中国新文学大系·建设理论集》,上海良友图书公司,1935 年版,第 37 页。
③ 同上。

诗相比。再说了，如果想要向初学儿童解释这首诗的意思，不加上连词副词等，如何解释？但叶维廉意图将这种对比转换为一个语言的优劣与诗学的方向问题，他紧接着又举了"五四"时期的诗人刘大白和台湾诗人余光中的两首使用连词、副词的诗为例，来说明白话的这种"陷阱"。但是，在逻辑线往下推之前，容我们再回神想想，杜甫怎么成"蒙太奇"大师了？蒙太奇是二十世纪才出现的电影手法，怎么又"穿越"回唐代去了？不妨来重读这首《春望》："国破山河在，城春草木深。感时花溅泪，恨别鸟惊心。烽火连三月，家书抵万金。白头搔更短，浑欲不胜簪。"确实，首联、次联都没有任何虚词，以名词、动词构成，意象得到"直接呈现"，这两联诗本来就已经容不下虚词了。但是再往下读，尾联不是出现了虚字，"浑欲"的"浑"（简直）不就是副词吗？而且前句言头发越搔越短，后句言头上简直要无法插簪，这不是明显的因果关系吗？还有第三联"烽火连三月"言情势之危急，而"家书抵万金"言忧虑之深切，其中也有因果关联，并非"蒙太奇"那样的镜头自由拼贴。可见，这首诗并非全然是毫无逻辑关联的意象"直接呈现"，甚至把开首二联解释为"蒙太奇"手法也大抵是附会——却是一个有创意的附会。

其实，旧诗中连词、副词等虚词的省略或者少用，主要源于诗歌体式的约束和语言条件的许可，很少是源于"直接呈现"或者"蒙太奇"效果的考虑。五七言之句本来长度与格局就有限，而且一般都是一句构成一个意思（即一个整句或分句），这已经很难容下太多虚词虚字了，所以一般情况下尽量先考虑动词、名词等实词，有空间再考虑虚词。这好比发电报，若一字一金,那也只能写作"母病速归"了。何况还要考虑平仄、对仗、押韵以及节奏的安排,就更难容下太多虚词了。王力对此也做过分析:

> 古诗的语法,本来和散文的语法大致相同;直至近体诗,才渐渐和散文歧异。其所以渐趋歧异的原因,大概有三种:第一,在区区五字或七字之中,要舒展相当丰富的想像,不能不力求简洁,凡可以省去而不至于影响语义的字,往往都从省略;第二,因为有韵脚的拘束,有时不能不把词的位置移动;第三,因为有对仗的关系,词性互相衬托,极便于运用变性的词,所以有些诗人就借这种关系来制造"警句"。①

实际上,在字数要求稍微宽松的骈文、赋,乃至词、曲中,虚字虚词已大量出现,包括叶维廉所反对的说明词与词、句与句之间关系的词,具有"分析性、演绎性"的词,比比皆是:

> 屈贾谊于长沙,非无圣主;窜梁鸿于海曲,岂乏明时?所赖君子见机,达人知命。老当益壮,宁移白首之心?穷且益坚,不坠青云之志。(王勃《滕王阁序》)
> 嗟乎!使六国各爱其人,则足以拒秦;使秦复爱六国之人,则递三世可至万世而为君,谁得而族灭也?秦人不暇自哀,而后人哀之;后人哀之而不鉴之,亦使后人而复

---

① 王力:《汉语诗律学》,上海教育出版社,2002年版,第261页。

哀后人也。(杜牧《阿房宫赋》)

难道这不是中国古典文学之精华了?虽则五七言诗歌经常利用只取实词的方法来制造"警句"(比如"鸡声茅店月,人迹板桥霜"之类),这也确实是古典诗歌令人惊叹之处,也可以像叶维廉那样进行比较诗学的阐释。但是,虚词也并非完全不能入诗,有时甚至因虚词的使用而成妙句的也不在少数,杜甫便是高手:"白日放歌须纵酒,青春作伴好还乡。即从巴峡穿巫峡,便下襄阳向洛阳。"(杜甫《闻官军收河南河北》)其中的"即"与"便"字,不仅明了句与句之间关系,更有一种一气贯注、顺流而下的畅快,欣喜若狂的兴致盈于纸面。再如:"琴诗酒伴皆抛我,雪月花时最忆君。几度听鸡歌白日,亦曾骑马咏红裙。"(白居易《寄殷协律》)虽然几乎每句都有虚词入诗,又何碍诗之"直接呈现"了?

关于语法结构会妨碍意象的"直接呈现"与生动性的观点,其实早在二十世纪初意象派的先驱 T. E. 休姆(T. E. Hulme)那里就有明确的表达,[①] 受休姆启发,意象派诗人庞德发现汉语古典诗歌语法极其简省、语法结构较单薄的特点,他把其视作诗性文字的典范,并开始由日文创造性地"翻译"汉语古典诗歌(实质上是用意象派理论"改造"中国古典诗歌)。这些翻译在英美诗坛、学界产生了广泛而深远的影响,引起了一代又一代的诗人、批评家对于一种"在别处"的理想诗性文字的想象,

---

[①] T. E. Hulme, *Speculations*: *Essays on Humanism and the Philosophy of Art*, London & New York: Routledge & Kegan Paul, 1987.

并以之为参照系批判欧洲语言语法过于严密,从而导致诗歌的表达过于抽象化的缺陷。叶维廉也是这条诗学路径的实践者和倡导者之一。① 他还进一步强化了那种主张汉语古典诗歌语言之"优越性"的倾向,并据此批评某些西方诗歌和现代汉诗。

然而,休姆与庞德的观点并非不容置疑的理论前提。比如,高友工、梅祖麟在其关于唐诗语言的极其详审深入的研究中就质疑了休姆的理论假设,他们认为:"休姆观点的正确性在于:汉语的独立句法有利于构成简单意象。因为汉语句法的独立性是内在固有的,所以无须为了意象构成而废弃句法;英语中的罗列句法和连接句法的确会妨碍简单意象的构成,但它却有利于创造复杂意象。当英语句法的这个方面被废弃时,我们便可得到意象派的诗,但是为此所付出的代价,则是不得不放弃复杂意象和英语句法所体现的许多其他作用。"② 因此,他们指出:"休姆敏锐地洞察到句法与意象之间的密切关系,但他关于句法妨碍意象构成的观点则不免偏颇。"③ 与叶维廉相较,高友工、梅祖麟没有那么明显的诗学立场,持论也相对平和中正一些,他们观察到,汉语本来就较为薄弱的语法关系在诗体(尤其近体诗)中被进一步削弱,语法虚词大量地省略,因此指代关系、时空关系、动作情态、名词数量等方面在诗歌中经常是省略的,

---

① 值得一提的,叶维廉的博士论文也是研究庞德诗学以及他对中国古诗的翻译的:Wai-lim Yip, *Ezra Pound's Cathay*, Princeton University Press, 1969。

② 高友工、梅祖麟:《唐诗三论:诗歌的结构主义批评》,商务印书馆,2013年版,第92页。按:此书原为两位作者合作发表于《哈佛亚洲研究学报》(*Harvard Journal of Asianic Studies*)的三篇英文文章(分别刊于1968年、1971年和1978年)。

③ 高友工、梅祖麟:《唐诗三论:诗歌的结构主义批评》,商务印书馆,2013年版,第92页。

这不仅造成了所谓"独立句法"①，也导致古诗中所描写的物象大都是"类型"而非具体的个体，强调的是"性质"而非具体对象。② 因此，"汉语是一种指称抽象的语言……它没有真实的时空指向。如果一个名词没有指称这个或那个具体对象，那么它的指称就不是个体而是类型"。可见，"近体诗这种感觉的具体性与指称的抽象性共存的特点"其实并不契合意象派关于意象的构成理论的期待。③ 虽然高友工、梅祖麟的分析同样也不是普适性的，不过它却提醒我们去重新审视意象派对于中国古诗语言的一厢情愿的想象，即认为缺乏严密语法结构的古诗有利于意象的"直接呈现"和表达的"具体化"。实际上，这里的"具体"是需要严格限定的（其实指的更多是"生动"的意思），若就指称的具体和描绘细节上的具体而微来说，其实古诗相对现代诗和西方诗歌恰恰是较为"抽象"而模糊的。

质而言之，叶维廉更欣赏王维式的澄心静观，惊叹于古典诗歌意象的"无言自现"，这本无可厚非。而他激赏古典诗词中那种不借助连接词、助词、副词的极简诗句，将其解释为意象派式的"直接呈现"、现代电影中的"蒙太奇"手法，这是批评家合理的阐释权力——伟大的传统经得起各种方法、角度的阐

---

① 比如张继的"月落乌啼霜满天，江枫渔火对愁眠"，每句均由三个独立片段构成，之间没有连接词。
② 他们注意到汉诗中大量使用套语和类名（类别名称），比如王维《鸟鸣涧》里用了"人""鸟""花""山"等类名，这导致了其表现的更多是共相，带来"模糊的抽象性"（《唐诗三论：诗歌的结构主义批评》，第74—76页）。而为了"对对子"使用套语这一点正是"五四"时期的文学改革者（如胡适）所激烈批判的。
③ 高友工、梅祖麟：《唐诗三论：诗歌的结构主义批评》，商务印书馆，2013年版，第93页。

释，也需要不断进行新的阐释以便和当下的思想与写作发生关联。不过，如果这种阐释导向对其他诗学方法的排斥乃至对现代诗歌语言的根本否定，那它自身就是一个"问题"了。现代汉语中连词、助词的大量增加，最明显的效果是加强了语言的逻辑性，使句子的语法关系更严密。读者或许会问：难道诗歌不是一种反逻辑的诗性活动，诗句本身不是越"朦胧多义"越好吗？叶维廉正是基于这条线索来批评现代汉语，以及西方诗歌的语法与用词的。但是，且不要那么快滑入这种是此非彼的二元判断中。语法结构的相对严密，其实只是建立了句子的形式框架，有了这个总体框架，诗人便可以在其中装进各种东西（包括反逻辑的一些诗思与表达）。换言之，现代汉语的相对严密的语法结构相当于"撑大"了诗歌语言表达的空间。打一个比方，如果说古典诗歌是"木构建筑"的话，那么用现代语法构建起来的诗歌则相当于钢筋水泥构建起来的高层建筑，虽然木构建筑确实更有原始的风味，但是它的内在缺陷是无法建得特别高，因为语法与诗体要求支撑不了庞大的体系，而框架结构的建筑看上去是"方正"了点，但它的优势是容量大，一栋房子建上百层都可以。这一点，胡适在进行新诗的尝试时已清楚地觉察到："简单的风景，如'古台芳榭，飞燕蹴红英。舞困榆钱自落'之类，还可用旧诗体描写。稍微复杂细密一点，旧诗就不够用了。"① 先从简单的说起，就以叶维廉谈到的诗句为例：

---

① 胡适：《谈新诗》，《中国新文学大系·建设理论集》，上海良友图书公司，1935年版，第297页。

> 在我的影子的尽头坐着一个女人。她哭泣，
>
> （痖弦《深渊》）①

这里显然也有前面叶维廉所提到的白话诗的各种"问题"，包括说明方位关系的词（"在……的尽头"），说明动作状态的助词（"着"），还有明确数量的以及指称的量词"一个"，②试问把这些词统统去掉如何能成诗呢？若去掉，话能不能说通都是一个问题，遑论写诗了。可见，指称的具体、时空关系的明确已经是现代汉语的习惯了，与之相应的语法构架和虚词已经深入现代汉语的骨髓之中，不可能来个抽筋取骨将其去除。但是，虚词、语法结构的存在并不妨碍这行诗是一行好诗。叶维廉也将其作为现代汉诗"自身具足的意象"的好例子，言其"承载着情境的力量"（第 336—337 页）——但这行诗毫无疑问地属于他前文所反对的对象。其实，问题并不在于语法结构的使用与否，或者语法是否严密，而在于使用什么样的语法结构。把这行诗稍微改写一下，或许会有助于明了它为什么具有"情境的力量"：

> 一个女人哭泣着坐在我影子的尽头

---

① 痖弦：《痖弦诗集》，台北洪范书店，2010 年版，第 233 页。
② "一个"之所以有明确指称的意味，与英语中使用定冠词（"the"）与不定冠词（"a"）区别指称的情况类似。这里说"一个女人"而非"这个女人""那个女人"或"我的女人"，显然带有非个人化的考量，还暗示着抒情主体"我"的冷淡态度，因为在"我"眼里，她不过是"一个女人"（众多中的"一个"）。

与原作相比，这句话意思没变，但是变成一句概括性的话，缺乏了意象呈现的"直接性"。看来，原诗之所以有一种直接性和情境力量，是因为它依循观看的视线和画面的方位关系。先是看到"我的影子"，然后"尽头"暗示着视线的移动，从"这"到"那"，然后看到了"女人"，最后看到其情态"哭泣"。原诗很简洁地勾勒了一幅生动的画面，而改作则打乱了这种方位关系，变成逻辑上的抽象表达。两个句子之间的区别不在于语法结构的有无或者严密程度，而在于不同的语法结构、语序所暗示的不同的观看视野和呈现方式。如要构建一些相对复杂、立体的画面，语法的使用、虚词的进入是不可避免的。因此，简单地去断定现代汉语的语法结构具有某些"原罪"式的缺陷是片面的，也无助于分析那些在意象呈现上真正独特的作品。

在我们看来，所谓严密句法会妨碍意象之呈现的观点，其实更多是从孤立的名词语象的角度来说的，若从整体的一句诗以至一首诗的角度，则往往未必如此。换言之，语法构架是否严密、虚词的使用与否，与意象的是否"自身具足"、是否"直接"是两个问题，两者之间建立的关联是偶发性的（occasional），而非必然的。而且，前面说过，语法只是语言的形式框架，但诗人往往在其中塞进一些不那么符合框架的东西，以至于显得与"框架"颇为"违和"，这正是诗意产生的契机，商禽便经常做这种游戏：

"我们应该熄了灯再脱；要不，'光'会留存在我们的肌肤上。"

"因为它执着么？"

"由于它是一种绝缘体。"

"那么,月亮呢?"

"连星星也一样。"帷幔在熄灯之后下垂,窗外仅余一个生硬的夜。屋里的人于失去头发后,相继不见了唇和舌,接着,手臂分别从背部与肩与胸与腰陆续亡失,脚和足踝没去的比较晚一点,之后,便轮到所谓"存在"。

N'eter pas。他们并非被黑暗所溶解;乃是他们参与并纯化了黑暗,使之:"唉,要制造一颗无质的黑水晶是多么困难啊。"①

这首散文诗很巧妙地模仿了情人之间那种"没头没脑"的对话,"要不""因为""由于""那么""使之"看起来是在建立语句之间的逻辑关联,但其中的关系往往是反逻辑的,诗人显然沉迷于"调侃"这些关联词,其中有一种跌宕多义的效果。其实,第五段的"于……之后""相继""接着""之后"等时间副词也是如此,它们连接的句子中描述的现象应该是瞬间的事情,但是诗人又将其描述为一个相继发生的事件,这是其中的悖论所在。②叶维廉也注意到现代诗歌中的这种语法与语义、诗情表里不一的情况,他称之为"假语法"(pseudo-syntax),严格说,这是一个不太确切的术语——或许叶维廉太想为他"反语法"的立场找证据才如此命名——其实这些都不过是语言中的"反讽"而已,即语言自己和自己"打架",其中的"语法"既非

---

① 商禽:《无质的黑水晶》,《商禽诗全集》,台北印刻文学出版社,2009年版,第163—164页。
② 在日常语言中,其实也有这种关联词游戏,比如:"然后,然后就没有然后了。"

"全真",也非"全假",往往是真假莫辨,假中有真真中有假,这不正是诗之妙处吗?

再看当代新诗中的例子。比如昌耀,就是一个特别擅长利用连词、副词、助词等关系词的诗人:

> 我们商定不触痛往事,
> 只作寒暄。只赏芳草。
> 因此其余都是遗迹。
> 时光不再变作花粉。
> 飞蛾不必点燃烛泪。
> 无需阳关寻度。
> 没有饿马摇铃。
> 属于即刻
> 惟是一片芳草无穷碧。
> 其余都是故道。
> 其余都是乡井。①

实际上,这首诗语言上的妙处大半都在虚词处,这些虚词的使用往往"真真假假,假假真真"。比如第二行的"只"这个虚词,它不仅是"只"(仅仅)的意思,还带有"欲言又止"的"止"的谐音与暗示,前一句言"触痛",显然两人之间的"往事"已然很"痛",因此才有第二行的"只"字。第四行的"不再"意味着时光荏苒,往事"不再";下一行的"不必"则暗示

---

① 昌耀:《昌耀诗文总集》,作家出版社,2010年版,第453页。

时过境迁,"不必"再生情愫。第七行的"没有"一句则让人想起"老骥伏枥"。① 而第九行的"惟是"之"惟",看上去是说两人之间目下的"仅有",实际上也暗示着当下"一无所有",可以说是一个悲哀的反讽。正因"一无所有",其余"都"成"故道"与"乡井",仅一"都"字,多少遗憾在不言之中?若像叶维廉那样做"直接呈现"的实验,将虚词尽数删去只余实词意象,这首诗就味同嚼蜡了。

显然,在新诗中,要表达某些复杂的情愫,往往需要词与词、诗句与诗句之间有较复杂的关联,便离不开虚词的使用与语法结构的支撑,自然其中也不能完全排除语言中的"分析性、演绎性"(实际上,任何语言都不能排除)。但是,这并不意味着诗歌因此是演绎性或者分析性的,在某些杰作那里虚词的使用反而经常可以带来更丰富、更饱满的表意与抒情的空间。概言之,现代汉语与现代诗体只是把过去"螺蛳壳里做道场"的"螺蛳壳"扩大了,并不是"螺蛳壳"一扩大,"道场"就没法"做"了;至于怎么做,也得看诗人如何充分运用这个更大的"螺蛳壳"。

二、时态与时间问题

再来看叶维廉提到的第二个问题,时态与时间问题,这个

---

① 这里对典故的运用更像是所谓"夺胎换骨"法,倒不是在正用"悬羊击鼓、饿马提铃"的兵法典故。

问题与前面的虚词问题相关,不过可以单独拿出来讲。叶维廉观察到:"文言超脱某一特定时间的囿限,因为中文动词是没有时态的(tense)。印欧语系中的过去、现在及未来的时态是一种人为的划分,用来限指时间和空间的。中文的动词则倾向于回到'现象'本身——而现象本身正是没有时间性的,时间的观念只是人加诸现象之上的。中国旧诗极少采用'今天''明天'及'昨天'等来指示特定的时间,而每有用及时,都总是为着某种特定的效果,也就是说,在中文句子里是没有动词时态的变化的。"(第330页)确实,就词形变化而言,汉语是孤立语,不通过动词本身的形态变化来指示时态,而通过词序与虚词(比如"着""了""已"等)来指示时间,而英语是屈折语,每个动词都有时态变化和区别。但是,叶维廉想进一步引申出中国旧诗不强调时间性这一点,就颇为可疑了。

前面说过,受限于字数与诗体要求,旧诗中习惯省却很多虚词(包括指示时间的助词、副词),而且,旧诗中占相当大部分的是即景抒情的作品,写的是当下的事件和景观,自然不必明确时态,画蛇添足。但是,若涉及时间的差异、动作的描述与情态的变迁,时态当然可以回到诗歌之中:"昔人已乘黄鹤去,此地空余黄鹤楼"(崔颢《黄鹤楼》);"曾是寂寥金烬暗,断无消息石榴红"(李商隐《无题》)的"曾"指示灯烬变暗之"已然",暗示时间流逝,长夜未眠。"昨夜闲潭梦落花,可怜春半不还家。江水流春去欲尽,江潭落月复西斜。"(张若虚《春江花月夜》)不仅有"昨夜"明示过去时间,也有"去欲尽"这样的类似于英语中以"将来时"表示事件趋势的表达,副词"欲"即"即将"。可见只要涉及时间变化,动作、事件的发生与变迁,旧诗中也可以有"时态"的出现,视乎必要与否而已。①

至于更广泛意义上的"时间"观念,则更不是"印欧语系"所专属,几乎是全人类所共有的。当然,我们理解叶维廉所欣赏的道家观念,从这种观念看,"时间"无非是人为的界定罢了,自然不是现象本身应有的特征。《庄子·齐物论》里说:"古之人,其知有所至矣。恶乎至?有以为未始有物者,至矣,尽矣,不可以加矣。其次以为有物矣,而未始有封也。其次以为有封焉,而未始有是非也。"叶维廉也沿着这条批判哲学路线走向了对诗歌中"时间""时态"观念的批判(它们都可以视作人为的界定"封"),②得出后者会影响对现象"直接呈现"的观点,这从逻辑上来说是完整而自洽的,也得到某些作品的印证,尤其是魏晋后受到道家影响的山水诗作品。但是,一个批评者自身的哲学观念是一回事,怎么解释一首作品乃至整个诗史是另一回事,因为后者很可能与阐释者并不共享一个思想观念(包括时间观)。就时间而言,这几乎是古典诗歌的核心母题和题材,远不是可以"忽略不计"的"特例"。或许叶维廉先生

---

① 过去大部分学者认为汉语动词没有"tense"(学者有译为"时态",也有译为"时制"),而是通过"aspect"(即"体",也有学者称为"时态")来标示动词的动相,比如高明凯、王力等。但最近几十年来,不少学者认为汉语动词本身也有"tense",通过时态副词和时态助词来表示,"时"("tense")和"体"("aspect")共用一套标记系统,参见张济卿:《汉语并非没有时制语法范畴——谈时、体研究中的几个问题》,《语文研究》,1996年第4期;陈立民:《汉语的时态和时态成分》,《语文研究》,1996年第4期。语言学上的术语纠纷与界定本文不予讨论,但是,汉语(无论古汉语现代汉语)有明确、具体的时间意识和时态表达是毫无疑问的。

② 不过较反讽的是,恰好在《庄子》那里,在中国文化中较早地出现了抽象的"时间"概念,详见下页。

太沉迷于王维的"月出惊山鸟,时鸣春涧中"这样的"瞬间直观"的诗境了,忘了中国旧诗词中写昨夜、今日、明日之类的诗词数不胜数,且不管平庸之作,单知名的句子就不在少数:

昔我往矣,杨柳依依。今我来思,雨雪霏霏。(《诗经》)
弃我去者,昨日之日不可留;乱我心者,今日之日多烦忧。(李白)
昨夜星辰昨夜风,画楼西畔桂堂东。(李商隐)
今朝有酒今朝醉,明日愁来明日愁。(罗隐)
小楼昨夜又东风,故国不堪回首月明中。(李煜)
昨夜雨疏风骤,浓睡不消残酒。(李清照)

至于用季节变迁(春秋)、植物枯荣、历史兴衰来书写时间母题的,就更不胜数了,无须在此列出。关于古典文学中"时间"观念的起源和变迁,陈世骧写过一篇详审深入的文章,即《论时:屈赋发微》。他细致地考察了在先秦文学中,"时"如何从最开始的代词(指"那个")慢慢变成浅显的具体时间概念(比如表示季节时令),最后演变成统称性的抽象时间概念,其中,诗起着重要的作用:"我们甚至可以说,'时间'一概念的完全成长,成为一独特的概念,有着固定名字的'时',是诗的创始品。"[①] 他注意到,"在人类历史某些重要的联结处,会产生对时间的新态度,并同时在诗歌、哲学、宗教上皆对时间作新

---

① 陈世骧:《中国文学的抒情传统》,生活·读书·新知三联书店,2015年版,第152页。

的处理"①。比如,在庄子的论述与屈原的诗作中,就已经有对于时间的深刻的认识和抽象的统观:"安时而处顺"(《庄子·养生主》),"时暧暧其将罢兮""时缤纷其变易兮"(《离骚》)等。陈世骧还认识到,在中国文学中时间母题被之所以被诗人们如此频繁地书写,是由于中国文学中并没有像希腊神话中那样的有形象的神,在书写命运的时候,往往借助于时间、空间的流动变化来表达悲剧意识。②实际上,时间的悲剧意识甚至也可以体现于"时态"表达之中,比如李商隐的《锦瑟》末联就是一个耐人寻味的典范:

此情可待成追忆,
只是当时已惘然。

这里,"可待"是指未来,还带有一定的虚拟语气的意味,而"当时"是过去,"此情"或许在将来会变成追忆,但是在当时就已然令人迷惘,这里的时态的倒置(先未来后过去)有着极其悲哀的意味。此中的时间表达在节奏的"示意作用"(signification)下更显得情思迷惘,吟讽之下,显出宇宙时间的无限与人世时间的颠倒迷惘。

再来看新诗中的情况。叶维廉说:"一如文言,白话同样也是没有时态变化的,但有许多指示时间的文字已经闯进诗作里。

---

① 陈世骧:《中国文学的抒情传统》,生活·读书·新知三联书店,2015年版,第192页。
② 陈世骧:《中国文学的抒情传统》,生活·读书·新知三联书店,2015年版,第280—290页。

例如'曾''已经''过'等是指示过去,'将'指示未来,'着'指示进行。"(第333页)前面说过,汉语动词没有"时"的形态变化,但汉语语句可以有时态变化;而且"已""待""欲"之类的时间副词早已"闯进"了文言诗句里,并不是新诗才有的新现象。当然,在现代汉语写就的新诗中,相对于旧诗而言,动词的时态更明确了,往往被加上"得""着""了"之类的助词和"已""将""还""要"之类的副词来明确时态和情态。在叶维廉看来,加入了时间的指示,就等于加入了"因果律"和分析性:"如以因果律为据的时间观念,加诸现象(片面的现象)中的事物之上;这样一个诗人往往会引用逻辑思维的工具,语言里分析性的元素,设法澄清并建立事物间的关系。"(第345页)显然,这种写法不太符合他的"以物观物"诗学视镜,也未达他所景仰的"物我两忘"的境界。① 然而,自"五四"开始被当作明确语法关系、句意表达的时态虚词,真的与诗意的表达那么矛盾吗?我们从"五四"时期的例子开始说起。胡适在《谈新诗》一文中谈到自己的《应该》这首诗:

他也许爱我,——也许还爱我,——
但他总劝我莫再爱他。②

---

① 有趣的是,被叶维廉当作乱用虚词的负面例子的余光中,也和叶维廉一样反对这些词入诗文,亦与此文相映成趣,此不详论。参见余光中:《论中文之西化》《白而不化的白话文》《论的的不休》,《余光中论翻译》,中国对外翻译出版公司,2000年版。
② 胡适:《谈新诗》,《中国新文学大系·建设理论集》,上海良友图书公司,1935年版,第296页。

胡适对这首诗颇为自信:"这首诗的意思神情都是旧体诗所达不出的。别的不消说,单说'他也许爱我,——也许还爱我'这十个字的几层意思,可是旧体诗能表得出的吗?"① 读者或许对胡适的"自信"颇为困惑:这样的诗有什么妙处能让胡适如此自得呢? 这两句诗的第一层意思是"也许",这表达了一种猜测,即既有可能"爱",也有可能"不爱";第二层意思是"还",从表面上看,它强调的是时态区别,即"爱"这个事实到现在"也许"还存在。但另一方面,由于"还"字前面也有"也许",那么自然"还爱我"也是一种猜测,所以第三层意思是"也许"现在已经不"爱我"了,即"爱"也许已经成过去时了。所以,这句话确实有好几层意思,只是现在来看有点司空见惯了。当然,这首诗还是新诗草创期的作品,只是一种"尝试",也谈不上是多高妙的杰作。但是,它已经显示了一种可能性,即当虚词的使用放开,时态的表达开始丰富以后,白话诗确实拥有了新的表意空间。

到了当代诗歌中,情况就变得远为复杂了。利用虚词、时态的多样性来进行诗意营造的诗歌甚多,这里仅谈一首诗,不过它足以证明此问题的复杂性与意义。这首诗就是多多的组诗《感情的时间》。和昌耀那首《一片芳草》一样,这首诗也用了很多虚词,其中就包括不少指示时间、动作状态的副词、助词,比如其中的第一首:

---

① 胡适:《谈新诗》,《中国新文学大系·建设理论集》,上海良友图书公司,1935年版,第296页。

> 呵，亲爱的，让我们
>
> 再看看窗外的世界吧
>
> 看看傍晚时分的烟酒店
>
> 雨水打湿的街道、车辆和情人
>
> 再看看起风的时候，城市多么荒凉
>
> 没有果实的树，又多么孤单
>
> 你就会感到：我们应当在一起
>
> 我们在一起的时间
>
> 就是家庭的时间
>
> 你就会停止在玻璃窗上写字
>
> 再不沉默，再不犹豫
>
> 也再不看我，就扑回我的怀中……①

这首诗显然是首情诗，不过其中涉及的爱情却颇为复杂，第一首写的是两人"应当在一起"的那种"念头"。它从一幅窗景写起，写到目下所见的荒凉、凄冷的城市，忽然之间就萌生强烈的念头："我们应当在一起"。诗中对"我们在一起的时间"有一种急切的把握。这种对时间的急切感流露于末三行的虚词之中：

> 你就会停止在玻璃窗上写字
>
> 再不沉默，再不犹豫
>
> 也再不看我，就扑回我的怀中……

---

① 多多：《多多的诗》，人民文学出版社，2012年版，第26页。

"就"是一个时间副词,有立刻、马上、即将之意,当"在一起"的念头浮起来的时候,"你""就"立即"扑回我的怀中",可见其急切。当然,诗句本身不能加上"立即"二字,否则就变成叶维廉说的"释义性"的诗歌了。关键在于,诗人其实又把这个"立即"的过程放慢了,因为在"扑回我的怀中"之前,还有三个"再不":"再不沉默,再不犹豫/也再不看我",这三个"再不"在节奏上仿佛三个"蓄力"的动作,经过这一蓄力后,"扑回"之势才显得如潮水般汹涌不可遏止。其实"再不"也是时间副词(反义词是"仍然"),这里其实在暗示"扑"之前有过很长时间的"仍然":"仍然沉默,仍然犹豫",可见,此前两人应该处于一段比较"膈应"的时间。因此可以揣测,此刻的"你"的情态应是忍,忍,忍,终于忍不住了——"扑回我的怀中"。这首诗看起来简单,实际上曲折而动人,写出了情人之间的那种"毫无缘故"的"突然",其中还流露出一种时间的急切感。当然,这都是仔细"分析"过后的结论,其实诗中的那种急切性,读者不必"分析"也可以凭借直觉感知到。这些时态副词是诗人的"时间感"的直接流露,有时甚至是"下意识"的。也正因为如此,它们的"言外之意"才是最微妙,也是最含蓄而动人的。

若要深入了解《感情的时间》这组诗,就得"从头说起"了。首先是它本身的写作时间问题,它注明写作时间是"1973—1980",这个时间段长达八年,从这段"感情"之中一直持续到它结束后,也几乎横跨了多多写作的整个早期阶段;另外,在1985年出版的《新诗潮诗集》中,这首诗的内容与后来 2010 年《多多的诗》的版本有不少差异。① 这说明诗歌本身存在修改和重写的情况。时态问题也与此相关，可以看到这组长诗部分内容是用现在时态叙述的，但也有不少内容是用过去时态叙述的，看上去更像是对已经成为过去的一段"感情的时间"的回顾："亲爱的，别忘记/我们曾经在一起/虽然一切已经过去/虽然我们已学会别离……"② 可以说，诗中的"过去时"，是站在现在回想起来的"过去"，而诗中的"现在时"，其实已是追忆中复现的"现在"。也正因为如此，诗人对于其中的"当下"叙述，总是有一种急切的把握，仿佛是急于抓住一个不可避免地从手中溜走的东西：

19
又畏惧，又好奇
又不能抗拒
可怜的不会说话的小东西
你知道我非常同情你么？
知道我会给你
对感情的非凡理解么？
知道我们这就要去找到
一个可以接吻的地方
让希望变得尖锐起来么？

---

① 参见多多：《多多的诗》，人民文学出版社，2012 年版；多多：《多多四十年诗选》，江苏文艺出版社，2013 年版。
② 参见老木编：《新诗潮诗集》，北京大学五四文学社，1985 年版，第 412—422 页。

小东西,别知道

一切都不要知道

不要事先知道……

20

你的身体不停地发抖

树木也在无端地羞怯

直到走进竹林的最深处

我才把你们的秘密,一同得到……①

  诗中的叙述仿佛在急切地冲向一个时间点,而且提醒"你"(其实也是提醒读者),"不要事先知道"。请注意"事先"这个时间副词,作者仿佛给"你"和读者放电影,还提醒说不能"剧透"。那么,这里"对于感情的非凡理解"究竟是什么呢?显然,这并不是一个有关肉体交欢的转喻式玩笑。我们真正想知道的是,为什么"对感情的非凡理解"会显得如此急切,仿佛一个提前知道了结局的悲剧,主人公在其中只想尽情地享受"过程"?但"过程"又是什么?

  读者自然应该注意到了这段"感情"本身的复杂。在七十年代,"处感情"就是一个不太合法、甚至有点危险的事情,弄不好会以"流氓罪"处分。何况这段感情还颇为复杂:"是你的目光中/让人伤心的东西/吸引我/是你/对另一个人的思念/吸引

---

① 多多:《多多的诗》,人民文学出版社,2012年版,第39—40页。

我……"① 诗中的"你"似乎长时间处于"摇摆不定"的状态,最后离开了"我"走向另一个"他":"呵,你照例在讲／离别前的谎话／照例在为我挑选／一个温柔些的创伤／生怕你离开我的决心／仍在吸引我……"② 这组诗具体涉及什么样的"本事"我们不打算在这里细细查考,重要的是诗歌本身。而且,"本事"只是一首诗的写作"契机",并不是诗歌本身。因为,与其说是爱之"本事"吸引了我们,不如说是爱之"书写"吸引了我们,更确切地说,是"过程"让我们心动,甚至心酸。这个"过程"又是什么呢?

"过程"其实就是时间本身。这时应该提起这组诗的标题了:《感情的时间》。值得注意的是,诗中直接用到"时间"这个词就有十几次之多,所以不妨假设:"时间"就是这首诗写作的核心。这里,在"感情的时间"中发生的故事,不妨称为"时间的聚焦":

> 27
> 是从别人的目光中
> 我才感到自己
> 已变得这般忧郁
> 那些温柔的细节
> 又从你消逝的声音中
> 让我重新经历

---

① 多多:《多多的诗》,人民文学出版社,2012年版,第28—29页。
② 多多:《多多的诗》,人民文学出版社,2012年版,第34页。

让我把所有
　　准备屈服的东西
　　告诉你：

　　告诉你
　　我生病了
　　亲爱的，我相信
　　整个世界都生病了
　　整个世界都在相信
　　等你香烟吸尽的时刻
　　就一定
　　会给我来信……①

"整个世界……"云云，看起来似乎是得了相思病的人的痴言痴语；但是，其中真正发生的正是时间的聚焦，仿佛"整个世界"都聚焦于"你香烟吸尽"的那一刻，② 在这个关键节点上，"就"这个时间副词再一次出现了（就像李商隐写"对影闻声已可怜，玉池荷叶正田田"时，特意加上"正"字一样），它不仅暗示着相思之苦，也将时间定格于诗中的这个"瞬间"，一个令人无比痴迷的瞬间。"时间"在感情中所发生的变化，正是这首诗背后的"故事"。布罗茨基说："爱在本质上是无限对有限所持的一

---

① 多多：《多多的诗》，人民文学出版社，2012年版，第43页。
② 这种感情的时间的"聚焦"，很多诗人都曾写过，比如："若是晓珠明又定，一生长对水晶盘"（李商隐《碧城三首》）；"而你就拼着把一生支付给二月了/二月老时，你就消隐自己在星里露里。"（周梦蝶《二月》）。

种态度。相反则构成了信仰或诗歌。"① 这正是在这首诗中发生的事情。与其说诗人是在执着于具体的感情纠葛,不如说是沉迷于感情的"时间"本身。

从诗歌的前后文来看,"我"的这种痴迷不过是一厢情愿的妄想罢了。诗人也知道情人有冷酷的一面:"为了明天的婚姻的神圣/你,在把自己储蓄起来/从你甜腻腻的脂粉下面/我嗅到了告罪的离别的芬芳……"② 尽管如此,这并没有遏止"我"的感情:"那是一段短暂的时间/那是我们相爱的时间/在我们相爱的时间里/我们找到了离别的地点/那是我们离别的时间/那是一段漫长的时间/在我们离别的时间里/我们找到了相爱的时间……"③ 所谓"在离别的时间里"找到了"相爱的时间",显然并不是指两人离别后又"相爱"了,而是指到了离别之后,才认识到"相爱的时间"为何物,才体验到相爱的那种"时间性"。或者说,只有在"追忆"中,"时间"才真正成为感情的"那种时间",那种转瞬即逝,想要握住又握不住的时间。这里的"颠倒"让我们想起了李商隐的"此情可待成追忆,只是当时已惘然"。当我们怀着这样复杂的心绪,再来看这组诗的结尾,就感到苦涩莫名了:

当你在早春的雪地上留下足迹
当你怀抱着花出现在阳光里
当你用少女的声音呼唤我的名字

---

① 布罗茨基:《小于一》,黄灿然译,浙江文艺出版社,2014年版,第35页。
② 多多:《多多的诗》,人民文学出版社,2012年版,第44页。
③ 多多:《多多的诗》,人民文学出版社,2012年版,第35—36页。

> 另一个时间开始了

另一个时间开始了
当你从黄昏的草坪上站起
当你向傍晚紫红色的伤口走去
当你就此走向多么美好的别离……①

前面"当"字句写的其实都是幻觉或者回忆,是别离中的幻觉,虽然是美好的。"当……"句式本来引起的是一种共时句式,比如随便造个句子:"当你用少女的声音呼唤我的名字时,我正在写字。"但是,诗中"当"连串起来的意象与事件又是一系列不可避免地走向消亡的物事,而主句是"另一个时间开始了"——一个不属于"我"的时间。因此,此中存在一种时态上的张力:从语象以及背后的事实来看是顺时前进的,但从"语法"或者下意识的"句式"来看又是共时的。当诗人用一个共时语法从句描绘一些历时性事物——其实已然成为过去时——他实际上是在说:"时间,请别走。"因此,这里的"当"其实是把逝去的东西重新带回到"当下"。这种意图"如同强挽着一头会随时飞遁的神鸟"(昌耀),② 其中的悲哀可想而知。③

因此,《感情的时间》这组诗写的既是"处感情"的那段

---

① 多多:《多多的诗》,人民文学出版社,2012 年版,第 44—45 页。
② 昌耀:《昌耀诗文总集》,作家出版社,2010 年版,第 511 页。
③ 与这首诗相比,其他诗人在使用这个从句时的"示意作用"就简单多了,比如食指的"当蜘蛛网无情地查封了我的炉台/当灰烬的余烟叹息着贫困的悲哀/我依然固执地铺平失望的灰烬"(《相信未来》),就缺乏这种时态示意上的双重性,只是简单地表达一种条件关系。

"时间",也是写"感情"的"时间性":比如时间的稍纵即逝,飘忽无定,颠倒混乱,等等。让读者心动与心酸的,是那种想要"抓住时间"的急切性,以及虽然拼力抓住,时间与爱情却依然流逝的枉然与惘然。要表现这些情思,显然离不开时间虚词与时态表达的奥援,它们像一些"润物细无声"的小小精灵,虽然不起眼,可却是诗人之"下意识"与"时间感"的最直接,也最隐秘的流露。它们的加入,并非是像叶维廉所说的那样,带来了太多的"分析性""演绎性"因素,破坏了诗意的直接呈现;相反,它们给诗歌增加了更多的"表情"的维度,让诗歌语言也有曲折微妙的"示意作用"。由此可以看到,虚词与时态的问题在那些杰出的作品中并不是一个可以随意剥离出去的"分析性"因素,它们往往内在于诗歌的表达中,与诗歌的情思、节奏、主题组成紧密的整体。因此,它们也不能当作孤立的语法现象从文本中剥离出来"分析",而是要综合考虑文本的内在脉络、写作动机,整体地考量。这也是本文花那么大篇幅来分析一首诗的虚词与时态的缘故。

三、人称代词与视镜问题

再来看人称代词问题。叶维廉把这个问题和诗歌的视镜问题结合在一起,这也是他的一个创见。叶维廉认为,旧诗中之所以少用"我""你""吾"之类的人称代词,是因为"人称代名词的使用往往将发言人或主角点明,并把诗中的经验或情境指为一个人的经验和情境;在中国旧诗里,语言本身就超脱了这种限指性(同理我们没有冠词,英文里的冠词也是限指的)。因此,尽管诗(李白《送友人》)里所描绘的是个人的经验,它却能具有一个'无我'的发言人,使个人的经验成为具有普遍性的情境,这种不限指的特性,加上中文动词的没有变化,正是要回到'具体经验'与'纯粹情境'里去"。(第330页)

应当承认,这种解释至少对于相当一部分旧诗是成立的,而且叶维廉的分析能够从具体的语言细节问题引申到更普遍意义的诗歌视镜问题,这也是别开生面的方法,与那种脱离语言细节空谈"境界"的"空对空"批评不可同日而语。他屡屡引述王维《鸟鸣涧》一诗,作为这种视镜的一个例子:

人闲桂花落,夜静春山空。
月出惊山鸟,时鸣春涧中。

叶维廉指出:"在这首诗中,景物自然发生与演出,作者毫不介入,既未用主观情绪去渲染事物,亦无知性的逻辑去扰乱景物内在生命的生长与变化的姿态。在这种观物的感应形态之下的表现里,景物与读者之间的距离被缩小了,因为作者不介入来对事物解说,是故不隔,而读者亦自然要参与美感经验直接地创造。"(第346页)这种解释显然受到叶维廉所景仰的意象派诗学的影响,尤其是庞德有关"意象叠加"和"非人格化"意象观念的启发,这些诗学原则庞德宣称是在中国古典诗歌中发现的,但其实在一定程度上是他本人"发明"的。[①]当然,用这

[①] 关于意象派诗学与中国古典诗歌的联系,参见赵毅衡:《意象派与中国古典诗歌》,《外国文学研究》,1979年第4期。

一套诗学原则来观察、阐释中国古诗也颇有新见,叶维廉对具体语言现象的观察至少在一定范围内是成立的。从这种诗学视镜出发,他欣赏那种淡化作者之主体性,虚化作者之主观视野的现代诗歌,比如商禽《天河的斜度》、郑愁予《坝上印象》等。他认为,在这些作品中,"诗人在和现象界交往时,他并没有把主观的'我'硬压在宇宙现象之上;他视自己主观的'我'为宇宙现象的波动形成的一部分"。(第338页)显然,他在现代诗歌中也主张"无我"与"以物观物"的诗学,自然有很大一部分现代诗是不符合这些原则的。

然而,叶维廉太急于将旧诗的这种省略代词的特点和"以物观物"的道家美学、"无我"的道家思想结合在一起,并与意象派诗学联系起来,串通为一条整全的思想脉络,实现东西方诗学"模子"的"汇通",理论的野心虽然颇为宏大,具体的论证却显得疏漏重重。前文说过,旧诗(尤其是五言、七言)受限于字数与诗体要求,尽量省却不要紧的虚词。而且,大部分旧诗属于抒情诗的范围,即写的是"我"(作者)之所见所感所想,已经默认"我"是潜在主语和抒情主体了,不必画蛇添足加上"我"云云。其实,哪怕在叙事诗中,潜在的主语或者"观察者"也往往是缺席的,比如白居易《长恨歌》中写到临邛道士寻找杨贵妃的一幕:

> 忽闻海上有仙山,山在虚无缥渺间。
> 楼阁玲珑五云起,其中绰约多仙子。
> 中有一人字太真,雪肤花貌参差是。
> 金阙西厢叩玉扃,转教小玉报双成。

这里面，潜在的观察者其实是临邛道士，写的是他之所见所闻。但是，主语的缺失并不意味着这里的视镜是非限指性的——它依然是从特定角色出发观察出来的。同样的情况，也发生在所谓"代拟体"中。可见，代词的省却更多是出于作者与读者间的潜在约定，即作者默认读者会明了诗中景象是谁看到的、谁书写的；倒不一定是在强调"'无我'的发言人"视镜。哪怕是在李白《行路难》（其一）、杜甫《戏为六绝句》这样的直抒个人心志或者诗学观点的诗歌里，代词"我"或者"吾"也是省略的，这又与"以物观物"有何干系呢？在我们看来，叙述者或者观察者"我"的缺失，最直观的作用就是便于读者"代入"，将读者领入诗中情境，而不是先限定一个具体的抒情主体。这一手法无须"道家美学"来作支撑，无论古代、现代诗歌中皆有大量的运用。比如废名《街头》：

> 行到街头乃有汽车驰过，
> 乃有邮筒寂寞。
> 邮筒 PO
> 乃记不起汽车的号码 X，
> 乃有阿拉伯数字寂寞，
> 汽车寂寞，
> 大街寂寞，
> 人类寂寞。①

---

① 废名：《街头》，《新诗》，第 2 卷第 3—4 期，1937 年 7 月。

这首《街头》也是省去了叙述主语"我",将读者直接带入具体情境中。不过,这首诗也不是叶维廉所倡导的"无我"诗学的体现。从第三句开始,作者的主观情绪就流露出来了,甚至赋予到对象身上:"阿拉伯数字""汽车""街头"乃至"人类"都充盈着"我"的"寂寞"之情绪。这种感觉从具体的当下,扩展到"人类"的普遍境况。在省略代词方面,极端的例子便是穆旦的《我》,这首诗写的就是"我",通篇却没有使用"我"这个主语;哪怕是作为宾语,也宁愿用"自己"而非"我":

> 从子宫割裂,失去了温暖,
> 是残缺的部分渴望着救援,
> 永远是自己,锁在荒野里,
>
> 从静止的梦离开了群体,
> 痛感到时流,没有什么抓住,
> 不断的回忆带不回自己,
>
> 遇见部分时在一起哭喊,
> 是初恋的狂喜,想冲出樊篱,
> 伸出双手来抱住了自己
>
> 幻化的形象,是更深的绝望,
> 永远是自己,锁在荒野里,

仇恨着母亲给分出了梦境。①

省却"我"这一主语和叙述者,实际上是将"我"变成观察对象,甚至是解剖对象,而不是以"我"为中心来抒发"我"之所想。诗中对自我分裂、残缺的书写不太适合用一个主体性太强的语言模式来表达;不过,这首诗与"无我"思想没有太多关系,反而更接近柏拉图有关自我残缺性与完整性追求的一些理念,带有强烈的形而上色彩与分析性,② 可以说直接站到叶维廉诗学的对面去了。可见,代词的省却同样可以用在主观性、分析性非常强的诗歌中,亦有独到的效果,而不囿限于"以物观物"诗学。概言之,无论在旧诗还是新诗中,语言问题(比如人称代词的使用与否)确实可以和"视镜"问题建立联系,但这种联系是"有条件的",仅限于部分作品和诗人;若从整体来考量,则省略代词不等于"无我"或"以物观物",使用人称代词亦不等于"有我"。

　　需要补充的是,在现代诗歌中,人称代词(尤其是"我")确实相较于古典诗歌大大增加了。一方面,这是由于现代汉语语法相对严密一些,省略主语或者叙述者已经不太常见,即便省略,往往也需要"有意为之",有时反而显得语感不太自然。另一方面,人称代词(尤其是主语"我")在现代诗歌的大量出现,也与更深层的思想动向有关,尤其是现代诗歌书写的主

---

① 穆旦:《穆旦诗文集》(第一册),李方编,人民文学出版社,2014年版,第38页。
② 关于穆旦的"我"与柏拉图哲学的联系,笔者已另文探讨,此不详论。参见李章斌:《重审穆旦的"我"的"现代性"与"永恒性"》,《中国现代文学研究丛刊》,2013年第3期。

体性以及观物方式的变化有关,这是一个大问题,这里仅勾勒出一些初步线索,不详细展开讨论。以物观物、物我两忘的诗学,必须建立在自我与世界的同一性、连续性的世界观基础之上,即感觉自我是自然的一部分,且能够从自然中获得美的、哲学的乃至伦理的价值。① 正如庄子所言:"天地与我并生,而万物与我为一"(《庄子·齐物论》),这种一元论世界观显然深刻地影响了魏晋之后相当一部分诗歌的表达与观物视镜(如同叶维廉出色地论证那样)。然而到了现代之后,人与自然、人与世界的这种连续性、一元性断裂了,他本能地感到他是一个外在于自然的观察者和书写者。② 而在对待人事方面,现代诗人也往往感到他是一个外在于人群的观察者、书写者乃至改革者。早在"五四"之前,鲁迅就已经预言了这种现代主体与诗人意识,他痛感到传统文学中的心态过于"平和"与"无邪"了,即便那些"心应虫鸟,情感林泉,发为韵语"的自然书写,"亦多拘于无形之囹圄,不能舒两间之真美";为此,他展望一种足以"撄人心"的"摩罗诗力",来震动死水一般的人心。③ "五四"前后,随着新诗本身的诞生,一种既与自然割裂,也与人群疏离的"现代主体"也随之诞生了。早在新诗的开端,这种主体意识就非常强烈:

---

① 就像孔子那句著名的"知者乐山,仁者乐水"所暗示的那样,山水不仅有美学、哲学的价值,甚至可以有伦理的价值。
② 奚密曾列举了李商隐《乐游原》和废名《街头》二诗,对比了其中的人与自然之间的关系、世界观方面的古今差异,参见《现代汉诗:1917年以来的理论与实践》,上海三联书店,2008年版,第1—6页。
③ 鲁迅:《摩罗诗力说》,《鲁迅全集》(第一卷),人民文学出版社,2005年版,第70—71页。

> 霜风呼呼的吹着,
> 　　月光明明的照着。
> 我和一株顶高的树并排立着,
> 　　却没有靠着。
>
> ——沈尹默《月夜》①

这里，不再是"野旷天低树，江清月近人"那样令人心悦情怡的"自然"了，与"顶高的树并排立着"可以说是诗人的一个"象征行动"，它暗示着一个与"自然"并排而立的主体，这里的"我"显然是需要突出的对象，也是全诗的画面的中心。"五四"前后，在突出"我"之主体性极端的例子便是郭沫若的《天狗》，全诗 29 行全部以"我……"的排比句式构成，一气呵成，里面的"我"出现了传统诗歌中极少见的气吞宇宙的气象："我把月来吞了，/我把日来吞了，/我把一切的星球来吞了，/我把全宇宙来吞了。/我便是我了！"② 当"我"有吞下宇宙的气魄时，"我便是我"了。或许习惯于传统的安静平和的诗学气氛的读者会对这样"出格"的作品大皱眉头，以为不雅；又或许有人会想起余光中讽刺白话文喜用虚词生造的"的的不休"一词，③ 生造个"我我不休"出来概括郭沫若的诗，也情有可原。但是，即便前面讨论的废名《街头》和穆旦《我》两首诗省略了主语"我"，他们的观物方式却毫无疑问是现代的二元论世界

---

① 沈尹默：《月夜》，《新青年》，第 4 卷第 1 期，1918 年。
② 郭沫若：《女神》，人民文学出版社，2000 年版，第 50 页。
③ 余光中：《论的的不休》，《余光中论翻译》，中国对外翻译出版公司，2000 年版。

观,也体现出一种鲜明的现代主体意识,可见其中有不可逆转的精神因素在起作用。

在古典诗歌中,也并非全然是"无我""以物观物"的诗歌,有时古今之间也会出现巧妙的共振。比如李白的"大道如青天,我独不得出"(《行路难(其二)》)、"狂风吹我心,西挂咸阳树"(《金乡送韦八之西京》)中的"我"就颇神似现代诗人那种突出的主体性。当然,在传统的"思无邪"的思想氛围中,这样狂野不羁的作品只能说是例外;相比之下,"以物观物""物我两忘"的诗学氛围,既宜于修身养性,又无碍于官运亨通,因此也广受欢迎。实际上,在道家思想对汉语诗歌与诗学中产生普遍影响之前,也并非没有那种震惊于宇宙之无序、人世之荒诞的大悲哀、大困惑的作品,其中也有"我"与世界的决然对立,《离骚》就是杰出的典范。鲁迅说屈原"茫洋在前,顾忌皆去,怼世俗之浑浊,颂己身之修能,怀疑自遂古之初,直至百物之琐末,放言无惮,为前人所不敢言"①。在《离骚》中已然有一种与历史甚至自然截然对立的主体形象,充盈于其中的是形而上的焦虑或者宇宙论式的绝望,因此,里面的人称代词"余""吾"不仅不省略,而且还频繁出现,成为诗中表现的中心:"何离心之可同兮,吾将远逝以自疏""世幽昧以眩曜兮,孰云察余之善恶?""路漫漫其修远兮,吾将上下而求索",等等。可以看出,"吾"(我)与整个黑暗世界的对峙是诗中的核心抒情线索。鲁迅意识到,屈原诗歌中的这条思想与诗

---

① 鲁迅:《摩罗诗力说》,《鲁迅全集》(第一卷),人民文学出版社,2005年版,第71页。

学线索后来基本上断绝了,后人对于屈原"皆著意外形,不涉内质",因而"孤伟自死,社会依然"。① 到了现代,这条断绝的思想、诗学线索才又被接续上了,而且加上了"反抗"的新内容。且不说鲁迅本人的"两间余一卒,荷戟独彷徨"(《题〈彷徨〉》)或者"只有我被黑暗沉没,那世界全属于我自己"(《影的告别》)。在其他诗人那里,也有不少抒写"形而上的焦虑"或者"宇宙论式的绝望"的作品,其中也不乏强有力的主体:

> 时而巨烈,时而缓和,向这微尘里流注,
> 时间,它吝啬又嫉妒,创造同时毁灭,
> 接连地承受它的任性于是有了我。
>
> 在过去和未来两大黑暗间,以不断熄灭的
> 现在,举起了泥土,思想和荣耀,
> 你和我,和这可憎的一切的分野。
> ——穆旦《三十诞辰有感》②
>
> 夕阳底下白色大厦回光返照,退去更其遥远。
> 时间崩溃随地枯萎……
> ——昌耀《花朵受难——生者对生存的思考》③

---

① 鲁迅:《摩罗诗力说》,《鲁迅全集》(第一卷),人民文学出版社,2005 年版,第 71 页。
② 穆旦:《穆旦诗文集》(第一册),李方编,人民文学出版社,2014 年版,第 252 页。
③ 昌耀:《昌耀诗文总集》,作家出版社,2010 年版,第 516 页。

此二诗对"时间"的可怖力量的描写,也令人回想起屈原的"时缤纷其变易兮,又何可以淹留","时暧暧其将罢兮,结幽兰而延伫。世溷浊而不分兮,好蔽美而嫉妒"(《离骚》)。和《离骚》一样,这两首诗里的"时间"也被抽象出来,成为与人对立的存在。这样宏伟壮阔的"形而上焦虑"才是"摩罗诗力"的有力体现,其中的气魄与诗情自不是"夜静春山空"那般的安静平和,其中充满了"我"与"世界"的激烈对峙——这几乎是现代诗的一个强有力的抒情装置。再如:"我听到了使世界安息的歌声/是我要求它安息/全身披满大雪的奇装/是我站在寂静的中心"(多多《歌声》);① "今夜 九十九座雪山高出天堂/使我彻夜难眠"(海子《最后一夜和第一日的献诗》),等等。②因此,诗歌的视镜、境界有很多种,古今皆然,硬去划分视镜与境界的"品第"和高下其实并没有必要。固然诗人与学者可以在现代诗中倡导某一种诗学视镜与观物意识,甚至复兴古典诗歌的某些优秀特质。但是也要意识到,现代诗中某种主体意识乃至物我关系的表达,往往有更深的思想背景和社会的总体精神状况作为支撑,而后者其实是"原型"意义上的思想基础(甚至叶维廉本人的写作也无法自外于它)。我们只能立足于现代的思想基础与语言条件去对已有诗作进行评判,而不是悬设一个其他时代的思想与美学标准来评判当今的作品。

---

① 多多:《多多诗选》,花城出版社,2005年版,第87页。
② 海子:《海子诗全集》,作家出版社,2009年版,第546页。

结　语

诗人、批评家 T. S. 艾略特曾经这样分析"诗人批评家"与一般批评家的区别："我相信诗人之所以从事评论主要是基于这样一个事实：诗人在内心深处——即使这不是他表露出来的意愿——总是试图为他所写的那种诗进行辩护，或者试图详细说明他自己希望写的那种诗……他总是将过去的诗和自己的诗联系起来看待：他对那些他曾经师承过的已故诗人表示的感激以及对那些目标与他毫不相干的诗人所表示的冷漠，可能都失之过当。因此说他是个法官，不如说他是个倡导者。"[①] 这段话其实用来形容叶维廉的诗歌批评也算恰当，他的批评更多地是在"倡导"他作为诗人所期待的那种诗歌，因此他对于诗歌史的整体观察以及具体诗作的评判也有可能"失之过当"。不过，叶维廉对于古典与现代诗歌的观察与判断虽有偏颇之处，但是其比较诗学方法本身可以引发人们进一步思考古今诗歌语言细节与运作方式的差异，观物以及物我关系的变化，诗人主体性意识与抒情方式的差别，等等；这都是需要展开更多思考与讨论的问题。虽然叶维廉从比较中得出的结论是有待商榷的，但若我们将其作为一个有自身偏好的诗人的"倡导"来看待，则其洞见与不察都可以理解，甚至也能接受。通过与叶维廉的观点和

[①] T. S. 艾略特：《艾略特诗学文集》，王恩衷编译，国际文化出版公司，1989 年版，第 175 页。

思路的对话，也可以看到，一种比较诗学视野下的"语言学批评"同样可以在现代汉诗中展开，就像叶维廉、高友工、梅祖麟等已经在古典诗歌研究中成功地实践的那样。我们在现代汉诗的批评中也可以立足于具体的语言细节，并从细节出发进一步考察宏观的诗学问题与思想史命题，从而使新诗批评从那种流于感观印象和"空对空"争论的状态中解脱出来。这也是我们从这种对话与商榷中所得到的方法论上的启发。

（原载于《中国现代文学研究丛刊》2022年第2期）

跋

水晶的凝成

说到"批评观",惭愧的是,我自觉并没有形成一套系统的批评观念,就目前的年龄和成绩而言,也没有到谈"成功学"的时候(但愿永远不谈)。因此,下面所说的"批评观",其实更多地是对一般意义上的批评的看法,是一种期待,而非谈自己已经取得的成绩。

我想,对于涉足当代文学批评的学者而言,需要不断提醒自己两个词,即诚实和定力。在动笔之前和动笔之后,都得问自己对作家、作品的评价是否足够诚实,是否因为文学之外的考虑而改变自己的评价与看法。就我的观察而言,一个人一旦"用心"不诚,文字上很快就会出现矫饰、浮夸、虚弱乃至伪善等种种特征,几乎无法掩盖,久而久之,这些东西就会像细菌一样在文章中蔓延开来。至于"定力",这是一个更高的要求(我不敢言自己已经具备)。因为当代的作家作品太多,评论者所受到的干扰与诱惑也多,这时选择什么样的作家与作品来讨论就是一个很难抉择的问题,如果他把心思与时间耗费在一些没有太多(文学与学术)意义的作品与问题上,就会遮蔽自己对真正有意义的文本与问题的探讨。每当我对一个批评家感兴趣时，会习惯性地搜索一下他讨论过哪些作家和问题，如果发现他总是在谈一些莫名其妙的问题，总是在写"应约之作"，那么我一般会选择直接将这个人忽略掉。当然，若欲责人，必先责己，如果一个人自己也深陷各种利益纠葛与人际关系中，那么他的所谓"批判"则是没有太多意义的，顶多是一种换取象征资本的手段。我经常设想，当我们将自己的批评文字结集时，别人会如何评判我们。基于此，我经常警惕自己不要变成一个"点评家"，而是耐下性子去想哪些文本与问题是能够在长期的筛选中留存下来的。

因此，我期待的批评文字是能够"内嵌"于文学史与学术史的长远发展中的，或者说，其本身就是文学史与学术史的一部分。比如，在我从事的新诗领域，诗歌的声音与节奏问题是一个从新诗诞生以来就缠绕其中的大问题。在过去十年间，一方面我尝试去回顾问题本身的"前史"，思考其中的症结和困境之所在；另一方面我也观察当代的诗歌文本，看看哪些对于推进这个问题的研究是有价值和意义的，在此基础上，看看能否发展出一种"声情批评"出来，让文学批评具有"敏感的耳朵"。显然，这是一个需要不断努力的长期的目标。这方面的文章多数我已经整理成一本专著另行出版，就不收入此集了，仅提供一篇综论性的文章以及十二封我与解志熙先生关于此问题的通信，供读者览其大略。当然，我一直对当代诗歌的发展也抱有浓厚的兴趣，自身也保持着诗歌写作的习惯，所以我也期待一种有"当代敏感"的批评，即能够意识到哪些问题与方法对于当下写作是重要的，有时我也不排斥在文字上稍稍活泼跳脱一些，会参与到诗歌界部分问题的讨论中。不过，我只是"涉入"其中，并不希望自己"沉溺"其中。这个文集所收文章，大都是我近十年来参与到当代诗歌批评中的结果。

  过去十几年，我主要做的还是诗歌文本的"内部"研究，我期待的是那种能够在"微观"与"宏观"建立紧密联系的贴切批评。为此，我一直在努力做一些准备工作，比如修辞学方面与韵律学方面是过去用力较多的领域，希望能够以缜密可靠的语言细节分析来为进一步的评判与思考提供支撑（如海伦·文德勒做的那样）。我深知当代诗歌批评长期以来浸淫于玄谈和架空而论的风气，积习难改，我不仅期待当代批评中能出现一种扎实的细读批评，同时也尝试着开拓一些可以让当代诗评由虚入实、虚实结合的批评方法。比如，在《现代汉诗的"语言问题"》一文中，我们初步尝试一种立足于语言细节，并充分运用比较诗学与语言学手段的"语言（学）批评"。当然，我也关注现当代的思想与历史问题，也一直在琢磨诗歌与它们能够发生怎样有张力的对话，显然，这又是一个难度颇大且陷阱重重的问题。因此，对于我而言，很多事情才刚刚开始，要攻克难关需要更大的耐力与定力。就像水晶的凝成一样，是漫长岁月与质地凝聚的结果。

2022年元月